Patrick Deville

ÉQUATORIA

ROMAN

Éditions du Seuil

TEXTE INTÉGRAL

ISBN 978-2-7578-3481-7
(ISBN 978-2-02-090680-7, 1ʳᵉ publication)

© Éditions du Seuil, 2009

C'est cela l'exil, l'étranger, cette inexo-
rable observation de l'existence telle
qu'elle est vraiment pendant ces longues
heures lucides, exceptionnelles dans la
trame du temps humain, où les habitudes
du pays précédent vous abandonnent,
sans que les autres, les nouvelles, vous
aient encore suffisamment abruti.

Céline

à Brazza, et autres héros, traîtres et indécis

au Gabon

à Port-Gentil

Le lundi 2 janvier 2006, l'air est étonnamment clair et lumineux sur le cap Lopez, à l'embouchure du fleuve Ogooué. C'est marée basse. Des avocettes élégantes courent sur le miroir de la vase à la recherche des mollusques et autres petits bidules dont elles raffolent. On voit au loin les manœuvres de chargement des tankers. Les lignes de flottaison rouges, à mesure du remplissage des cuves, s'enfoncent dans l'eau très bleue du terminal de la Sogara.

Brazza repose toujours dans sa tombe algéroise.

Des difficultés – architecturales ou diplomatiques – ne cessent de repousser la construction de son mausolée sur la rive du fleuve Congo.

Du matériel de forage à l'arrêt ou au rebut envahi par les herbes. Quelques cocotiers biscornus. C'est la fin du jour, l'Atlantique sud, la terrasse d'un établissement médiocre et bon marché qui jouit du privilège, momentané sans doute, d'être dépourvu de tout appareil à musique. Il est tenu par une jeune fille assise très droite derrière la caisse et coiffée d'un turban. Elle brandit comme un sceptre l'une de ces raquettes électriques anti-mouches très à la mode au Gabon. Les ailes brûlées et le court-circuit provoquent le claquement d'un éclair violet. J'ouvre *L'Union*, quotidien gabonais mis à la disposition des clients.

Celui-ci porte à la connaissance de ses lecteurs que le président de la République française, lors de ses vœux à la nation pour l'année 2006, vient d'annoncer le retrait d'un texte un peu idiot, un sous-amendement qui vantait le rôle positif du passé de la France outre-mer. Lequel sous-amendement, lu comme une apologie de la colonisation, faisait grand bruit en Afrique francophone depuis près d'un an.

La princesse dévisse le manche de sa raquette et aligne les piles sur le comptoir, signe de la fermeture prochaine de l'établissement.

À mon retour à l'hôtel Hirondelle m'attend un message de Sicilien-Ko. Il part livrer son train de grumes au port à bois et attend la marée. Il passera la nuit sur le radeau, au milieu du fleuve. Nous prendrons la pirogue demain. Il me demande de lui acheter du pain, des bananes et une cartouche de cigarettes.

dans la presse congolaise

Il est clair qu'au Congo, De Brazza n'est pas parmi les siens. Ses cendres pourront être renvoyées en France, en Italie ou au Gabon, dans cinquante ans, quand apparaîtront de nouveaux Congolais.

Eugène Sama, assistant d'université
La Semaine africaine

des cartes marines

Celui auquel certains veulent aujourd'hui ériger un mausolée – quand d'autres proposent de jeter ses os au fond du fleuve – est un jeune homme trop sérieux de dix-sept ans, un grand échalas admis à l'École navale de Brest au titre d'étranger.

C'est un jeune Romain exilé dans le Finistère. La famille de son père Ascanio prétend descendre de l'empereur Sévère et celle de sa mère offrit à Venise plusieurs doges. La lumière cuivre la rade et la coque du *Borda*. Il ferme son livre et s'allonge sur son bat-flanc le long d'un mur qui suinte. Cinq ans plus tôt, il est dans la bibliothèque de la demeure familiale de Castel Gandolfo. Autour de lui des rais de soleil comme autrefois où dansent des particules, les rayonnages où sont les livres de l'ami de son père Walter Scott, les globes terrestres, les tables cirées, ses malles-cabines cadenassées près desquelles il attend son départ. Il voit les cartes marines.

Ce sont celles d'un grand-oncle qui, à la fin du XVIIIᵉ siècle, partit naviguer vers les Indes, la Chine et le Japon. Dans d'autres salles, son père Ascanio a peint des fresques au retour de ses voyages en Grèce, en Turquie, en Égypte, de sa remontée du Nil jusqu'au

14

Soudan. Il a douze ans, Pietro Savorgnan di Brazzà. Son nom porte encore un accent grave. Il aime éperdument les oiseaux.

Son précepteur, dom Paolo, qui l'astreignit à la vie frugale et austère, aux leçons de latin, de grec et de français mais aussi à la pratique du canotage et de la natation, de l'astronomie et de l'ornithologie, entre dans la bibliothèque accompagné d'un ami de la famille, le capitaine de frégate de Montaignac. Les malles sont chargées, le cocher s'assoit, le gravier crisse sous les sabots et les roues cerclées de fer. Brazzà quitte Rome pour le collège des Jésuites de la rue des Postes, à Paris. Il veut être marin. Il sera héros.

Découvreur de fleuves.

Il appartient à la dernière génération de l'humanité pour laquelle l'ensemble du réseau hydrographique de la planète n'est pas encore cartographié.

Pour les géographes, il est celui qui enrichira la collection de Cours d'eau et Rivières du Monde des fleuves Ogooué et Oubangui, des rivières Mpassa, Léconi, Léfini, Alima et Sangha.

Pour les ornithologues, il est celui qui décrira sur les plateaux Batékés une hirondelle endémique (*Phedinopsis brazzae*).

Pour les historiens, il est celui qui, faisant reculer devant la proue de sa pirogue la traite et l'esclavage, traînera dans son sillage la colonisation du Congo.

inventer l'Ogooué

C'est une époque où le blanc des cartes fond comme neige au soleil. On les imagine impatients de fuir l'Europe, de courir les mers et les continents, de noircir d'encre ce blanc rétrécissant, ces jeunes gens qui intègrent en 1868 l'École navale de Brest. Il leur faudra pourtant demeurer quatre ans dans ses murs humides, partager le soir leurs méditations adolescentes. L'un des condisciples de Savorgnan di Brazzà à l'internat est Julien Viaud. Bientôt ces deux-là changeront leur nom et choisiront le même prénom. L'un sera Pierre Loti et l'autre Pierre de Brazza.

C'est pour donner à tous ces marins le goût des lointains que la Royale, en sa grande perspicacité, a bâti son école dans une ville aussi grise. Ils fixent une ligne bleuâtre où le ciel sous la pluie se noie dans la rade. Julien Viaud écrit à sa famille que nombre d'entre eux songent à se pendre. Les survivants se jetteront à corps perdu dans la brousse et sur les vagues.

Celui dont l'explorateur Horn écrira plus tard qu'il était *un gentleman silencieux comme un duc* demande la nationalité française après la défaite de 70. Ils ont à peu près l'âge d'Arthur Rimbaud, ces deux marins promus en 71 aspirants de première classe. Ensuite c'est le hasard des affectations. Viaud embarque pour la Polynésie, les Marquises et Tahiti. Van Gogh et Gauguin, en Arles, liront ensemble *Le Mariage de Loti* et rêveront d'ailleurs. Van Gogh écrira : « Je puis très bien me figurer qu'un peintre d'aujourd'hui fasse quelque chose comme ce que l'on trouve dépeint dans le livre de Pierre Loti. »

Mais c'est Gauguin qui s'enfuira sur ses traces aux Marquises.

Cette même année 72 où Loti navigue sur le Pacifique, Brazza embarque sur la *Vénus* aux ordres de l'amiral du Quilio, qui commande la division navale de l'Atlantique sud. Il passera deux ans en mer. Amériques, Le Cap... À l'escale du Gabon, en 73, il apprend la mort au Tanganyika de David Livingstone, dont le corps momifié a été transporté jusqu'aux rives de l'océan Indien. Avec la folie des rêves d'enfant qu'on s'obstine à poursuivre dans l'âge adulte, le petit jeune homme de vingt ans remonte un peu l'estuaire du Gabon vers le Komo, descend au cap Lopez, navigue en pirogue sur l'Ogooué jusqu'au village d'Angola. Il veut être celui qui s'enfonce au cœur de l'Afrique. Un nouveau Livingstone.

sur l'Ogooué

Sicilien-Ko n'est pas sicilien. C'est un Fang, champion de kung-fu. Il doit son surnom à son goût pour la sape, les pompes bicolores et les films avec Al Pacino. Il porte ce matin un T-shirt déchiré avec des traces de cambouis et un short en toile. Il est de très mauvaise humeur, parce que la pirogue que lui prête son employeur forestier est équipée d'un moteur hors-bord de si faible cylindrée que nos chances d'atteindre Lambaréné avant la nuit sont réduites. Nous chargeons les deux nourrices de carburant, du pain et des bananes, et nous éloignons du ponton de Port-Gentil.

Pendant plusieurs années, Sicilien-Ko fut un disc-jockey réputé que se disputaient les boîtes de nuit de Libreville. À l'approche de la trentaine, et au moment où est apparue la mode du coupé-décalé, mais les deux événements ne sont peut-être pas liés, il a abandonné la capitale et la vie nocturne pour rentrer dans son village sur l'Ogooué. Il vit aujourd'hui de la pêche au filet et du commerce fluvial, complète ses revenus en s'engageant comme rouleur sur les trains de grumes. Deux jours et deux nuits depuis Lambaréné à dormir et manger sur le radeau attelé de pousseurs Diesel. Ce sont des billes d'okoumé, parfois de teck, entre

18

un mètre et un mètre quatre-vingts de diamètre, une cinquantaine de troncs reliés par des câbles d'acier et qu'il faut guider au milieu du courant. La nuit, les hommes allument des feux, tiennent un quart pour surveiller les arbres morts à la dérive. L'alcool est interdit à bord, me prévient-il, au cas où j'envisagerais de m'engager comme rouleur. Cette mesure évite la plupart du temps de glisser sur le bois mouillé et de tomber dans le fleuve, ou de se faire broyer un pied entre deux meules de plusieurs tonnes.

Le bras principal est large et la pirogue minuscule en plein milieu sous le soleil. De part et d'autre, des armées d'arbres considérables sont reflétées sur l'eau jaune et boueuse, grands fûts rosés des fromagers maintenus en équilibre par leurs contreforts, et levant au ciel leur apparat de lianes et de plantes épiphytes, leur théâtre de singes hurleurs et de touracos. À l'approche de l'océan, après plus de mille kilomètres de majesté sereine et rougeâtre au cœur des jungles émeraude, de rapides bouillonnants, l'Ogooué s'éparpille, se fatigue, ralentit, et se perd en une multitude de prairies humides, de bras morts, de mangroves et de lagunes, jamais d'estuaire. Et pendant plusieurs siècles, les Orungus, tirant parti du labyrinthe aquatique, étaient parvenus à dissimuler aux marchands d'esclaves installés sur la côte l'existence d'un fleuve de plus de mille kilomètres.

Sur une île un village de pêcheurs à l'abri des manguiers, un ponton vers lequel se dirige Sicilien-Ko. Quelques pirogues sont en déchargement devant les échoppes où s'échangent la viande de la forêt et le poisson du fleuve. Sur les étagères des bougies et des piles électriques, du sel, de la bière, des bottes, des cartes téléphoniques Celtel. Dans un appentis rouillent des bidons de gas-oil et d'essence. En dehors de cette épicerie de subsistance et du flottage des bois, l'Ogooué est loin d'avoir accédé au trafic commercial qu'imaginaient pour lui ses premiers navigateurs.

Brazza n'est pas homme à s'égarer. En cinq ans et deux expéditions, traçant sa route vers l'est et les terres inconnues, il remonte l'Ogooué jusqu'à la rivière Mpassa, traverse les plateaux Batékés et la ligne de partage des eaux, descend la Léfini jusqu'au fleuve Congo, sur la rive duquel il fonde le poste qui deviendra Brazzaville. Pour l'Ogooué, la prouesse est inutile. Le fleuve retombe dans le secret de ses jungles et de ses chutes infranchissables. Il ne sera plus remonté que jusqu'à Ndjolé, par des trafiquants d'ivoire, des chasseurs de panthères et des missionnaires chrétiens.

Au début du XXᵉ siècle, des caboteurs ravitaillent depuis Port-Gentil les exploitations forestières et les missions disséminées : le *Mandji* des Chargeurs Réunis, puis le *Fadji*, le *Dimboko* (premières en couchettes et secondes en rocking-chairs). Quelques années après la mort prématurée de Brazza, un couple remonte l'Ogooué à bord du vapeur à aubes *Alembé*. C'est au printemps de 1913, le 15 avril. L'homme de forte stature porte une moustache et un costume blanc, un casque colonial, la femme une robe blanche, un casque colonial. Ces deux-là sont les premiers à remonter l'Ogooué avec un piano.

le couple au piano

La navigation est lente et le vapeur confortable. Le grand Blanc à moustaches, assis sur le pont, emplit les pages de son carnet de voyage. Eau et forêt vierge. Le large fleuve de Brazza. L'énorme enchevêtrement des racines recouvert de lianes qui s'avance dans le fleuve et l'envol des oiseaux.

Trois semaines plus tôt, le couple a quitté son village des Vosges pour Paris le jour du Vendredi saint, est allé écouter les orgues de Pâques en l'église Saint-Sulpice, est descendu en train à Pauillac où accostent les paquebots pour le Congo, et s'est embarqué à bord de l'*Europe* avec soixante-dix malles et un piano.

Ils font escale à Ténériffe, découvrent l'Afrique à Dakar, puis Douala. À l'escale de Port-Gentil, ils embarquent à destination de Lambaréné sur l'*Alembé*, vapeur plus lent encore que notre pirogue contre laquelle peste le Sicilien, et le grand Blanc à moustaches achève ainsi son journal du 15 avril 1913 : « Après minuit, le vapeur jette l'ancre dans une crique tranquille. Les passagers se glissent sous leur moustiquaire. Plusieurs dorment dans les cabines, d'autres à la salle à manger, sur les banquettes sous lesquelles sont logés les sacs postaux. »

Il y a longtemps peut-être qu'une embarcation aussi imposante que l'*Alembé* n'a plus navigué sur l'Ogooué. Seul un rafiot déglingué, souvent au radoub, est supposé assurer la ligne. Le Sicilien réduit le rythme du moteur et montre du doigt l'horizon noir et gris. Il pleut sur notre destination, que nous n'atteindrons pas avant la nuit. Nous étalons le prélart étanche sur nos sacs, sur les nourrices de carburant, allumons une dernière cigarette, et reprenons notre marche vers l'averse qui bientôt crible les eaux.

Le Sicilien approche la pirogue de la rive pour chercher sous son couvert un peu d'abri. Au large glisse un radeau de grumes fouetté par la pluie, sur lequel les hommes ont tendu des bâches. Le fleuve est brun sous le ciel brun où se découpe en noir la silhouette de la forêt. L'hélice se prend dans les masses de végétaux spongieux d'où s'élèvent des vols d'insectes. La nuit est tombée lorsque nous atteignons l'embarcadère du marché de Lambaréné, sous une pile du pont, débarquons nos sacs et retournons la pirogue. Nous portons le moteur hors-bord vers la gargote en face, dont le nom manuscrit apparaît à la peinture bleue sur une planche à l'entrée – La Joie du Peuple au Port.

à Lambaréné

L'humanisme est la composante essentielle de la véritable civilisation. C'est pourquoi l'œuvre de Brazza est importante. L'Histoire l'a chargé de transmettre un message à notre temps. Laissons-nous par lui émouvoir et éduquer.

Albert Schweitzer

Le lendemain matin, dès l'aube, le chauffeur jette des bûches dans la chaudière et envoie la vapeur. Les passagers sont éveillés par le frottement de la chaîne d'ancre dans l'écubier, puis le battement régulier des roues à aubes sur l'eau verte du fleuve. La grande querelle matinale des perroquets et des calaos. Quelques heures plus tard, l'*Alembé* est en vue de l'île de Lambaréné.

Le gros bourg a aujourd'hui quitté sa position défensive au milieu du fleuve, jetant un pont vers la rive gauche où se dresse l'église Saint-François-Xavier des catholiques, un autre vers la rive droite, où la modeste mission protestante luttait alors, en 1913, pour ne pas être avalée par la forêt vierge. C'est en pirogue qu'il fallait la rejoindre au départ du port insulaire. Les deux

Blancs vêtus de blanc, coiffés du casque blanc, sont assis très droits au milieu des rameurs. Depuis le fleuve, on leur montre là-bas, sur un monticule, une portion de brousse déboisée et la maison qui les attend. Murs en bardeaux, elle repose sur une quarantaine de pilotis en fer. Une véranda de bambous court autour des quatre chambres. En bas, le bras du fleuve qui par endroits s'élargit en un lac. Tout autour, la forêt. Au loin, des montagnes bleues. Bien que francophone, l'admirateur de l'Italien Brazza est alsacien donc allemand. Il s'en apercevra bientôt.

Schweitzer retrousse ses manches, transforme un poulailler en cabinet de consultation, dessine au sol les plans du hangar qui sera son hôpital, cherche à recruter des terrassiers, combat les insectes et souffre de la chaleur. À table, les repas dont on rend pourtant grâce à Dieu se limitent aux poissons du fleuve, à la litanie de la banane et du manioc. Peu à peu s'effectue le transbordement des soixante-dix malles entassées sur l'embarcadère, le matériel médical et la bibliothèque. « Le transport de mon piano avec pédales d'orgue, spécialement construit pour les tropiques, me causait beaucoup de soucis. La société Jean-Sébastien Bach, à Paris, dont j'avais été l'organiste pendant plusieurs années, m'en avait fait cadeau pour me permettre d'entretenir ma technique. Quel tronc d'arbre creusé pourrait transporter cet instrument dans sa lourde caisse doublée de zinc ? Par bonheur, le chef d'une factorerie voulut bien me prêter une pirogue appropriée, faite d'un tronc d'arbre énorme et qui pouvait porter trois tonnes ; on eût pu y charger cinq pianos. »

L'humidité équatoriale, en moins d'un siècle, s'est

rendue maîtresse de l'instrument. Les panneaux de bois sont gondolés, le plaquage décollé, les charnières disjointes et oxydées. Le piano repose contre un mur chaulé, dans ce qui fut le premier pavillon de l'hôpital, tout gluant comme de salive, avalé et recraché par un boa – mais qui chaque nuit, pendant cinquante ans, lança vers la jungle et les fauves l'immense beauté des fugues et contre-fugues. Dans la pièce au toit de tôle rouillé traînent des bistouris et des seringues, des cuvettes blanches émaillées lisérées de bleu marine, matériel avec lequel le grand Blanc aux manches retroussées, le visage inondé de sueur, combattit en ces lieux la lèpre et le choléra, le pian et la malaria, introduisit l'anesthésie et atteignit ainsi, contre sa foi et sa volonté, au rang de sorcier ou de magicien du bwiti.

Son successeur, trente-cinq ans, peut-être quarante, cheveux ras, chemise à manches courtes, dépose deux grands trousseaux de clefs sur une table de réunion en bois brun. Derrière lui, ce qui demeure de la bibliothèque de Schweitzer, parmi quoi des éditions moisies de Goethe et de Tolstoï. Dans l'ancienne chambre à coucher ont été remisés quelques effets personnels, des lunettes et des métronomes, des partitions annotées, des chaussures dont la pointure impressionne.

chez Fourier

Lorsqu'il débarque en Afrique, à trente-huit ans, ce qui n'est déjà plus l'âge d'un aventurier, Schweitzer est prêt à y laisser sa peau. Le colosse à la santé de fer qui descend du vapeur, belle gueule d'acteur hollywoodien, genre dur à cuire, mains larges de charpentier, est docteur en philosophie, docteur en médecine, docteur en théologie, spécialiste de Paul de Tarse. Il est un musicien de renom dont les récitals pourvoiront aux frais de l'hôpital qui dispense des soins gratuits. Son modèle aussi bien que Brazza est Livingstone, l'Écossais à la fois explorateur, homme d'action, savant, missionnaire, découvreur du Zambèze et médecin, égaré pendant des années en des territoires inconnus de l'Afrique centrale, et qui, lorsque Stanley le retrouve enfin, choisit de rester sur place où il mourra.

C'est à Port-Gentil, l'été 14, où il est descendu consulter un confrère, que Schweitzer apprend d'un coup l'innocuité de sa tumeur, l'attentat de Sarajevo, la mécanique des alliances et la déclaration de guerre. Un agent d'une exploitation forestière, Fourier, met à sa disposition une chambre le temps de sa convalescence.

Cet accueillant Fourier est le petit-fils du philosophe théoricien de l'Harmonie universelle et du Phalanstère.

Schweitzer voit devant chez lui la plage et le passage des trains de grumes, se rend au port à bois et assiste au chargement des cargos, consacre ses soirées aux discussions avec Fourier sur le socialisme utopique du grand-père. Au port, les hommes embarquent pour le front. Il regagne Lambaréné où les problèmes sont d'un autre ordre. Les plantations de bananiers des villages situés aux abords de la mission, et qui la fournissent en vivres, sont constamment ravagées par les éléphants. Il écarte du pied quelque régime de plantain pourrissant, reprend la pirogue, coiffe le casque, rentre à la mission. Il feuillette sur la terrasse en bambou un exemplaire de *L'Illustration*.

La couverture montre au milieu des bandages le regard vide d'un Poilu héroïque. Une médaille sur la poitrine. Schweitzer descend fumer sa pipe comme chaque soir devant le fleuve, observe un bois flotté, pense à la guerre, se demande combien de temps mettront les bananiers à repousser, accessoirement combien de temps il lui reste à vivre (ça va durer encore très longtemps, sa vie, plus longtemps que celle de Louis, par exemple, le jeune héros du front). Le jour baisse. On n'aperçoit bientôt plus que cette silhouette en blanc de l'homme alsacien debout sur la rive du fleuve. C'est un paysage ripuaire.

Albert & Louis

Le jeune combattant tout enturbanné en couverture de *L'Illustration* est le fils d'une dentellière du passage Choiseul. À dix-huit ans, après des petits boulots de fils de pauvres, il a contracté un engagement de trois ans, affecté au 12ᵉ Cuirassiers en garnison à Rambouillet, avec le grade modeste de maréchal des logis. Bien sûr c'est le gîte et le couvert, mais ça n'était pas une bonne idée. Le voilà à vingt ans médaillé militaire, invalide à soixante-quinze pour cent. Au moins ne verra-t-il pas Verdun. On expédie le héros anglophile en mission en Angleterre. Il se rend au Cameroun d'où les Allemands sont chassés, devient aventurier pour la compagnie de l'Oubangui-Sangha contre laquelle luttait Brazza dix ans plus tôt, amasse l'ivoire, gagne depuis la côte le village de Bikomimbo à trois semaines de marche. Il y attrapera le paludisme et la dysenterie.

On pourrait aussi bien s'occuper de ces deux-là si l'on s'intéresse à la curieuse vie des héros et des traîtres. Albert et Louis pourraient jouer pour nous la querelle éternelle de l'ange et du démon, de ces couples que Plutarque se plaisait à rassembler pour notre édification morale. Encore faut-il que l'un et l'autre aient assez en commun : ils auront la médecine et l'Afrique. Comme Brazza et Loti, ils ont voulu fuir l'Europe. Leur vie sera déchirée par l'Histoire et l'écriture. La tentation de l'héroïsme. L'un fut un homme de bien dont personne ne lit plus les livres. L'autre un génie frappé d'indignité nationale. Le premier mourra couvert d'honneurs et de gloire, le second de plumes et de goudron. Aucun des deux ne se verra édifier un mausolée.

Loin de l'explosion des obus, de la promiscuité des tranchées, de la boue et des gaz asphyxiants, Albert l'Alsacien reprend son sacerdoce à Lambaréné : « Ici encore, je bénéficie des avantages du travail dans la solitude. J'arrive à une compréhension plus simple et plus profonde des œuvres pour orgue de Jean-Sébastien Bach. »

Dans un élan d'idéalisme fraternel et finalement de misanthropie peut-être, il gagne son propre salut par l'ascèse, la vie réglée d'un Kant à Königsberg, le travail acharné tout le jour et la nuit la musique. Naviguant en pirogue sur l'Ogooué, il a la révélation de *L'Éthique du respect de la vie*, doctrine mâtinée d'hindouisme et de christianisme à laquelle il consacrera le demi-siècle qu'il lui reste à vivre. Brièvement interné en France, jusqu'à l'Armistice, il rédige un récit sur son premier séjour à Lambaréné, *À l'orée de la forêt vierge*, qu'il publie en 23, puis rejoint l'Afrique, son hôpital de brousse et son piano à pédales d'orgue.

L'enturbanné, de son côté, quitte l'Afrique. Celui-là est atteint de grande bougeotte. Aucun lieu sur la terre ne l'apaisera jamais. Le voilà médecin à Genève. Il séjournera à Liverpool puis au Canada, aux États-Unis puis à Cuba. Il est insomniaque, passe ses nuits à écrire.

Raconte sa guerre, ses voyages, scribouille ses trucs, et en 32 dynamite l'art du récit. Le voilà tout à coup bien plus célèbre qu'Albert, qu'on oublie sur son fleuve à crocodiles. On encense le livre antimilitariste et anti-colonialiste. Il en rajoute, compose un hommage à Zola le dreyfusard. On encense toujours pour de mauvaises raisons. On traduit *Le Voyage* en russe. Céline n'aime pas qu'on le félicite. Ça lui rappelle la médaille militaire et le trou dans la tête. Il se rend à Moscou pour y claquer ses roubles non convertibles. Dès qu'enfin rien ne va plus, il met les voiles, pose son sac sur le pont et regarde la côte disparaître loin derrière le sillage. Il s'engage comme médecin sur un paquebot qui relie Bordeaux à Terre-Neuve, retourne vivre chez sa mère, compose des pamphlets antisémites délirants. C'est à nouveau la guerre, l'exode. Il embarque sur un paquebot qui relie Marseille à Casablanca. On l'imagine en costume blanc et clope au bec, grand corbeau maigre assis au piano du Rick's, le Café américain de Bogart. *Play it again, Louis*. Le paquebot est coulé. Il enfile une blouse blanche, et gagne un dispensaire dans la banlieue parisienne à Bezons.

Albert lui aussi passera la Seconde Guerre mondiale dans son hôpital. Ces deux-là savent la stupeur qu'on lit dans les yeux des hommes, lorsque tout à coup ils prennent conscience de devoir leurs pensées sublimes à un organisme de mammifère menacé de toutes parts et bientôt pourrissant. Albert est de retour sur l'Ogooué pour n'en plus bouger jusqu'à sa mort, si ce n'est quelques tournées de conférences et de récitals, plus tard l'enregistrement des disques de Bach, et la réception du Nobel à Oslo en 52. Le smoking et le nœud papillon sont les mêmes que pour les concerts au piano. Il les porte avec la plus grande élégance désinvolte. Voilà tout à coup Albert beaucoup plus célèbre que Louis.

Car l'autre de son côté, ses affaires en 52 ne vont pas fort. Il est de retour en France depuis quelques mois, couvert d'opprobre et d'infamie. Traître à la patrie. On connaît les photographies. L'affectation des hardes et les chiens gueulards. Les cages à oiseaux et le perroquet africain sur son perchoir à Meudon. La trouille s'est mêlée à la bougeotte. Sigmaringen. La traversée des villes allemandes en ruine sous le pilonnage des Alliés, les incendies, les décombres. La prison danoise, l'hôpital. Il sait bien qu'il faut s'en remettre à la postérité. Le grand halluciné meurt en 61, un an après les indépendances simultanées du Cameroun, du Tchad, du Congo et du Gabon. Dont on peut imaginer qu'il se souciait assez peu.

le pélican Parsifal

Trois ans plus tard, dans la nuit du 19 février 64, le premier président de la République gabonaise, Léon M'Ba, est renversé par une centaine de putschistes qui traînent le chef de l'État au siège de la radio, où ils lui ordonnent d'annoncer sa démission volontaire. Puis, ne sachant plus quoi faire du prisonnier souffreteux, ils l'expédient à Lambaréné, et le consignent dans l'hôpital de Schweitzer.

Quelles discussions auront-ils, sous le regard des militaires factieux, le très vieux médecin nobélisé et le président déchu qui craint pour sa vie ? Ils sont assis dans les fauteuils en bambou sur la terrasse et regardent le fleuve. Comme chaque soir il pleut sur les tôles et les palmes. Ils parlent lentement, de politique ou d'histoire, de Brazza peut-être, dont ils évoquent les neuf pirogues au nez pointu, là, sur le fleuve, des dizaines d'années plus tôt... Brazza quitte Lambaréné pour Lopé, accompagné du vieux roi aveugle Rénoqué... Schweitzer est à la fin de sa vie. Il mourra l'an prochain. Il tapote la tête du pélican qui le suit partout comme un chien. Aucune nouvelle ne leur parvient de la capitale. Ils ignorent que les putschistes ont ouvert les prisons, que les taulards se livrent au pillage. Ils ignorent que les paras de Brazzaville sautent sur l'aéroport de Libreville. Dès demain, ils reprendront le palais, libéreront le directeur du cabinet présidentiel, le jeune Albert-Bernard Bongo, et enverront un commando chercher Léon M'Ba dans la jungle pour le rétablir dans ses fonctions.

Le grand Blanc aux cheveux blancs meurt dans son hôpital en septembre 65, à quatre-vingt-dix ans. La tombe est au bord du fleuve. Il faut souvent à de si grandes disparitions une légende. On prétend que son pélican Parsifal, cadeau d'un patient, s'envola de Lambaréné quelques jours après sa mort pour n'y plus jamais revenir. On lut dans cet envol majestueux du grand oiseau blanc un signe du ciel. Il est plus vraisemblable d'imaginer que, dans ces jours d'affolement, personne ne prit le temps de donner à becqueter au pélican. Qui par nature est un oiseau glouton et peu reconnaissant.

En bas du petit cimetière, deux enfants souriants s'approchent d'un pieu dans la vase, et libèrent l'amarre d'une pirogue pour gagner le lit du fleuve.

Big & Fat

Je me soûlais au vin de palme depuis l'âge de dix ans. Je n'avais rien eu d'autre à faire dans la vie que de boire du vin de palme.

Amos Tutuola

La vie nocturne de Lambaréné est des plus réduites. À cette heure-ci, les estaminets du marché comme La Joie du Peuple au Port sont depuis longtemps cadenassés, la place abandonnée aux chiens errants et nettoyeurs, qui s'arrachent des bouts d'hippo ou de croco. Reste le quartier dit du Bas-Zaïre, appellation clandestine sans doute destinée à faire frémir les braves gens, et se hausser du col les rouleurs de mécaniques. Sicilien-Ko y a ses habitudes.

Le Bas-Zaïre est un chemin de terre pentu et détrempé, bordé de gargotes en planches toutes identiques à première vue, de dépôts de détritus que le ruissellement emporte en serpentant vers la rive du fleuve. On conçoit cependant qu'il est préférable de ne pas se tromper de gargote, que chacune d'elles doit abreuver à son sein quelque haine farouche pour une bande rivale.

Le 4×4 vient de stationner et déjà s'en approchent deux armoires à glace. Le Sicilien baisse la vitre avec des manières de ministre et serre des mains. Il justifie à nouveau son surnom, et porte ce soir une chemise noire satinée largement ouverte sur son torse où scintille une chaîne en or.

On continue de se congratuler, les pieds dans la boue. Le patron installe pour nous une table en plein air devant le comptoir éclairé. Il n'y a pas de vin de palme aujourd'hui et nous commandons du vin de canne. À l'aide d'un jerrycan, on nous sert chacun un bocal d'un litre à cinq cents francs CFA. Nos nouveaux amis sont tous les deux boxeurs, et déjà passablement allumés.

Le plus disert, appelons-le Big, est un champion mi-lourd. Il porte une casquette rouge Nike à l'envers, de fines lunettes noires et galbées qui dissimulent des arcades enfoncées. Craignant que nous ne prenions pas la juste mesure de sa gloire planétaire, il brandit un passeport constellé de visas. Tous les deux ont boxé en Europe et aux Amériques. Ils ont disputé les Jeux olympiques d'Atlanta. Le plus taciturne, appelons-le Fat, confirme d'un hochement de tête. Il a le crâne rasé et combat dans la catégorie des lourds et des taiseux.

Nous lampons chacun notre grand bocal tenu à deux mains. Le reste du temps, reprend Big, ils vivent en brousse, partent installer un campement, vivent de chasse et de pêche. Ils préparent eux-mêmes leur vin de palme. Un bon palmier peut donner pendant un mois. On place la dame-jeanne juste sous la perfo-ration. On jette le premier jus. Ensuite il faut laisser macérer pendant trois jours avec les racines de bois-amer. Tous deux partagent avec le Sicilien le goût du fleuve et de la forêt, dénigrent comme lui la ville et ses miroirs aux alouettes. Ils sont venus à Lambaréné acheter des cartouches.

Malgré le tumulte de notre conversation, il ne m'a pas échappé que ma présence à cette table semblait gravement indisposer un vieux militaire en uniforme dépenaillé braillant au comptoir, qui aurait mieux fait de la fermer, parce que le patron lui enjoint d'aller se finir ailleurs. L'homme obtempère et personne ne lui prête plus attention. Je le regarde s'éloigner sur le chemin en quête d'un établissement mieux fréquenté, un sac en plastique à la main, non sans décocher au passage un coup de tatane dans un pneu du 4×4 aux chromes rutilants, dont il est sans aucun doute convaincu qu'il m'appartient.

l'inventaire de l'expédition

L'embarcadère est un ponton branlant au bout de la piste. Aucun bac n'est en vue. On me garantit cependant qu'il existe, une barge peut-être, selon la description que m'en donne un groupe d'hommes encombrés de paquets assis sur un tronc, auxquels une forte femme encombrée pour sa part d'enfants vend des bières Regab à boire au goulot.

Aucune île ne divise le cours du fleuve. On imagine ici, au-delà de la pointe Fétiche, le passage des neuf pirogues de Brazza qu'accompagne le vieux roi aveugle Rénoqué. Ils ont enfin quitté Lambaréné et suivent les méandres de l'Ogooué jusqu'à Lopé, où Brazza restera bloqué avec sa petite troupe pendant de longs mois, construira un camp, mènera des expéditions terrestres dans le pays des Fangs pour s'assurer de leur soutien.

Au hasard de la courbe du fleuve, une case en bois sur pilotis, aux terrasses envahies par les singes. Au fond, dans la pénombre, une table et des bocaux emplis de poudres colorées, de racines d'iboga, de fœtus d'animaux inconnus, de reptiles desséchés. Des oiseaux, des herbiers et des cartes. Le naturaliste Alfred Marche. De l'autre côté de la clairière, dans le hangar

37

qu'ils viennent de bâtir, est entassé le matériel dont je connais l'inventaire. Neuf tonnes dont six cents kilos de sel. Pour le reste des étoffes, sextants, horizons à mercure, compas d'embarcation, baromètres anéroïdes, thermomètres, chronomètres, grappins, filins, gaffes, marteaux, haches, scies, havresacs, fusils et cartouches, fusées de signaux, revolvers, biscuits, riz, café, sucre, sardines à l'huile, eau-de-vie, chocolat, poudre de quinquina, sulfate de morphine, camphre, toile à cataplasmes, charpie et bandes. Parce qu'on peut s'attendre à quelques déconvenues et écorchures.

La troupe que mène Brazza, petit jeune homme de vingt-trois ans, comprend cinq interprètes, treize laptots sénégalais, un médecin, le tout jeune docteur Ballay, le naturaliste Alfred Marche et le quartier-maître Victor Hamon qui naviguait avec lui sur la *Vénus*. Ils trouvent à leur arrivée à Lopé l'explorateur Oskar Lenz bloqué là depuis plus d'un an.

Lopé est un lieu désert en temps habituel. Une fois par an, au mois de février, les Inengas et les Galoas s'y rendent pour tenir leur marché d'esclaves avec les Okandas. Dès que les trafics sont réglés, le campement est abandonné.

Brazza arrive à la saison du marché et achète dix-huit esclaves, qu'aussitôt il affranchit :

En cette circonstance, je crus utile d'affirmer avec une certaine pompe les prérogatives de notre pavillon. Cet acte, accompli en présence de tant de tribus diverses réunies, devait produire un effet considérable au loin, dans toutes ces régions.

– Vous voyez, leur dis-je en leur montrant le mât où nous hissions nos couleurs : tous ceux qui touchent notre pavillon sont libres, car nous ne reconnaissons à personne le droit de retenir un homme comme esclave.

À mesure que chacun allait le toucher, les fourches du cou tombaient, les entraves du pied étaient brisées, pendant que mes laptots présentaient les armes au drapeau qui, s'élevant majestueusement dans les airs, semblait envelopper et protéger de ses replis tous les déshérités de l'humanité.

Le petit jeune homme de vingt-trois ans en impose aussi par ses tours d'illusionnisme, et les feux d'artifice qu'il tire le soir au-dessus de la jungle. Et puis il est dans ces régions le premier homme à posséder une Winchester à répétition, abat buffles et gazelles dont il partage la viande accompagnée d'une poignée de sel. Parfois aussi, on le voit debout immobile et les jambes écartées, la tête renversée vers le ciel, ajustant son sextant et conversant en silence avec le soleil ou les étoiles. Comment laisserait-on partir un tel capitaine et ses trésors inépuisables ? On lui promet chaque mois des pirogues qui n'arrivent jamais.

au motel Équateur

Une ornière plus profonde, de la taille d'un cratère d'obus, emplie d'eau rougeâtre, contraint les véhicules de toute nature à une immobilité momentanée. Sur son pourtour sont disposés des barils de pétrole, lesquels font office de présentoirs. Sicilien-Ko achète deux bouteilles en plastique emplies de vin de palme. À des perches pendent des poissons. Des petits singes morts sont accrochés par la queue aux branches basses. Parfois des femmes sortent de la jungle comme traversant une muraille d'eau verte.

Quelques kilomètres avant de franchir la ligne de l'Équateur dans le sens sud-nord est établi, en contrebas de la route, derrière un grillage, le motel Équateur. Sous un auvent, dix chaises en plastique blanc moulé sont réparties autour de deux tables du même matériau, devant une cour où des chèvres reniflent le sable autour d'un conteneur bleu marine de la compagnie CMA-CGM.

Les grumiers semi-remorques ajoutent en passant de longs coups de klaxon au boucan de leur embrayage pour saluer la patronne d'un geste du bras. Vêtue d'une blouse blanche, celle-ci nous montre les chambres chaulées, le long du bâtiment devant lequel un hercule, le torse nu, dépiaute au couteau divers animaux dont il attrape les cadavres dans une brouette, porcs-épics et gazelles qu'il plante sur un crochet suspendu à une poutre. Le jour baisse, et sur le ciment de la terrasse, des gros margouillats lappent leur dîner de fourmis. Tête jaune citron, corps noir, les bestiaux rassasiés sont en train de faire des pompes, et d'activer leur circulation avant la nuit. Face à face, ils opinent du chef et se tirent la langue, en une petite réunion de malfrats où chacun paraît absolument d'accord.

L'orage est ponctuel, gifle et déchire tout autour les bananiers du jardin. L'eau bouillonne aux coins du bâtiment sans égouts. Le Sicilien, habitué aux longues heures de silence et de solitude, devient bavard dès qu'il met pied à terre et boit un verre ou deux, activités en règle générale simultanées. Nous nous sommes réfugiés dans ma chambre pour y boire le vin de palme. Il feuillette les carnets ouverts sur mon lit, la petite pile des livres de Schweitzer. J'ai lu plusieurs de ces livres avant de rencontrer son successeur, imaginant qu'il avait dû quant à lui s'enfiler l'œuvre intégrale avant de prendre ses fonctions. Combien sommes-nous à le lire encore ? On peut s'étonner de la disparition, quelques dizaines d'années après sa mort, d'un nom qui fut connu partout sur la planète. S'enfoncer dans les jungles au hasard des méandres des fleuves immenses et lents, en grand appareil, le regard halluciné, dans le vacarme des singes et des oiseaux. Arracher de son torse les flèches empoisonnées. Songer à la gloire, à l'oubli, aux mausolées. Vides, pour la plupart.

les trois déconvenues de l'explorateur

Chasseurs d'or ou de gloire, tous étaient partis par ce fleuve, portant l'épée et parfois la torche, messagers de la puissance du pays, porteurs d'une étincelle de la flamme sacrée.

Conrad

Brazza est un fils des saint-simoniens, un contemporain de Jules Verne. Il croit aux vertus de la science et du commerce, veut apporter la médecine de Ballay et les outils de Hamon, libérer les esclaves. Dilapide dans l'aventure la fortune familiale des Sévères. Il ne voit pas que le ver est dans le fruit. Que les plus nobles desseins produisent les pires ravages. Il se met le doigt dans l'œil. Ses efforts immenses ouvriront la voie aux exploiteurs qui asserviront et décimeront les populations.

Lorsqu'il quitte enfin Lopé, c'est à la tête d'une armada de tribus réconciliées et de vingt-trois pirogues. Aucun chef ne veut être absent. Chacun souhaite profiter de son convoi pour aller voir plus en amont si la fortune n'y serait pas assise sur son trône. Chaque jour l'expédition fait halte sur les bancs de sable au milieu du fleuve. Puis c'est la chasse, ou l'achat de la viande aux habitants des rives pour une poignée de sel et quelques étoffes, les feux dans la nuit après la pluie, les moustiquaires, les chants et les danses. Finalement, le journal des explorateurs est toujours un peu monotone. Ça n'est pas *Le Tour du monde en quatre-vingts jours*. Il lui faudra trois ans pour parcourir moins de mille cinq cents kilomètres.

En avril 77, ils atteignent les chutes de Doumé et c'est la première déconvenue. Aucun vapeur ne franchira cet obstacle naturel, et le fleuve au-delà est perdu pour le commerce. Il faut transborder les pirogues à dos d'hommes pour contourner les rapides, parfois les hâler depuis les berges, ou depuis les éperons rocheux dressés au milieu du courant. Le 18 juin, Marche qui est le plus vieux de la troupe abandonne, remballe ses collections. Les relevés cartographiques, les collections zoologiques et botaniques, minéralogiques, tout cela est déposé dans des boîtes en fer étanches au fond des pirogues qui redescendent vers l'aval. Après deux ans d'efforts, et sept cents kilomètres de navigation, les autres atteignent l'embouchure de la rivière Mpassa. Et c'est la deuxième déconvenue. Ni l'Ogooué, dont le cours à cet endroit s'incline plein sud, ni la Mpassa, qu'ils remontent jusqu'à ce qu'elle lui devienne parallèle, ne les mèneront au cœur de l'Afrique.

Brazza choisit de continuer sa route vers l'est sur la terre ferme, et c'est maintenant une petite caravane qui s'avance dans les hautes herbes et sur les plateaux des Batékés. Leurs vêtements sont en lambeaux et leurs pieds nus. Ils franchissent la ligne de partage des eaux, découvrent de l'autre côté la rivière Alima qu'ils entreprennent de descendre. À partir de l'Alima, c'est l'inverse, un parcours de l'amont vers l'aval, et tout se complique pourtant. Leur progression devient suspecte et déloyale aux yeux des Apfourous ou Bafourous qui, de leur côté – mais Brazza l'ignore –, remontent des marchandises et du sel du Congo tout proche, qu'ils revendent à prix d'or aux tribus de l'intérieur. Ils estiment à juste titre être ainsi pris à revers, et menacés dans leur monopole.

Les Apfourous ou Bafourous bien armés leur tirent dessus depuis les deux rives. C'est le premier combat, le refuge dans la mangrove, l'abandon la nuit des pirogues. On noie les caisses trop lourdes avant de s'enfuir dans la boue de la forêt marécageuse, d'avancer au hasard et sous la pluie en direction des hautes herbes du plateau. Il est convenu que Ballay et Hamon regagneront l'Ogooué en compagnie des Sénégalais qui le désirent. Brazza s'entête et décide de continuer encore vers l'est, en compagnie des six hommes d'escorte qui lui restent fidèles.

Brazza n'est pas arrivé jusqu'ici pour abandonner. On peut l'imaginer d'une exigence terrible avec ces derniers compagnons dès lors qu'ils sont volontaires. C'est maintenant, loin du monde depuis deux ans et demi, seul homme blanc au milieu des territoires inconnus des cartes, qu'il prend la mesure de son rêve, d'être allé plus loin que son père et son grand-oncle réunis. Dans son extrême maigreur et sa solitude, il prend aussi cet air farouche de prince arabe qu'on lui verra sur les photographies de Nadar, le front ceint d'un turban. C'est après qu'il aura choisi ces vêtements de cheikh dans sa retraite à Alger, qui lui donnent des airs d'Abd el-Kader et de Lawrence d'Arabie.

Il se met en route vers la rivière Léfini. « Mais il avait fallu quinze jours pour franchir une distance de dix-huit kilomètres. » Au mois d'août 78, affaibli par une progression si lente, à court de provisions et de moyens de s'en procurer, sur le point d'être abandonné par ses derniers hommes à bout de forces, les jambes couvertes de plaies et tremblant de fièvre, il est contraint de rebrousser chemin. Et de se résoudre à l'échec.

Au mois de novembre 78, le squelette illuminé qui ressemble à Brazza est de retour sur la côte du Gabon, à Libreville, trois ans presque jour pour jour après son départ. Il apprend sur son lit de convalescent les exploits de Stanley, qui vient de traverser l'Afrique de part en part, d'est en ouest, de Zanzibar à Luanda, et de reconnaître le cours du fleuve Congo. C'est la troisième et la pire des déconvenues : « Pour mon compte, à peine eus-je pris connaissance de la traversée de cet explorateur, que tout s'illumina subitement. Cette succession de cours d'eau que je venais de traverser aboutissait au grand fleuve de Livingstone et de Stanley. »

Il sait maintenant que, le soir du combat contre les Apfourous ou Bafourous, il était à trois jours de pirogue du Congo, dont l'Alima est un affluent. On ignore cette route. Il brûle de repartir.

Stanley quant à lui est à Marseille en cette fin d'année 78. Il embarquera à nouveau pour l'Afrique dans quelques semaines. Il dispose des moyens considérables du roi des Belges, lequel lui demande de prendre possession du bassin du Congo en son nom propre.

Le monde entier découvre que le géant limoneux draine une région aux dimensions du sous-continent indien.

Pierre & John

Ces deux-là se croiseront à plusieurs reprises, la première fois au Congo et la deuxième à Paris. John Rowlands a déjà deux fois changé son nom. Il est plus vieux de onze ans. Même physiquement tout les oppose. Celui-ci est de taille moyenne, trapu, solidement charpenté, tout en force ramassée, la figure ronde barrée d'une moustache épaisse. Il est toujours très élégamment vêtu depuis qu'il a fui la misère. C'est un fumeur de pipe de bruyère en costume dolman à brandebourgs comme n'en portent plus que les dompteurs. Brazza traîne son corps long et maigre, un peu voûté, sa silhouette de prince arabe, la barbe noire et l'œil bleu. On lui connaît ces deux défauts mineurs que sont la cigarette et le café.

Les journaux pendant des années vont encore exacerber ces différences, jeter l'une contre l'autre ces pointes de silex, la douceur et l'humanité du riche aristocrate et la terrible dureté du fils de personne. Il sait, lui, John Rowlands, qu'il ne descend ni de la cuisse de Jupiter ni de celle de l'empereur Sévère, qu'il doit son existence à un coup de queue hasardeux aussitôt regretté et à l'absence de produits contraceptifs. Lui comme Augusto César Sandino sont les fruits de fornications ancillaires. Dans les deux cas l'histoire du riche fermier et de sa servante. Et l'on pourrait imaginer rétablir le droit de cuissage des fermiers riches sur leurs servantes, lorsqu'on songe à la puissance, à la force extraordinaire que ces bâtards mettront au service de leurs entreprises aventureuses.

La servante s'appelle Elizabeth Parry et le jette au monde le 28 janvier 1841 à Denbigh dans le pays de Galles, puis l'abandonne, comme l'abandonneront son père, son grand-père et ses oncles. Quelques années plus tard, il s'arrache aux griffes des tortionnaires d'un orphelinat dont on peut aller chercher la description dans l'œuvre contemporaine de Dickens. Il embarque comme mousse à bord du *Windermere* en partance pour l'Amérique, débarque à La Nouvelle-Orléans au moment même où l'aventurier William Walker, éphémère président du Nicaragua, quittant ce même port pour sa dernière expédition catastrophique, part se faire fusiller sur la plage de Trujillo au Honduras. Il manque au jeune Anglais quelques années pour intégrer ces hordes de têtes brûlées. C'est encore un adolescent désœuvré qui traîne sur les quais. Il y rencontre Henry Stanley, un commerçant qui le prend en affection, l'adopte, en fait un commis d'épicerie dans l'Arkansas avant de mourir lors d'un voyage à La Havane. Il n'a pas fini de se chercher un père, reprend déjà le nom de celui-ci.

Il s'appelle maintenant Henry Stanley et c'est la guerre de Sécession. Puisqu'il est là, il s'engage dans les troupes confédérées, est fait prisonnier en avril 1862 à la bataille de Shiloh. Il accepte sans scrupules un engagement dans l'armée ennemie des Unionistes, est réformé pour raison de santé. Il devient ouvrier agricole dans le Maryland, puis, comme Sandino, et nombre de fils de rien, reprend une carrière de marin. Il bourlingue, des Caraïbes à l'Espagne, l'Italie en 64, l'année où le jeune Brazza de douze ans quitte Rome pour Paris en compagnie de Montaignac. L'année aussi où Livingstone, pour la dernière fois de passage en Angleterre, après s'être enfermé dans la demeure qui fut celle de Lord Byron, à Newstead Abbey, pour y rédiger *Narrative of an Expedition to the Zambezi and Its Tributaries*, repart chercher les sources du Nil.

Quelques mois encore et Stanley abandonne la Marine, devient guide pour les caravanes d'émigrants en route pour le Far West. Il commence à envoyer des reportages aux journaux de la côte Est, qu'il signe Henry Morton Stanley. Il couvre les guerres indiennes. Il a enfin trouvé son nom et la mesure de son talent.

L'ascension du journaliste est rapide, du *Missouri Democrat* au *New York Herald*. Il est envoyé à Smyrne, brièvement incarcéré en Turquie, suit en 67 la campagne militaire des Anglais en Abyssinie contre le négus Théodoros. Il est en Espagne lorsqu'il reçoit le télégramme qui va bouleverser sa vie. Il en livrera la teneur au début de *How I Found Livingstone* : « Le 16 octobre 1869, j'étais à Madrid, calle de la Cruz. J'arrivais du carnage de Valence. À dix heures du matin, Jacopo m'apporte une dépêche. J'y trouve les mots suivants : Rendez-vous à Paris. Affaire importante. » C'est signé James Gordon Bennett Jr., le directeur du *New York Herald*, qui lui demande de partir à la recherche de l'explorateur dont personne n'a plus de nouvelles depuis trois ans.

Celui qui se vante de vivre à la vitesse des trains doit auparavant régler les affaires courantes. Il se rend à l'inauguration du canal de Suez, remonte le Nil vers la Haute-Égypte, passe à Jérusalem et gagne la Turquie pour aller couvrir la guerre de Crimée. Il séjourne à Tiflis chez le baron Nicolaï, gouverneur du Caucase, à Téhéran chez l'ambassadeur de Russie. Il est en juillet à Mascate dans le sultanat d'Oman, arrive en Inde au mois d'août 70. Stanley ne couvrira ni la défaite française à Sedan ni la Commune. Le 12 octobre, il embarque à Bombay sur le *Polly* à destination de l'île Maurice. Il recrute le bosco, William Lawrence Farquhar, gagne avec lui les Seychelles, trouve à Mahé un baleinier américain en partance pour Zanzibar où il débarque le 6 janvier 71, engage un second assistant, Shaw, ainsi que Sidi Mubarak Bombay, lequel avait été le guide de Speke et de Burton, les découvreurs du lac Tanganyika. L'expédition du journaliste rassemble cent quatre-vingt-douze hommes et emporte huit tonnes et demie de matériel, vingt-sept ânes, et deux chevaux qui mourront les premiers. Ils quittent Bagamoyo avant la mousson d'avril, se mettent en route pour Tabora, le caravansérail des négriers arabes sur les plateaux calcinés.

Le 10 novembre 71, après des mois d'enquête et de marche forcée, les échauffourées avec les populations dont il traverse les territoires en ligne droite et à coups de carabine, la défection des porteurs, la mort de Farquhar, puis celle de Shaw, Stanley prononce enfin, dans le village d'Ujiji, au bord du lac Tanganyika, la phrase la plus célèbre de son premier livre. On verse le champagne chaud dans les timbales en argent.

Le reporter pourrait aussitôt rebrousser chemin, aller publier son papier et cueillir ses lauriers. Pendant cinq mois, la fascination réciproque et l'amitié vont aimanter ces deux-là, le Gallois et l'Écossais. Stanley n'avait jamais jusqu'alors rencontré un homme qui le valût. Pendant cinq mois, il reste auprès de Livingstone qui refuse de quitter l'Afrique. Le vieillard édenté de cinquante-huit ans veut savoir avant sa mort si le fleuve qu'il appelle Lualaba ne verserait pas ses eaux dans les eaux du Nil. Le plus qu'orphelin vient de se choisir un père. Parce que c'est encore plus terrible sans doute de n'avoir personne à dépasser, que la course est sans fin. Il a trouvé cet horizon. Il achèvera l'œuvre de Livingstone dont il prend enfin congé. Celui-ci meurt dans le village de Chitambo le 1er mai 73. Ses amis africains enterrent son cœur au pied d'un arbre, éviscèrent son corps et le laissent se dessécher au soleil avant de l'emporter jusqu'à la côte de l'océan Indien pour le remettre aux Anglais.

Et quand viendra l'heure de la fin dans sa grande maison londonienne, en 1904, l'heure du fauteuil roulant en rotin et du plaid sur les genoux, Stanley regardera chaque soir l'objet en cuivre sur un rayonnage de la bibliothèque, le sextant de Livingstone retrouvé dans le barda du mort. Après avoir enfin tué les pères, on en éprouve bien sûr une infinie nostalgie. On pleure, seul, hémiplégique, un whisky à la main, dans son fauteuil roulant en rotin.

On se souvient d'avoir deux fois traversé l'Afrique de part en part.

En novembre 74, un an et demi après la mort de Livingstone, rassemblant les fonds du *New York Herald* américain et du *Daily Telegraph* de Londres, Stanley organise son immense expédition depuis Zanzibar. Ce sont trois cent soixante hommes qui se mettent en route, trois cent cinquante-six Zanzibaris, dont deux cent quarante mourront en chemin, trois Européens qui mourront eux aussi, et puis Stanley. Ils quittent Zanzibar pour la région des Lacs, remontent en compagnie des hommes du négrier Tippu Tip le Lualaba de Livingstone vers le nord, suivent sa courbe lorsqu'il redescend vers la forêt équatoriale. Leur progression en force est ponctuée de batailles violentes et de marches épuisantes. Chaque soir au campement, il sort de sa boîte étanche la photographie d'Alice Pike.

Voilà que ce viril solitaire en pince pour une pimbêche de dix-sept ans. Et cette photographie, que chaque soir il contemple comme l'icône d'une Grande Infante inaccessible, lui donne la force de continuer. Il baptise *Lady Alice* l'embarcation qu'il ne cesse de démonter puis de remonter au hasard des rapides du Congo.

Le 9 août 77, après avoir parcouru plus de onze mille kilomètres, livré trente-deux batailles, Stanley atteint l'Atlantique au moment où Brazza qui n'en sait rien remonte depuis deux ans l'Ogooué. Le Lualaba de Livingstone est bien le fleuve Congo, lequel, après être monté très haut vers le nord le long du bassin du Nil, trouve son embouchure dans l'autre hémisphère, loin au sud de l'Équateur et de l'Ogooué. Stanley envoie un message de victoire « à n'importe quel gentleman parlant anglais ». Il s'identifie comme l'homme qui, six ans plus tôt, a retrouvé Livingstone. On l'emmène à Luanda en Angola. Depuis longtemps, Alice Pike est mariée.

Dès son retour en Europe, Léopold II l'invite à Bruxelles et lui propose de transformer son exploration en conquête. Stanley aurait préféré que ce fût l'Angleterre, qui rejette son offre, après avoir douté six ans plus tôt qu'il eût vraiment retrouvé Livingstone. On ne prend pas encore au sérieux, chez les lords de la Royal Geographical Society, ce reporter américain à la Rouletabille. Il manquera à Brazza ce grand moteur de la revanche sociale.

Lui aussi connaîtra les humiliations des transfuges et des déracinés, à commencer par sa rétrogradation au rang de simple matelot, lorsqu'il obtient enfin sa naturalisation française, et voit s'envoler ses galons dorés d'officier étranger. Il lui faudra préparer le brevet de capitaine au long cours pour réintégrer la Marine avec le grade d'enseigne de vaisseau, en 79, après sa première expédition sur l'Ogooué. Il ne voudra plus jamais les perdre, ces galons dorés aperçus à douze ans sur la manche bleu marine de Montaignac. Et lorsque le roi des Belges l'invite à son tour à Bruxelles, il décline son offre, parvient à convaincre, dès son retour, Gambetta et Jules Ferry de financer sa nouvelle expédition.

Par l'un de ces paradoxes dont l'Histoire n'est pas avare, la gauche républicaine, l'héritière des Lumières, et une curieuse association de marins aventureux, d'instituteurs laïcs et de Pères Blancs missionnaires imposent l'expansion coloniale à une opinion publique qui, pour une large part, ne voit pas pourquoi la France irait dépenser son argent au Zambèze plutôt qu'en Corrèze.

L'un est né aristocrate et l'autre fils de rien. Celui-là rejettera comme une vieille chemise sa nationalité nordaméricaine pour reprendre l'anglaise, finira lord, anobli par la reine Victoria, légende vivante dans son fauteuil roulant en rotin. L'autre, malgré les humiliations, sa mise en congé forcé, se contentera, dans sa retraite à Alger, du mutisme hautain d'un gentleman silencieux comme un duc, avant d'aller mourir peut-être empoisonné à Dakar.

Mais avant leur fin pitoyable, elles le sont toutes, ils doivent encore s'affronter sur le sol africain. Maintenant la course est lancée. C'est 79. Ils se précipitent à l'assaut du Congo.

à Libreville

*Car tout âge se nourrit d'illusions, sinon
les hommes renonceraient tôt à la vie et
ce serait la fin du genre humain.*

Conrad

Certains détails suffisent à une lecture géopolitique
du début de ce troisième millénaire. Les grilles de
l'ambassade de France ont été déposées, remplacées par
un mur plein, de près de quatre mètres de hauteur. Des
étals de réparation de téléphones tenus par des Chinois
viennent d'ouvrir dans le marché du Mont-Bouët. Cette
ville dans laquelle les Chinois s'installent quand les
Européens se barricadent semble pourtant toujours aussi
familière. Il y a ici un quartier Sorbonne et un quartier
Océan, un cimetière Lazaret et un quartier London.

Chaque matin, après la lecture de *L'Union* à une
table de Chez Claude, boulevard de l'Indépendance, je
me rends à l'antenne de l'AFP dans l'immeuble d'Air
Cameroun pour y prendre connaissance de l'actualité.
Puis je poursuis mon enquête de terrain sur les progrès
de l'illusion. Parcourant la ville au gré des trajets impré-
visibles des taxis collectifs, on peut constater l'envahis-

sement des églises « éveillées », du Christ Sauveur ou
du Septième Jour. Des évangélistes y enflamment un
public souvent pauvre et féminin, avec une prédilection
pour les quartiers périphériques que désigne l'euphé-
misme sous-intégrés, comme Kinguélé ou Cocotiers.
Si certaines de ces églises se sont implantées dans des
locaux désaffectés, une ancienne menuiserie à Beau-
Séjour, d'autres, de manière plus inquiétante, semblent
empiéter sur le secteur bistrotier, tel cet ancien café
toujours empli de ses chaises en plastique rouge et
de ses publicités alcooliques en face de l'immeuble
Beyrouth.

Libreville : Équivalent de l'anglais Freetown, ville d'hommes libres, ville où l'esclavage est interdit. Ce nom, passé à la capitale du Gabon, fut d'abord donné au « village d'accueil » ou « village de liberté », où furent établis les quarante-six Congolais et Congolaises, embarqués sur le négrier *Elizia*, et libérés par la frégate *Pénélope* en 1849. En juillet 1850, on remit à chaque captif libéré un terrain carré de vingt mètres de côté et une case de quatre mètres de côté, construite aux frais de l'État. Moyennant salaire, ouvriers gabonais et sénégalais aidèrent la jeune population de Libreville à édifier ses cases et à défricher ses champs ou jardins.

Abbé André Raponda-Walker
Toponymie de l'estuaire du Gabon
et de ses environs, 1960

à Glass

De cet appartement, au huitième étage de la résidence Taliha, propriété du Libanais qui a ouvert son magasin de meubles au rez-de-chaussée, on peut se réjouir de la beauté régulière des aubes. Du vol lent des oiseaux sur l'estuaire, des aigles de mer et des aigrettes, et parfois des vols de perroquets du Gabon, gris à queue rouge, par trois au quatre, qui s'offrent une petite balade et rentrent à tire-d'aile vers les forêts de la pointe Denis.

Assis sur ce balcon face au vent doux, on suit à l'horizon des brumes roses et violacées qui glissent sur la colline du sanctuaire de Baraka, virent à l'orange, puis au citron dans l'explosion sonore des coqs et des chiens. À mesure que monte le soleil, le sanctuaire disparaît sous les frondaisons des grands cèdres. Rubans rouges des chemins ravinés par l'averse, que gravissent des écoliers en uniformes impeccables. Le quartier du roi Glass, au sud de Libreville, est délimité à l'ouest par l'estuaire du Gabon, à l'est par le quartier de Plaine-Niger, au sud par la rivière Ogombié et les quartiers de Lalala et d'Olumi. Au début du XXe siècle, ce quartier de Glass, anglo-américain et protestant, était encore éloigné de la capitale, catholique et francophone.

Le sanctuaire de Baraka est aujourd'hui séparé de

l'océan par un fouillis de masures et d'échoppes, puis par le boulevard de la République qui se défait, au carrefour Hassan, de l'unique rue en terre desservant le marché aux viandes de brousse et l'embarcadère des vedettes. Dans la pointe la plus aiguë de ce triangle, un modeste parc, ceint de grilles, est parsemé de détritus au milieu desquels campent deux ou trois ivrognes. Dès que le soleil apparaît, s'élèvent du carrefour Hassan les klaxons de l'embouteillage, les fumées noires et l'odeur des moteurs dans la chaleur assommante. Il faut bien alors quitter le balcon jusqu'au soir, et aller lire dans la chambre.

avec Ali

Celui-là est camerounais, depuis dix ans au Gabon. Il propose que nous prenions ensemble la route vers le nord, pour Yaoundé. Ali pèse cent kilos, il est commerçant. C'est un musulman assez strict qui ne fume pas, ne boit d'alcool ni ne mange de jambon, précise-t-il. C'est seulement lorsqu'il est question de football qu'il revendique sa nationalité camerounaise. Pour le reste, il est Bamiléké. Et de chaque côté de la frontière, il est chez les Fangs.

Parce que je parviens moi-même assez bien à me passer de jambon, nous déjeunons souvent ensemble dans une espèce de *paladar* du quartier Charbonnage que tient une amie à lui. Aïcha la Congolaise est musulmane et nous mangeons du poulet nyemboué garanti halal en buvant de l'eau minérale. Je lui raconte le projet des vies que je suis en train de consigner, puis de mettre en parallèle. Celles de Brazza et de Stanley. Celle de Jonas Savimbi que j'aimerais écrire, auquel il ressemble beaucoup, physiquement.

Une vie ça n'existe pas, selon Ali. Des détails, oui, des anecdotes qui se croisent, à quoi pour se rassurer on cherche à donner une logique. On ment toujours.

Il n'en dira pas beaucoup plus, me parlera un peu de ses fils, de ses voitures, de ses vies de part et d'autre de la frontière, qu'on devine cloisonnées. C'est finalement la route du sud que nous prenons quelques jours plus tard, pour Saint-Paul de Donguila sur l'estuaire du Gabon, à mi-chemin de Libreville et de Kango, où Ali doit rencontrer des pêcheurs de crabes.

Une chapelle dessinée par Gustave Eiffel vient d'y être restaurée sous le haut patronage d'El Hadj Omar Bongo Ondimba. L'achèvement des travaux a été fêté le 29 février 2004, ainsi que l'atteste un écriteau à l'entrée. La structure est en bois, recouverte de haut en bas de plaques d'aluminium étincelant au soleil. Chant des coqs. Femmes en robes de couleurs vives et foulards, bébés dans le dos tenus à l'aide d'un châle. Mélopées et claquements rythmés des mains. Les fidèles s'embrassent à la fin de la messe, ou se serrent les mains en souriant, sortent sur le perron en surplomb sur l'estuaire. Du lieu saint, un chemin serpente jusqu'à la plage en contrebas au milieu d'une coulée verte de bananiers et d'hibiscus. Près de l'église une école, un dispensaire, et un bistrot dans lequel j'offre un verre à deux vieux chrétiens avant que nous ne descendions ensemble vers la jetée des pêcheurs, au-dessus de laquelle la carcasse d'une automobile est encastrée dans un cocotier à mi-pente, regrettable habitude des chrétiens de conduire ivres morts, selon Ali.

Le lendemain nous sommes à la gare d'Owendo, passons au terminal où Ali part régler ses affaires poissonnières. Au quai du port en eaux profondes, le *Caroline-Delmas*, immatriculé à Port-aux-Français dans les Kerguelen, effectue des travaux de peinture après avoir livré sa cargaison de céréales. Nous roulons lentement sur les quais, comme deux flics à l'avant de la Toyota noire, le gros Black avec ses bagouzes en or et le Blanc avec des stylos dans la pochette de sa chemise, genre de couple si souvent vu au cinéma qu'on sait sur tous les quais du monde que ces deux-là, mieux vaut ne pas trop les emmerder.

Très à l'écart, à bord d'un chalutier chinois qu'on dirait hors d'usage et qui ne l'est pas, des Chinois en loques, sales et fatigués, le plus loin possible de chez eux, au milieu de la rouille et de l'huile dans quoi patauge et dérape un chien jaune qui aboie à notre approche. Les hommes débarquent des cartons de poisson congelé qu'on empile à l'arrière d'une camionnette frigorifique, sous le contrôle d'Ali et d'un mareyeur chinois cravaté. Les damnés de la terre peuvent reprendre la mer.

Le commerce de cabotage, depuis le Cameroun au nord et Port-Gentil au sud, se fait au Port-Môle de Libreville, avancée palafitte au centre de la baie. Le prochain port en eaux profondes sera creusé tout au nord, au cap Santa-Clara. Afin d'achever cette inspection portuaire, nous prenons la route dès la fin de la semaine. Au loin la Guinée-Équatoriale, pays paranoïaque dont le nom même est une imposture. Les pêcheurs affirment se faire tirer dessus dès que, par le jeu des courants, ils approchent de l'île de Corisco. Sur la plage sont alignées des pirogues en construction, troncs évidés à différents stades de leur finition parmi des carapaces de tortues et des coquillages. Nous nageons au milieu des rouleaux, achetons une bouteille de vin de palme que nous buvons à Glass pour mon départ. Je range mes livres, la correspondance de Brazza, et Ali m'accompagne à l'aéroport.

Puis nous sommes cinq à bord du coucou, un bimoteur qui survole la forêt vers le nord avant de s'incliner sur son aile gauche, de mettre le cap sur l'océan, et je tourne le dos à la côte, m'envole plein ouest sur l'Atlantique, à destination du paradis santoméen où je vais attendre Brazza.

la prolifération des Congo

Leurs courses ne seront pas moins effrénées que le voyage de Phileas Fogg, avec cette différence qu'il leur faudra eux-mêmes ouvrir leur chemin, l'un sur l'Ogooué et l'autre le long du Congo.

Quelques mois après son retour en France, Brazza reprend la mer pour Libreville. Il n'est plus italien. Stanley, qui n'est plus anglais, est déjà à pied d'œuvre, à Banana, un peu au-dessus de l'embouchure du Congo sur sa rive droite. Il dispose de deux cents hommes de peine, de quatorze Européens pour organiser les travaux, de cinq vapeurs démontables, et d'une grande quantité de dynamite, destinée à creuser une route à travers les monts de Cristal.

Le départ de Brazza n'a pas échappé à la vigilance des Belges. Au nom du roi Léopold, le colonel Strauch fait parvenir cette mise en garde à Stanley : « Nous appelons très sérieusement votre attention sur les projets probables de M. de Brazza, et nous vous engageons à faire tous vos efforts pour ne pas vous laisser devancer par lui. Nous espérons que, s'il parvient à descendre l'Alima, il vous trouvera déjà installé au confluent de cette rivière. »

Mais Stanley est trop orgueilleux. Jamais il n'a été

devancé. Il poursuit la construction de sa route le long du fleuve, depuis l'océan jusqu'au Stanley Pool, à partir duquel le Congo devient navigable. Brazza n'est ralenti que par les cérémonies de retrouvailles dans les villages qui bordent l'Ogooué, les agapes et les palabres. À la croisée de la Mpassa, il fonde en juin 80 le poste qui deviendra Franceville et y laisse quelques hommes. Il sait qu'il est à cent vingt kilomètres de terre ferme de l'Alima.

Avant qu'il atteigne la rivière, un envoyé du Makoko, roi des Tékés, remonte depuis les berges du Congo pour lui proposer guides et protection. La réputation de Brazza le devance à l'inverse de celle de Stanley. Dès juillet 80, six mois après son départ, il voit le fleuve pour la première fois :

> À onze heures du soir, après une dernière marche forcée, notre vue s'étendit tout à coup sur une immense nappe d'eau dont l'éclat argenté allait se fondre dans l'ombre des plus hautes montagnes. Le Congo, le mystérieux fleuve, venant du nord-est, où il apparaissait comme l'horizon d'une mer, coulait majestueusement à nos pieds sans que le sommeil de la nature ne fût troublé par le bruit de son tranquille courant.

Le 10 septembre, Brazza signe un traité d'union avec le Makoko en présence de quarante chefs de village. Le 3 octobre, il fonde le poste de N'Tamo qui deviendra Brazzaville, en bordure du fleuve. Il le place sous l'autorité du valeureux Malamine Kamara, auquel il laisse trois hommes, quelques provisions, et la mission de s'opposer à tout débarquement. Un an avant l'arrivée de Stanley, le drapeau français flotte à l'arrière des pirogues. Brazza longe le fleuve vers l'aval et se porte à la rencontre de l'Américain. En novembre, les deux hommes passeront ensemble quarante-huit heures dans le camp de Stanley.

Tiré à quatre épingles, celui qu'on appelle ici Boula-Matari, le Briseur de Roches, reçoit Brazza sous sa tente. Il le décrit hirsute et dépenaillé. Brazza note dans son journal : « Ce jour-là, le hasard réunit pendant un instant deux hommes, deux antithèses : la rapidité et la lenteur, la hardiesse et la prudence, la puissance et la faiblesse. Stanley est un explorateur comme moi : nous sommes de bons camarades. Mais si notre but était le même, les intérêts qui nous ont guidés étaient différents. » Aucun des deux ne parle à la fois le français et l'anglais. La conversation demeure approximative. Stanley dissimule son agacement lorsque Brazza mentionne qu'il vient de créer un poste en amont, sur la rive droite du Stanley Pool. Il se garde de brandir le traité signé avec le Makoko qu'il transporte avec lui.

La longue marche reprend. En décembre, Brazza est à Libreville et repart pour l'Ogooué, se blesse un pied dans les rapides. La blessure s'infecte. « Privé de médicaments et de ma trousse que j'avais laissée aux officiers de la mission Stanley, je pris mon couteau et taillai dans le morceau jusqu'à un centimètre de profondeur, supprimant tout ce qui n'avait pas une jolie couleur de chair fraîche. J'en fus quitte pour deux mois d'inaction, et en arrivant à Franceville, en février 81, je fus le premier voyageur à qui notre station hospitalière ait rendu service. » Sitôt rétabli, il entreprend de tracer sur les plateaux Batékés une piste vers l'Alima, puis se lance dans l'exploration du territoire, cherche un nouvel accès à l'océan et découvre, un peu par hasard, le 8 février 82, la source de l'Ogooué près de l'actuelle Zanaga.

En juin, Brazza est à Paris, accueilli à la Société de Géographie. La deuxième rencontre avec Stanley aura lieu en octobre. Les deux hommes, responsables de la prolifération des Congo, s'affrontent dans les journaux. Brazza sur Stanley : « Je n'ai jamais eu l'habitude de voyager dans les pays africains en guerrier, comme M. Stanley, toujours accompagné d'une légion d'hommes armés, et je n'ai pas eu besoin de faire des échanges, parce que, voyageant en ami et non en conquérant, j'ai trouvé partout des gens hospitaliers. »

Ferdinand de Lesseps l'invite à donner une conférence à la Sorbonne, une autre à la Société historique. Le public est en liesse. Les chapeaux levés. On applaudit. On le félicite d'avoir écrit un nouveau chapitre de l'Histoire. Brazza monte à la tribune. Le silence se fait. La voix est grave :

– La vérité est que je n'en ai écrit qu'une ligne, la première et la plus modeste. Pourtant un grand pas est fait. Le drapeau de la France est désormais planté au centre de l'Afrique, comme un symbole des idées grandes et généreuses que la France a toujours, plus que toute autre nation, contribué à répandre. C'est l'amour de la science qui a conduit Bellot dans les glaces du pôle. Aujourd'hui, l'entrée de nos compatriotes en Afrique aura pour effet d'arrêter à sa source le commerce de chair humaine : la traite des nègres. Car la France, en défendant ses intérêts nationaux, n'a jamais abandonné les intérêts de la civilisation.

Il y a cinquante ans environ, notre drapeau fut planté au Gabon. Il y représentait dès le principe l'idée de

67

liberté, car c'est pour fournir un port de relâche à nos vaisseaux, chargés d'empêcher la traite des Noirs, qu'on s'était établi sur cette partie de la côte africaine. Le bruit s'est répandu vite, et jusqu'au centre de l'Afrique, qu'il y avait sur les côtes une terre qui rendait libres ceux qui la touchaient. Quand j'ai pénétré dans ce pays, nos couleurs étaient connues. On savait qu'elles étaient celles de la liberté. Les premiers habitants de Libreville ont été des esclaves libérés. La question de l'esclavage est une question complexe. On se trouve à chaque instant en présence de difficultés presque insurmontables. Soutenir l'honneur d'un pavillon qui arrache leur proie aux négriers n'est pas chose facile, quand on ne peut pas, quand on ne veut pas, employer la violence. En 1875, lors de mon premier voyage, je n'ai pas arboré le drapeau français au-delà de la portée des canonnières françaises. Au début, j'ai dû acheter des hommes à prix d'argent et fort cher, selon le cours, trois ou quatre cents francs.

Je leur disais quand ils étaient à moi, bûche aux pieds et fourche au cou : Toi, de quel pays es-tu ? Je suis de l'intérieur. Veux-tu rester avec moi ou retourner dans ton pays ? Je leur faisais toucher le drapeau français que j'avais hissé. Je leur disais : Va, maintenant tu es libre. Ceux de ces hommes qui sont retournés, je les ai retrouvés dans l'intérieur. Ils m'ont facilité le chemin. Ils m'ont permis de remonter jusqu'au centre, là où il m'était possible de libérer un esclave au prix de quelques colliers, qui valent bien en tout dix centimes. Il était constaté que tout esclave qui touchait le drapeau français était libre. L'Afrique rend la guerre à qui sème la guerre. Mais comme tous les autres pays, elle rend la paix à qui sème la paix.

Ma réputation allait devant moi, m'ouvrant la route et les cœurs. On me donnait, à mon insu, le beau nom de Père des esclaves. Qu'est-ce, Messieurs ? Peu de chose. Demain nos libérés iront se faire reprendre dans le centre si nous ne soutenons pas nos premiers efforts.

Le traité Makoko est ratifié le 28 novembre 82. Brazza repart le 22 mars 83. Il retrouve à Dakar le sergent Malamine Kamara, qui a tenu tête à Stanley, et l'emmène à nouveau avec lui.

Il est supposé devenir administrateur, reprend ses marches en forêt, remonte des affluents, trace des pistes, rencontre le Makoko Iloo Ier et lui remet le traité signé. Puis c'est le congrès de Berlin, organisé par Bismarck, auquel assistent Ballay et Stanley à titre d'experts, qui réunit autour de la carte enfin complète de l'Afrique l'Allemagne et la Prusse, l'Autriche-Hongrie, la Belgique, le Danemark, l'Espagne, les États-Unis, la France, la Grande-Bretagne, l'Italie, les Pays-Bas, le Portugal, la Russie, la Suède, la Norvège et la Turquie. Dans l'acte général du 26 février 85, les puissances coloniales se partagent à la règle le continent dépecé.

À Paris, le ministère de Jules Ferry, seul soutien politique de Brazza, tombe le 30 mars. L'idéalisme de l'explorateur n'a plus cours. C'est la chasse à l'ivoire et au caoutchouc. Dorénavant il y aura deux Congo, le belge et le français. Aujourd'hui le Congo-K et le Congo-B.

Brazza est convoqué à Paris.

Il quitte Libreville pour les îles de São Tomé e Príncipe pendant l'été 85. Il prendra un paquebot pour Lisbonne en novembre. Il a trente-trois ans. Il court la forêt depuis dix ans. Il est celui qui a devancé le mythique Stanley. Pour lui comme pour le Christ et Alexandre, tout pourrait s'arrêter là, à trente-trois ans. Tout devrait s'arrêter là.

à São Tomé e Príncipe

à la recherche du neospize

L'enfant assis devant les pages de l'atlas, dans la bibliothèque de Castel Gandolfo, découvre qu'un pays peut être constitué de deux sommets de montagnes surgis au milieu de l'océan. Jungles dont personne n'a vu le cœur, perdu à deux mille mètres dans les brumes et les pluies continuelles, d'où cascadent des rivières en à-pic vers les plages. Moins de cent cinquante mille personnes vivent aujourd'hui sur les deux îles.

En juillet 2003, douze mutins répartis dans deux taxis jaunes ont quitté nuitamment leur caserne et se sont emparés du pouvoir, à la faveur du plus petit coup d'État du monde. J'ai décidé d'enquêter, et acheté à cette fin des lunettes noires et une carte de l'île au trésor.

Assis à la terrasse du bar Passante, pour donner le change, sous les amandiers de la Marginal, que longe un parapet blanc ponctué de vasques au-dessus de l'océan vert pomme, j'observe comme si de rien n'était quelques navires sur rade, de la pinasse au cargo vraquier, et les pirogues des pêcheurs halées sur la grève, les virevoltes des hirondelles dans le ciel clair, les cocotiers qui mêlent leurs palmes bruissantes. Plus loin le palais présidentiel rose bonbon dont on s'emparerait en effet volontiers, un café jaune, la cathédrale blanche, l'odeur du chocolat de la brûlerie toute proche : São Tomé est une minuscule capitale pour un roman de Ronald Firbank. Il y a aussi des révolutions de palais dans les romans de Ronald Firbank.

Si tous les oiseaux disparaissaient d'un coup, certains d'entre nous mettraient longtemps à s'en apercevoir, ou l'apprendraient dans les journaux, comme on apprend les coups d'État, et lèveraient vers le ciel leurs sourcils froncés en cherchant à voir un piaf.

Il est encore plus facile ici de se dissimuler aux yeux des hommes. Sur cette île vit le neospize (*Neospiza concolor*), curieux volatile endémique à gros bec, qui n'a été observé que deux ou trois fois, la première par l'ornithologue Francisco Newton en 1888, trois ans après le passage de Brazza, lequel, féru d'ornithologie, aurait sans doute aimé découvrir le neospize aussi bien que le fleuve Congo. Les deux individus prélevés par Newton ont disparu dans l'incendie d'un musée portugais. Comme si le neospize était capable de voler une nuit de São Tomé jusqu'à Lisbonne au ras des flots, une brindille incandescente en travers de son gros bec de perroquet, pour aller incinérer ses morts lisboètes.

Dança Kongo

Le Miramar est l'ancien hôtel des conseillers cubains à l'époque de la Guerre froide, pendant laquelle le paradis appartenait au bloc marxiste-léniniste. À seule fin de ne pas mener sur le coup d'État une enquête trop effrénée, laquelle ne manquerait pas d'attirer sur moi l'attention des autorités, je rejoins comme un havre le Baron qui est le bar de l'hôtel. Ce baron-là n'est pas rouge. Peut-être fut-il repeint après la chute du Mur. C'est surtout dans les aéroports, celui de Mexico comme celui de Stuttgart, qu'on ouvre des Barons rouges. Signalons un autre Baron tout court à Alep dans le nord de la Syrie, où le futur Lawrence d'Arabie, encore vêtu de l'uniforme réglementaire, fréquentait ces bars à whisky au sol de marbre et boiseries sombres où officient, avec un scepticisme hopperien, des barmen à nœud papillon et gilet rayé. On aime à mener en ces lieux des conversations sur les antipodes, l'éventuelle prise du pouvoir dans quelque île lointaine, la navigation à la voile et l'ornithologie.

Dès le premier soir, un Libanais venu chercher dans l'île de très hypothétiques fortunes m'y offre un verre. Il est souriant et détendu, c'est la fin de son voyage. Il ne se fait pas trop d'illusions sur les affaires qu'il pourrait ici dégoter. Après le Mozambique et l'Angola, ici c'est le paradis, convient-il. Un grand Noir de Johannesburg s'est joint à nous, qui se prétend pasteur pentecôtiste, mais semble également un peu ivrogne, deux métiers après tout cumulables. Il est accompagné d'un garçon dont il caresse de temps à autre la tête, et qui ne semble pas être un enfant de chœur.

Le pasteur pose sur la table un livre en anglais et nous interroge sur ces fameux Angolares qu'il aimerait rencontrer. Les navigateurs portugais qui avaient fait le tour de l'île dès le XVᵉ siècle avaient choisi d'établir une aiguade ici, au nord-est, dans cette baie Ana Chaves, juste une escale, une plage où charger les fruits, les porcs sauvages et l'eau fraîche avant de repartir pour les Indes. Ils pensaient l'île déserte jusqu'à la rencontre, par un chasseur sans doute, du premier Angolare, une manière de Vendredi qui s'enfuit dans la forêt. Mais les Vendredis sont nombreux, vivent de pêche tout au sud de l'île, et harcèlent pendant des siècles les Portugais. Le problème de l'antériorité des peuples sur un territoire est toujours plus idéologique qu'historique, un cas d'école sur le droit du premier occupant dans les philosophies politiques de Locke et de Rousseau.

Pour les historiens portugais, soucieux de régler l'affaire, ces Angolares sont les descendants des rescapés, en 1544, du naufrage d'un navire négrier en provenance de l'Angola et jamais arrivé au Brésil. Mais on lit aussi dans le journal de Brazza, au tout début de la remontée de l'Ogooué : « Enfin nous sortons de ce dédale d'îles à demi noyées, et, poussés par la marée, nous marchons vers Angola, le premier village. Angola est habité par des hommes de la tribu des Orungus. » Les Vendredis sont peut-être des Orungus de l'Ogooué, emportés en plein océan par les courants sur leurs pirogues.

Plutôt que l'ouragan ou la dérive, on se plaît pourtant à envisager une mutinerie, un soulèvement, des esclaves angolais brisant leurs chaînes et s'emparant du navire en 1544, échouant sur cette île déserte comme ceux du *Bounty* sur celle de Cairns, pour y vivre libres et de rien, de génération en génération, et pour les siècles des siècles.

À l'été de 1885, lorsque Brazza quitte Libreville pour São Tomé, plutôt que sa première disgrâce, c'est encore un simple rappel à l'ordre : on lui demande de mettre en place le système colonial. Saint-Thomas n'est pas Sainte-Hélène. Il attend qu'un navire vienne jeter l'ancre dans la baie Ana Chaves. L'image qu'il a de ces deux îles est celle d'un enfer esclavagiste. Dans le journal de sa première expédition, dix ans plus tôt, il écrivait à Lopé, alors qu'il venait de négocier le prix de ses nouvelles pirogues : « Probablement, sûrement même, cinq ou dix esclaves, achetés avec ces marchandises, descendront d'ici, dans trois ou quatre mois, à la côte pour être vendus aux mulâtres portugais de l'Île du Prince à Saint-Thomas, lesquels continuent ce trafic. »

En raison des échanges botaniques initiés par la conquête, l'Amérique centrale se couvre des caféiers africains et ses cacaoyers sont emportés pour être plantés en Afrique. Encore faut-il récolter tout ça. Les *roças* sont des latifundias verticales, des fermes-villages découpées en lanières à flanc de montagne jusqu'à la mer, avec tout en bas une plage et parfois un wharf, juste au-dessus le village des travailleurs. Encore au-dessus, sur un piton déboisé, la maison du maître est exposée à la fraîcheur des alizés. Puis les plantations grimpent à la verticale vers la froideur de la forêt et les brumes. L'île demeure le premier producteur mondial de cacao jusqu'à l'embargo décrété, en 1909, par les Anglais antiesclavagistes.

Jamais les autoproclamés « Fils de la terre », descendants métis des Portugais, n'ont pu asservir les Angolares. Ils leur ont offert la paix à la condition qu'ils fourniraient le poisson aux *roças*. À la condition aussi qu'ils cesseraient leur Dança Kongo, cérémonie dans laquelle interviennent l'ange et le sorcier, ceux qui parlent aux léopards. Les Angolares vivent aujourd'hui autour du village de São João dos Angolares, dans le sud de l'île, non loin de la rivière Xufexufe où fut surpris le neospize, lequel est, sans conteste, le premier habitant des lieux.

Pierre & Pierre

Quels sont les doutes de Brazza, pendant ces quelques semaines d'inactivité forcée de l'été 85 ? Rêve-t-il d'avoir été ornithologue plutôt qu'explorateur ? Regrette-t-il sa carrière de marin, ce capitaine au long cours ? Envisage-t-il d'embarquer à nouveau, de laisser tomber toute cette politique ? Pense-t-il parfois à son ancien condisciple de la Royale à l'école de Brest ? Deux ans plus tôt, Loti a été sanctionné pour avoir fait paraître dans *Le Figaro*, sans en référer à sa hiérarchie, trois articles anticolonialistes sur la situation au Tonkin.

En cet été 85, il est au Japon. Il poursuit sa carrière de marin, essaie de la concilier avec celle d'écrivain. En avril il était à Saigon, le 2 mai à Hong-Kong, le 5 embarquait sur la *Triomphante* de l'amiral Courbet pour se joindre à la campagne de Chine. Le navire, victime d'une avarie, est dérouté vers le chantier naval de Nagasaki. Loti dispose de deux mois d'inactivité imprévue et loue aussitôt un appartement en ville, se marie, et entreprend de bâcler le roman qu'il doit à son éditeur. Pendant que Brazza est à São Tomé, Loti écrit dans son journal, à la date du 23 juillet 85 : « J'ai épousé la semaine dernière, pour un mois renouvelable, devant les autorités nippones, une certaine Okané-

San qui partage mon logis suspendu. » Il la rebaptise Kikou-San, Madame Chrysanthème, et s'attaque au roman éponyme. S'il émet des doutes, Loti, c'est plutôt sur l'avenir de son métier d'écrivain. En témoigne ce télégramme, envoyé de Nagasaki cet été-là : *Travaille énormément, écris roman japonais que dois livrer en août ; grosse affaire d'argent. Roman sera stupide. Le deviens moi aussi.* (T'occupe, Julien, encore quelques livres et c'est l'Académie.)

vers chez les Angolares

Les grèves sont caillouteuses et noires. On vole le sable des plages pour la construction. Le sable est cher parce qu'importé, comme le ciment, et à peu près tout en dehors des noix de coco. Ces vols s'effectuent avec la complicité de la police et en vertu du proverbe STP, initiales du pays, mais aussi de ce dicton : *Somos Todos Primos* – On est tous cousins.

C'est à la hauteur de Santana et d'Agua Izé plus au sud qu'apparaît, faute de projets immobiliers en nombre suffisant, le sable blanc. Le long de la route, quelques *roças* en ruine, voies ferrées à l'abandon, grands bâtiments troués de ciel. Pans de murs où se lisent encore quelques préceptes socialistes dénotant un indéniable amour des hommes, saynètes naïves et colorées surmontées de conseils hygiéniques – comme se laver les mains après avoir déféqué ou uriné, ne pas boire l'eau croupie des flaques, ne consommer l'alcool qu'avec modération.

Les *roças*, autosuffisantes, abandonnées en 1975 par les colons portugais, auraient pu être transformées en communautés anarchistes, en merveilleuses Cecilia. Elles furent transformées en kolkhozes par les barons rouges. Puis restituées à la nature par les Angolares. Plus au sud encore, vers Porto Alegre et la pointe des Baleines, ceux-ci ont squatté les maisons des anciens maîtres coloniaux, puis communistes, sans rénovation jamais, et ces bâtisses, pour des raisons qui m'échappent (et échappent peut-être aussi aux architectes portugais qui les édifièrent) se détériorent beaucoup plus vite que les bâtiments agricoles.

Les toits laissant bientôt passer la pluie, les planchers pourris s'effondrant, on déménage pour aller s'abriter dans les étables en attendant qu'elles s'écroulent à leur tour. Après quoi, le dernier mur de pierres demeurant au milieu de la jungle comme un symbole énigmatique d'une civilisation engloutie, on construit des claies en lattes de bambou fendu qui sont des fumoirs à poisson, des pirogues qu'on pousse sur leur étambot à travers la lagune envasée. Et pour les Angolares tout redevient comme avant les Portugais puis les Cubains, les Russes et les Angolais, à d'infimes exceptions près : la grande place herbeuse est devenue un terrain de football pour les enfants, en bordure duquel deux chèvres spectatrices sont juchées sur un half-track abandonné.

À la sortie d'un virage sur la route qui mène au Cão Grande, pain de sucre dressé à l'horizon, trois aigles se disputent le cadavre d'un cobra noir. Cette image est réputée avoir été à l'origine de la fondation de Mexico par les nomades aztèques, que ce spectacle avait arrêtés dans leur migration. Et peut-être les dieux me demandent-ils de fonder à nouveau Tenochtitlán. Ou bien ils m'envoient une énigme destinée à me faire progresser vers la sagesse. Nous aimerions tous un jour être réincarnés en aigle, planant à la verticale des forêts et des océans. Et finalement ce sera peut-être en cobra noir, et encore assez idiot pour se faire écraser sur une route aussi peu fréquentée.

Le soir à Jalé, un soleil rouge émerge d'un matelas de vapeurs violines, cuivre les corps des pêcheurs qui s'affairent autour des filets. Après qu'on a descendu par degrés l'échelle des latitudes jusqu'au zéro de l'Équateur, on peut ici s'installer dans une case de la cocoteraie pour y lire les archives de Brazza. Celle-ci est équipée d'un petit groupe électrogène très bruyant qui alimente un frigo et deux lampes. Autour de cette plage sont alignées des plantations d'arbres à parfum, vétiver, ylang-ylang aux pétioles jaunes, poivriers sombres emplis de centaines de perruches vert électrique. On longe ces bois odoriférès pour atteindre à pied la pointe des Baleines, roches noires basaltiques percées de trous-souffleurs, d'où s'élèvent à chaque marée des geysers d'écume, jaillis vers le ciel comme si l'île était une grande baleine d'asphalte crachant par ses évents. Un leurre destiné à attirer jusqu'ici les baleines véritables qui croisent au large de Luanda.

les lettres d'un fils

*Et quand je leur disais que les Blancs
ont un pays où rien ne manque, ils ne
pouvaient s'expliquer pourquoi nous
l'avions quitté.*

Savorgnan de Brazza

Mon intimité est grande avec Brazza. C'est un peu
comme s'il venait s'asseoir dans ma cabane, chaque
jour en fin d'après-midi, et me demandait de couper le
raffut du groupe électrogène. Qu'on s'entende un peu.

Dans ces textes-là, la correspondance privée, familiale, on n'est pas un héros à mausolée. On a beau
crapahuter depuis des mois ou des années dans la forêt
inconnue, on s'excuse auprès de sa mère de faire des
taches. « ... Avant de continuer j'ouvre une parenthèse.
Tu t'étonneras sans doute de trouver tant de taches
d'huile sur ma lettre. Mais comme je ne suis pas très à
mon aise pour t'écrire, tu m'excuseras. J'ai pour lampe
une vieille boîte de sardines pleine d'huile de palme
et les mille papillons et autres insectes qui abondent
dans ce pays arrivent, attirés par la lumière, et finissent
par tomber dans l'huile dans laquelle ils font le diable.
Ils viennent ensuite se poser sur mon papier. » On la

rassure quant à la nourriture, on se vante de son potager au camp de Doumé, on se hasarde à quelque recette. « Me voilà avec mes magasins remplis, tandis que nos plantations commencent à donner des résultats : les radis noirs, les haricots indigènes, le sucre, le tabac, les épinards, etc. Permets-moi une digression. Si par hasard il te prenait la fantaisie de goûter ces épinards qui ont paru souvent ici sur notre table, tu peux te donner ce plaisir en faisant cuire ces larges feuilles qui sont près de la fontaine de notre jardin à Rome avec de la graisse de mouton, du poivre et du sel ; c'est un mets véritablement délicieux. » On ne lui parle jamais des femmes. On lui promet ne pas avoir sombré dans l'ivrognerie, comme tant de marins selon la légende. « Tous les jours, cependant, nous avons un peu d'eau-de-vie, mais je ne la prends et ne m'en sers que comme cordial, n'étant pas habitué à l'alcool. Quand je suis fatigué de la route, une gorgée me suffit pour me rendre des forces. Nous avons mis de côté un peu de farine et de biscuits auxquels nous ne devons toucher qu'à la dernière extrémité. » De temps à autre on plie ces feuillets qu'on serre dans une enveloppe. On ne sait pas bien si ces courriers toucheront un jour leur destinataire, même en payant le timbre-poste au prix fort. « Je confie cette lettre à un des chefs, propriétaire d'une belle dent d'éléphant : la lettre de change qui l'accompagne (payez deux fusils et deux barils de poudre au porteur) est pour moi un sûr garant que ces lettres ne seront pas perdues mais quand arriveront-elles, qui sait ? Elles suivront le même chemin que la dent que mon ami noir dit vouloir vendre aux Blancs. »

dans la presse congolaise

[...] Enfin, prenons un dernier exemple, la construction du mausolée Pierre Savorgnan de Brazza. Le coût de ce projet faramineux a-t-il été rendu public, selon les critères de transparence et de bonne gouvernance qui doivent présider à la gestion de la chose publique ? Ce projet a-t-il été discuté et adopté en conseil des ministres, et soumis au parlement ? Dans cette histoire de bonne gouvernance et de lutte contre la pauvreté, ce sont les pauvres qui sont devenus les dindons de la farce. On nous abreuve de discours dans un pays qualifié de TPTE (Très Pauvre et Très Endetté), mais qui se tape le luxe d'investissements pharaoniques n'ayant pas d'impact dans l'amélioration des conditions de vie des populations. Pendant ce temps, dans la capitale même, l'eau potable continue de manquer, régulièrement, dans des quartiers entiers, des élèves sont assis à même le sol pour apprendre, et dans les hôpitaux, il n'y a pas de médicaments pour sauver la vie à des citoyens en situation d'urgence. Il y a, tout de même, des problèmes de choix de priorités dans les dépenses publiques. Où sont alors les progrès, dans tout ça ?

Joachim Mbanza
La Semaine africaine

Pietro & Ascanio

*Mais, en somme, nous ne risquions guère
que notre peau.*
Savorgnan de Brazza

C'est en Italie, mais l'Italie, alors, existe à peine. Ascanio, comte de Brazzà Cergneu Savorgnan, châtelain d'Udine, quitte le Frioul sous domination autrichienne pour mener ailleurs sa jeunesse à grand train. Francophone et francophile, il dissipe à Paris ses inquiétudes et ses appétits adolescents. Anglophone et anglophile, il s'installe à Londres. On le dit passionné de chasse au renard et d'équitation, de femmes et de littérature. Il fréquente Walter Scott, entretient une correspondance avec le sculpteur Canova qu'il part rejoindre à Rome. Atelier, ciseaux, poussière du marbre blanc. Il faut à la statuaire une patience dont il est incapable peut-être. Alors la Grèce, la Turquie, l'Égypte et jusqu'au Soudan. Il aura voyagé vingt ans. La quarantaine passée, il rentre à Rome et se marie. Il aura douze enfants, deux filles et dix garçons. Le septième a pour prénom Pietro. Il naît le 25 janvier 1852.

Les lettres au père sont toujours d'une autre teneur. Les garçons rêvent de régler leur compte à leur géniteur lorsqu'ils en ont un. Quand ils n'en ont pas, comme Stanley, c'est pire encore. Mais Brazza se sait trop de pères glorieux. Sur son enfance pesa comme sur celle d'Ascanio la litanie des Sévères. Le premier, Lucius Septimius Severus, venait d'Afrique et vainquit les Parthes, fut proclamé empereur non par le Sénat mais par ses hommes en armes, mourut en 211 en Grande-Bretagne où depuis trois ans il combattait les Calédoniens sur le *limes*. Impressionner Ascanio sans doute n'est pas entreprise facile. Quand on se connaît ces ancêtres, qui donnèrent aux langues latines l'idée même de la sévérité, on fait preuve de virilité, on décrit les dangers que volontairement on affronte. Depuis Lopé, le 22 avril 1876 : « Mes hommes craignent en ce moment une attaque des Ossyeba, je suis beaucoup plus inquiet des Okanda, entre les mains desquels je suis. » Brazza annonce à son père, depuis Doumé, le 3 juillet 77, le transfert toujours plus à l'est de son camp de base : « L'endroit que j'ai choisi est la chute de Poubara que je connais seulement d'après les renseignements que j'ai eus non sans peine des Aduma Okota et Okanda. Cet endroit me semble bon pour préparer un nouveau voyage tout en me servant des peuplades qui sont dans le voisinage. Ces peuplades, je n'en connais pas même le nom. »

On peut déceler un peu de bravade dans cette lettre de Doumé, et qu'avoir remonté le Nil jusqu'au Soudan c'est quand même un peu de la gnognotte à côté de ce défi dans quoi on est embarqué depuis deux ans : « Il ne me reste plus ici aucune marchandise. J'ai avec moi un Sénégalais et quatre hommes du Gabon. C'est seulement quand les Aduma seront de retour que je partirai avec mes hommes, dans une petite pirogue ne mesurant pas plus de cinquante centimètres de large et devant être manœuvrée par des gens qui ne savent pas ramer, ce qui n'est pas facile surtout dans les rapides (…) Nos pirogues commencent à vieillir. *Landa*, la pirogue amirale connue sur tout le fleuve, et certainement connue de nom dans les pays de l'intérieur, a fini sa carrière. Elle n'a pu faire ce voyage. C'était une belle et grande pirogue de vingt mètres de longueur sur quatre-vingts centimètres de largeur, la plus belle pirogue qui ait jamais existé sur l'Ogooué. »

Le ton change à la fin de cette longue lettre de Doumé. On aimerait s'avancer vers ce père maintenant qu'on se toiserait enfin d'égal à égal, lui donner l'accolade et le serrer dans ses bras. « Les communications avec la côte ne sont plus possibles et je doute même que cette lettre te parvienne. Je la confie à un Aduma qui la donnera à un Okanda au moment où ils remonteront à nouveau ici. L'Okanda, à son tour, la remettra à un Inenga, lequel Inenga la remettra finalement à un établissement européen. Voilà déjà treize ans que je vagabonde à travers le monde, et si je ne me trompe pas, j'avais treize ans la première fois que j'ai quitté ma famille et l'Italie. Je suis retourné chez moi à de bien rares intervalles et, cependant, au lieu de devenir cosmopolite, mon cœur est toujours resté dans ma famille et mes pensées ont toujours été parmi vous. Adieu, portez-vous bien. »

À son retour, après trois ans d'absence, il apprendra la mort de son père.

Quand Pietro comme Ascanio aura voyagé vingt ans, il décidera de s'installer à Alger, de se marier, d'élever des enfants, de nourrir la lignée fictive des Sévères. Et puis tout ira de mal en pis.

leve-leve

Nous sommes en février 2006 et la cérémonie, prévue le 14 septembre 2005, est encore une fois repoussée. Le mausolée à Brazzaville est toujours en chantier. Le caveau à Alger n'a pas été profané. Le gouvernement congolais est en pourparlers avec Abdelaziz Bouteflika. On peut imaginer que la France, encore emmêlée dans les soubresauts du sous-amendement idiot, insiste peu auprès du gouvernement algérien pour récupérer son explorateur banni.

– *Leve-leve*, murmurai-je, seul, allongé sur ma banquette.

Leve-leve est un idiotisme santoméen qu'on entend un peu partout dans l'île, à n'importe quel propos, et qu'on peut traduire par doucement-doucement, ou mollo-mollo. Y a pas le feu. On m'oppose aussi ce *leve-leve*, comme fin de non-recevoir, lorsque mes questions sur le dernier coup d'État deviennent trop insistantes.

Tout au long de la guerre d'Angola, l'île paradisiaque, gérée par les marxistes, servait de base arrière aux combattants cubains et angolais du MPLA. Le putsch antimarxiste était vite devenu un artisanat local. Les auteurs du coup d'État manqué de 1988 (ils ne pouvaient prévoir qu'il leur suffisait alors de se tourner les pouces, en attendant qu'un an plus tard le Bloc s'écroulât de lui-même) s'étaient enfuis à l'étranger.

J'en ai rattrapé deux ou trois.

Ces Santoméens avaient intégré le bataillon sud-africain 32, dit Bataillon Buffalo. L'Afrique du Sud de l'Apartheid manquait de combattants noirs motivés. Ces anciens opposants libéraux, devenus mercenaires, ont combattu aux côtés des *karkamanos*, mais ne s'en vantent pas trop. Le terme est utilisé, en Angola, pour désigner les Sud-Africains blancs et racistes.

Commis aux basses besognes, ils ont été engagés au hasard des conflits sur divers fronts, dans les derniers combats contre les Cubains et le MPLA en Angola. À la fin de la Guerre froide, une vingtaine d'entre eux avaient regagné l'île à l'issue des premières élections démocratiques, et intégré l'armée nationale. Certains, avec obstination, furent mêlés au coup d'État de 95 contre le président démocrate Trovoada. Sans plus de résultats. On peut concevoir que ces vieux grognards, guerriers professionnels, soldats aguerris, détonnaient un peu au sein de cette armée d'opérette qui jamais n'avait connu le feu. On les payait depuis pour qu'ils se tiennent tranquilles. Ils se tinrent. On les négligea. Ils réagirent. Voilà plus ou moins ce que me raconte Albertino, un ancien du commando Buffalo assis à mon côté à l'avant de la jeep. C'est un comparse du coup d'État de 2003, pas même l'un des douze mutins dans les deux taxis jaunes. Après la zone de savane au nord, hérissée de palmiers raphias et de baobabs, nous traversons Guadalupe, descendons la côte ouest jusqu'à Neves, où Albertino m'a demandé de le déposer.

En contrebas de la falaise, un petit cargo drossé par la tempête achève de se disloquer sur les rochers. Des gargotes où tremblotent des bougies, et s'enivrent des rois modestes, auxquels nous nous joignons, quelques barcasses retournées. Ici séjournèrent des dieux antiques, un neospize à bec de perroquet sur l'épaule, au milieu des arbres et des rochers cuits dans la chaleur. Le paysage tremble tant les oiseaux et les papillons sont nombreux. À l'horizon, les eaux de l'Atlantique sont déjà noires comme de l'asphalte, sans obstacle jusqu'au Brésil en face. On voit bien ici que cette île n'est pas sur sa bonne longitude, et que la tectonique n'est pas infaillible. Que la plaque américaine, en s'arrachant à l'africaine, aurait dû entraîner les deux îles avec elle. On devrait les apercevoir juste derrière le Pain de Sucre, chaque soir qu'on prend un verre sur la terrasse du fabuleux hôtel Glória, à Rio de Janeiro.

chez Richard

Celui-là fut danseur et musicien. Il parcourut le monde avec des revues de music-hall, les États-Unis et le Japon, l'URSS et l'Iran à l'époque du Shah, tournées interrompues pendant les deux années où il fallut en Algérie marcher au pas plutôt que danser. De cette vie-là demeurent dans le salon des photographies en noir et blanc du duo Katerina & Richard. Catherine aujourd'hui veille au jardin. On les voit sur les murs bondir au ciel dans des comédies musicales comme *Oklahoma*. Après un premier accident sur scène, une chute, Richard avait dévissé du sommet, s'était produit dans des établissements de moindre renommée, où l'on sautait moins haut. Des cabarets à Douala au Cameroun puis à Pointe-Noire au Congo.

C'est là que l'idée lui était venue d'un premier laboratoire de photographie au service d'Elf Aquitaine. Pendant les années de cette autre vie, il a effectué les prises de vue nécessaires à l'établissement des dossiers d'assurance ou de litiges, des images qu'on agrafe aux déclarations de sinistres. Des années à grimper, sans collants ni chaussons, dans les hélicoptères des pétroliers, à photographier sur les plates-formes, et dans des positions acrobatiques, des tuyaux percés ou oxydés, des fuites, des pièces tordues au milieu des flaques d'huile. Fortune faite, il a vendu le studio, réservé en 87 un avion-taxi pour venir rencontrer les dirigeants communistes de São Tomé e Príncipe. Il a su les convaincre de la nécessité sur l'île d'un labo photo, et de ne plus envoyer leurs pellicules chez les impérialistes de Lisbonne.

Nous sommes assis dans le jardin, regardons les loriots jaunes chercher à becqueter au pied des arbres, parlons de ces années de la Guerre froide où il sautait en l'air dans les cabarets de l'Afrique, puis des années qui ont suivi, des coups d'État à répétition. Richard avait appris celui du 16 juillet 2003 tôt le matin, par un appel téléphonique de la rédaction de RFI qui voulait une interview. Il leur a répondu qu'il partait acheter le pain, de rappeler plus tard. La route était coupée juste après chez lui. C'était la même chose en 95, dit-il, lors du coup d'État contre Trovoada. Pas besoin d'avoir fait Saint-Cyr pour savoir qu'il suffit d'un barrage sur cette route de l'aéroport pour couper la capitale du reste du monde. Le soldat de faction lui interdit le passage.

De l'autre côté de la jeep militaire, un chauffeur de taxi lui aussi parlemente. Le soldat excédé leur répète qu'on lui interdit de laisser passer quiconque. Qu'ils n'ont qu'à prendre le chemin du Filomar, le restaurant capverdien en contrebas, lequel contourne la route, et que personne ne lui a demandé de bloquer. À son retour, Richard dépose le pain dans la cuisine, et donne sur RFI un entretien peu apocalyptique.

le grand retour des Buffalos

Non, je blague.
Arlesio Costa

On peut ainsi retracer le fil des événements de cette semaine-là de juillet 2003. Le mercredi 16 à trois heures du matin, douze hommes s'entassent dans deux taxis jaunes. Quatre autres iront à pied. Ils ont perdu à la courte paille. Ces militaires quittent leur caserne, un bâtiment aux vitres cassées, aux canalisations hors d'usage, non pour partir en bordée, mais pour s'emparer du pouvoir dans un État souverain et membre de l'ONU.

Le président de la République, Fradique de Menezes, est en voyage au Nigeria pour y négocier la répartition des futurs revenus pétroliers. Un premier groupe de putschistes se présente au domicile du Premier ministre, María Das Neves, seule chez elle. Ses gardes craignent une tentative de cambriolage. Des coups de feu sont tirés en l'air. On crie dans la nuit. On reconnaît les uniformes. On fraternise. On demande à Marie des neiges de bien vouloir passer une tenue plus décente. Elle fait un malaise dans sa chambre. On l'accompagne à la clinique, où on l'oubliera.

L'autre groupe s'empare tout aussi facilement du

président de l'Assemblée nationale. L'état-major des armées est enlevé par les mutins fantassins. À quatre heures, l'opération est bouclée. Aucun blessé n'est à déplorer. On lira dans la presse internationale le témoignage de Corianne Gysbersten, une jeune Néerlandaise : « J'ai entendu des tirs et des cris. J'ai cru que c'était une fête. Plus tard j'ai appris que c'était un coup d'État et que nous devions rester à l'hôtel. »

La population de São Tomé qui manque de tout est assez bien pourvue en armes de guerre. Après qu'on a vidé les chargeurs revendus par les Angolais sur quelques cochons sauvages, on remet aujourd'hui ces kalachnikovs aux Américains pour une poignée de dobras. Les fonds du désarmement ne récupèrent jamais que des pétoires qu'on sait ne plus pouvoir approvisionner, et qui n'intéressent pas encore les antiquaires. Mais les deux meneurs du coup d'État n'ont pas besoin du marché privé. Le major Fernando Pereira, dit Cobo, est Responsable de l'instruction des forces armées. Le second, Arlesio Costa, est un ancien du Bataillon Buffalo dont il arbore l'insigne au buffle au revers de son treillis. Il a fini sa carrière de mercenaire en Sierra Leone. Le gouvernement, qui ne savait que faire de ce hâbleur, l'a nommé Responsable du défrichage et de la réfection des routes. C'était une erreur. Il s'ennuie. Il fonde un parti politique, le Front démocratique chrétien. Ses chances d'emporter les élections sont très faibles.

Dès l'aube, les mutins convoquent sur les ondes de la radio nationale l'ensemble des ministres. Ils arrêtent ceux de la Défense, des Finances, des Ressources naturelles et du Pétrole, et les enferment dans leur caserne près de l'aéroport. Les édiles visitent le taudis et constatent l'ampleur des dégâts. Ces captifs entretiennent de bons rapports avec leurs geôliers – *somos todos primos* –, lesquels leur concèdent l'usage de leur téléphone et la possibilité de rassurer leur famille. Les nouveaux maîtres du pays publient un communiqué. Ils affirment vouloir lutter contre la corruption – *hourrah !* –, installer un gouvernement de transition au service de tous – *hourrah !* –, améliorer les conditions de vie des militaires – *pourquoi pas* –, et négocier avec l'Afrique du Sud le rapatriement des derniers Buffalos égarés.

Aussitôt pleuvent les réactions internationales, dont il semble que les mutins n'avaient pas anticipé l'ampleur. Dans la matinée le Nigeria, les États-Unis, la France, États pétroliers, puis la Communauté des États de langue portugaise, puis la Communauté des États de l'Afrique centrale, puis l'ONU, exigent le retour à la normalité républicaine. Joaquim Chissano surtout, le président en exercice de l'Union africaine, menace les putschistes d'une intervention militaire internationale, maritime et aérienne, et fait appel aux armées nigériane, sud-africaine et congolaise. C'est un peu disproportionné. On ne sait plus quoi faire. On s'adresse à l'ancien président Miguel Trovoada. On lui offre le pouvoir comme une patate chaude. Il a la sagesse de le refuser, mais accepte de se charger des négociations. C'est un autre métier que celui de mercenaire.

Pendant deux jours, celui qui semble avoir eu la bonne idée de quitter le palais présidentiel, quelques années plus tôt, en glissant le répertoire téléphonique dans son cartable, s'entretient avec le président gabo-

nais Omar Bongo, le président angolais José Eduardo
dos Santos, le président togolais Gnassingbé Eyadéma,
le président congolais Denis Sassou Nguesso, le président ivoirien Laurent Gbagbo, le président nigérian
Olusegun Obasanjo, lequel se trouve en compagnie
du président déchu Fradique de Menezes, tenez je
vous le passe, il est furieux, je vous préviens. C'est
que l'île microscopique est devenue une puissance
pétrolière. Et tout cela vous gâche l'artisanat local
du putsch.

Le vendredi 18, les négociations s'engagent sous
l'autorité de Jean Ping, le ministre gabonais des Affaires
étrangères. Elles sont menées en trois lieux, le siège de
l'ONU pour donner bonne figure, la caserne déglinguée
de l'aéroport pour rassurer les militaires, et l'hôtel
Miramar où s'installent les délégations de l'Angola,
du Nigeria, du Portugal, du Brésil, du Cap-Vert, du
Congo, du Mozambique et des États-Unis. Et tout cela
en grand arroi doit allègrement trinquer au Baron. Se
désoler des occasions trop rares de se retrouver entre
vieux copains sur l'île paradisiaque aux frais de la
princesse. La population de São Tomé, de son côté,
soutient plutôt les mutins, et leurs promesses rebattues
d'une vie meilleure, mais sait-on jamais. La vie autour
du marché reprend son cours.

Le dimanche 20 juillet les ministres sont libérés.
Le mardi 22 au soir un accord de paix est signé.
Les mutins déposent leurs armes et rentrent dans
leur caserne, dont on leur a sans doute promis que
les vitres seraient changées et les fuites des canalisations colmatées. Pourquoi pas l'eau chaude et le
petit déjeuner au lit. L'Afrique du Sud s'engage à

aider au retour des anciens du *Batalhao Buffalo* si jamais on en trouve, dans tous les cas de rapatrier à São Tomé les dépouilles des mercenaires morts sur le continent.

Les putschistes défaits sont graciés et se voit reconnue leur « pleine intégration à la vie nationale ». Le texte mentionne encore un très vague plan anticorruption auquel il faudrait songer dans l'avenir. On envoie chercher à l'hôpital María Das Neves qui avait jugé plus prudent d'y demeurer. Le mercredi 23 juillet au soir, le président Fradique de Menezes atterrit à l'aéroport en compagnie d'Olusegun Obasanjo, à bord de l'avion présidentiel nigérian. Après avoir tenu les rênes du pays pendant une semaine, Arlesio Costa déclare à la presse : « Maintenant, je veux faire l'élevage des bœufs. » Avant d'ajouter : « Non, je blague. On va tout faire pour avoir une vie simple. Peut-être des affaires avec l'Afrique du Sud. »

Au printemps 2005, le premier bloc d'exploitation offshore est attribué aux compagnies nord-américaines Chevron Texaco et Exxon Mobil, avec une petite part aux Norvégiens d'Equity Energy Ressources pour donner le change. Les produits sont ainsi répartis : 40 % pour São Tomé e Príncipe et 60 % pour le Nigeria qui a rétabli l'ordre. La France et Total, absents de la table des négociations pendant le putsch, se retrouvent sans un baril.

Il faut être beau joueur. On ne peut ni gagner ni perdre à tous les coups. Pendant la guerre qui a ravagé le Congo-Brazzaville en 97, le gouvernement français a laissé tomber Pascal Lissouba, trop proche des pétroliers américains, et soutenu, auprès des Angolais et des Cubains, l'ancien marxiste Denis Sassou Nguesso.

C'est à lui qu'on doit l'idée curieuse d'ériger un mausolée à Brazza.

un tank au paradis

C'est près du marché, quelques jours plus tard, que je rencontre à nouveau mon Buffalo, encombré de sacs en plastique. Il souhaite me montrer quelque chose, peut-être aussi profiter de la jeep, à l'arrière de laquelle il entrepose d'autorité ses achats. Il m'indique la direction de la *roça* Monte-Café dans laquelle, dit-il, son père a travaillé, où il est né.

Nous grimpons la piste dans la forêt. Son père était ouvrier à la cueillette. Avant l'indépendance, mille personnes travaillaient ici, aujourd'hui à peine trois cents. La cloche qu'il me montre à l'entrée, sous un porche, où s'efface l'inscription *Monte – 1914 – Café*, sonnait à six heures le matin et les équipes se rassemblaient sur le parvis. On travaillait aux champs jusqu'à onze heures et demie. On avalait sa gamelle en bordure des plantations. On travaillait encore jusqu'à trois heures et demie. Après quoi on rentrait s'occuper de son propre lopin pour nourrir sa famille. L'école qu'il me montre a été ouverte dans les années soixante. Ici il a appris à lire. Il était le premier de la famille. À l'époque de son père, il n'y avait pas d'école, mais un hôpital destiné à régénérer la force de travail, à réparer les ouvriers comme il y avait un atelier pour réparer les outils.

Il aurait pu devenir contremaître, a préféré s'engager dans la toute nouvelle armée en 75. Quelques mois plus tard, débarquaient mille soldats angolais à l'invitation du gouvernement marxiste.

À dix-sept ans, il s'est donc enfui sur le continent avec un groupe de déserteurs, s'est retrouvé en Namibie, à Walvis Bay, puis dans la bande de Caprivi, d'où il a combattu les Angolais et les Cubains auprès de l'UNITA de Jonas Savimbi. Après 92, quand le Bataillon Buffalo a été démobilisé, certains ont trouvé du travail dans l'armée privée *Executive Outcomes* basée en Afrique du Sud. Il prétend avoir combattu comme mercenaire en Sierra Leone, puis au Liberia, dans les troupes de Charles Taylor. En 98, il était en Papouasie Nouvelle-Guinée. Il est rentré en 2001. Son père était mort.

D'autres n'ont pas su décrocher, dit-il. Certains de ses anciens compagnons faisaient partie du groupe chargé du coup d'État sur l'île de Malabo en Guinée-Équatoriale, en mars 2005, pour destituer Obiang Nguema. Ils se sont fait coincer en chemin sur l'aéroport de Harare, au Zimbabwe, avec leur avion plein d'armes. Ils vont y crever. Albertino se plaint de sa chienne de vie mais pleure surtout sur sa jeunesse enfuie, la vitalité de la *roça* ayant décliné avec celle de ses propres organes. Nous avons le même âge, quarante-huit ans. Avec cette injustice qu'il a déjà allègrement dépassé l'espérance de vie moyenne de ses concitoyens, même les plus pacifiques et casaniers.

Lui est noir et descendant d'esclaves, affirme-t-il avec véhémence, appuyant ses propos de grands gestes, pas comme ces métis, ces *filhos da terra*, ces exploiteurs, ces enrichis de la sueur des autres et dont les enfants, partis étudier dans les universités portugaises, ont attrapé là-bas le communisme. Et alors ils se sont mis en tête que ce pays devait être indépendant pour se partager les postes et l'argent des Portugais. Alors voilà, il avait préféré rejoindre les Buffalos. Et maintenant il est fier d'être membre du PDC, le parti d'Arlesio Costa.

On soupçonne dans ces propos qu'il n'est pas bien sûr d'avoir toujours opéré les choix les plus judicieux, qu'il ne sait plus trop lui-même s'il est un héros ou un traître. Il s'en faut parfois de si peu. Il montre une volonté d'autant plus farouche de se justifier aux yeux d'un type qu'il prend pour l'un de ces Européens pourris de mauvaise conscience. Nous marchons le long des caféiers à l'ombre des érythrines orange. Devant les logements des ouvriers rouille un blindé soviétique. On imagine le parcours de l'engin depuis son usine d'assemblage dans l'une des RSS jusqu'à la baie Ana Chaves. Son transbordement sur une barge, la plage, la traversée de la capitale en grande pompe, la piste pentue au milieu de la forêt, et que sans doute il fallut élargir. Voilà ce qu'Albertino tenait à me montrer.

Depuis l'indépendance et jusqu'à ce jour, la *roça* est la propriété du premier président marxiste Manuel Pinto da Costa. Ce qui peut expliquer la grande prévenance des Russes à l'égard de Monte-Café. Comme si les armées américaines et sud-africaines avaient nourri, au milieu de la Guerre froide, le projet d'envoyer jusqu'ici des commandos héliportés.

Le tank est toujours à l'endroit où il a stationné la dernière fois, à la fin des années quatre-vingt. Tout ce qui pouvait être démonté et recyclé a disparu, y compris le canon et la tourelle. Les chenilles sont devenues des séchoirs à linge. Une vieille chienne dont les mamelles traînent dans la poussière dort à l'ombre. Une poule y couve ses œufs. Il a enfin trouvé une utilisation de parasol, ce matériel arrivé d'URSS jusqu'ici pour ne rien protéger, peut-être tirer quelques obus vers la jungle, afin de former les artilleurs santoméens et d'effrayer les singes, idole aussi énigmatique dans son parcours que les statues de l'île de Pâques, achevant de se décomposer au milieu des amaryllis et des lantanas, des roses-de-porcelaine et des becs-de-perroquet multicolores.

chez Alda

C'est une petite maison bleue sur la Marginal, non loin du Miramar. Assis côte à côte dans la bibliothèque, devant un bureau en bois sombre, nous regardons depuis la fenêtre ouverte le parapet blanc ponctué de vasques, l'océan vert et calme. Alda Neves da Graça do Espírito Santo se lève, choisit dans les rayonnages des livres qu'elle dépose entre nous, remet en place ses cheveux blancs autour de son visage noir et ridé. Voici donc le visage de l'ennemi selon Albertino.

Mais lui-même s'en défendrait, se signerait aussitôt en invoquant la Vierge, tant la vieille dame, de près de quatre-vingts ans aujourd'hui, fait ici figure d'héroïne populaire, de sainte marxiste, avec ce beau nom où s'entendent à la fois la fraîcheur des neiges et la grâce de l'Esprit-Saint, matériaux plus rares encore que le sable pour la construction.

Ce sont toujours les enfants de la bourgeoisie, depuis la française et la russe, qui théorisent les révolutions. Alda avait suivi des études secondaires à Lisbonne pendant la Seconde Guerre mondiale, puis intégré l'École normale. Elle parle un impeccable français appris en Sorbonne. Elle est rentrée à São Tomé au début de 53, un mois avant les massacres de Batepá, le 3 février. Le gouverneur portugais de l'époque, Carlos de Souza Gorgulho, avait voulu abolir les privilèges des prétendus Fils de la terre, et les contraindre au travail aussi bien que les descendants d'esclaves qu'ils exploitaient. Les émeutes qui avaient suivi, puis leur répression par la Pide, la police politique salazariste, constituent le point de départ du mouvement indépendantiste. L'Histoire n'est pas avare de ces paradoxes.

Institutrice, Alda a commencé par publier quelques recueils de poèmes, s'est rapprochée du MLSTP, le Mouvement de libération nationale, qui allait signer l'indépendance à Alger le 26 novembre 74, après la révolution des Œillets à Lisbonne. Députée, plusieurs fois présidente de l'Assemblée populaire nationale, ministre de la Culture, elle est aussi l'auteur de l'hymne national de São Tomé e Príncipe.

Elle ouvre sur le bureau de vieux albums de photographies. On la voit beaucoup plus jeune, assise à des tribunes, en compagnie du romancier Pepetela qui deviendra ministre à Luanda, du poète Agostinho Neto qui deviendra le premier président de l'Angola. Sur les photographies en noir et blanc, des banquets officiels, des gerbes de fleurs, d'antiques modèles de microphones, un côté Union des écrivains de l'Est dans les années cinquante, où ça ne devait pas trop rigoler.

Après la répression de Batepá, Agostinho Neto, alors étudiant en médecine au Portugal, dédie son poème *Le massacre de São Tomé* à Alda Graça. Plus tard il est emprisonné au Cap-Vert, et Alda écrit pour lui le poème *Une réponse à l'ami lointain du Cap-Vert*. Tout cela prend un côté cubain ou nicaraguayen. Tous ces jeunes écrivains se perdront au piège du pouvoir. Ils deviendront comme le poète Ernesto Cardenal ministre sandiniste à Managua, Agostinho Neto chef d'État, Alda ministre. Tout cela dans le cadre de la Guerre froide et du côté marxiste, et de la Tricontinentale, mais dans quoi on peut aussi retrouver cette vieille idée que l'écriture et la lecture des livres, de Hugo à Hemingway ou Malraux, avaient un peu à voir avec la vie des hommes et la marche du monde. Nous en venons à évoquer La Havane, où Alda s'est rendue à plusieurs reprises, où elle s'est liée d'amitié avec Nicolas Guillén. Je l'interroge sur les prochaines élections législatives, sur le PDC, le parti politique des anciens Buffalos, qui présentera ses candidats.

Alda se contente de hausser les épaules et de lever les yeux au plafond. On voit bien qu'elle les prend pour des garnements incorrigibles, qu'il leur a manqué en 75 une bonne paire de claques, voire un stage de rééducation. Et l'on sent bien aussi que ces grands gamins comme Albertino, malgré leurs faits d'armes un peu partout autour de la planète, n'en mèneraient pas large s'ils étaient à l'instant dans le bureau d'Alda, croiseraient les bras et fixeraient le bout de leurs chaussures en attendant que la maîtresse ait fini de les gronder.

chez Berton

Souvent, dans la vie des hommes, vient un point d'équilibre, une année après laquelle plus jamais ils ne seront heureux. Cet été de 1885 à São Tomé est ce point d'équilibre, pas seulement dans la vie de Brazza, qui emprunte l'échelle de coupée de son navire en partance pour l'Europe. C'en est enfin presque fini des traites négrières, sur les côtes comme à l'intérieur. Et la colonisation brutale, celle des Compagnies, n'est pas encore installée au Congo.

Pendant qu'il est en mer, puis dans un train pour Paris, le système, qu'il le veuille ou non, se met en place dans son dos. Le gouvernement de la Troisième République envoie au Fernan-Vaz et au Congo un obscur délégué avec mission d'étudier la région, d'en identifier les ressources. Et l'on voit cet homme, ce Berton, suant sous le casque de liège, malade des fièvres peut-être déjà, assis très droit derrière sa moustiquaire, le porte-plume à la main, soucieux de complaire au ministère et de regagner au plus vite un poste moins isolé. Il cherche une raison à sa disgrâce, songe à Ovide sur le Pont-Euxin. Quelle faute a-t-il commise pour se retrouver là, aux confins de l'empire ? Que lui faut-il écrire pour regagner la confiance d'Auguste ? Revoir un jour le Capitole ou bien sa Normandie. Pourquoi cette injustice d'un Port-Gentil et jamais de Port-Berton ? On avance la main vers le carafon de vin de palme posé sur la table en bambou avant de tremper la plume dans l'encrier : « Enfin, la brousse des pays équatoriaux, avec sa sylve colossale, et prête à l'exploitation, dresse sa frondaison un peu partout… » Il suffoque, et déboutonne le col de la veste blanche, glisse une main moite sur sa peau rougie. « Le Fernan-Vaz est parcouru en tous sens par des brises rafraîchissantes, et les orages s'y font sentir avec moins d'intensité qu'au Stanley Pool et qu'au Gabon. » Voilà Berton perdu, jamais il ne reverra Paris ni la Normandie… Le jour baisse et des nuées de moustiques dansent devant les nuages. Le soleil sous l'Équateur est pressé d'en finir. Il plonge vers l'Atlantique au-delà des marais, enflamme tout le ciel d'une symphonie de vieux rose et d'or sanglant, ourle les nuages d'améthyste et d'incarnat, d'orange et de violet qui dessinent en plein ciel des figures fugaces d'anges ou de démons… « Rien, enfin, ne saurait rendre l'impression inoubliable que laissent certains couchers de soleil ! La magie de ce spectacle est souvent pour beaucoup dans l'affection que peut inspirer un pays qui n'est pas le sol natal… »

La nuit comme chacun sait tombe ici en cinq minutes. Il est six heures du soir et du ciel se déversent des trombes d'eau qui balaient la lagune du Fernan-Vaz. Laissons le pauvre Berton allumer sa lampe à huile et finir son carafon de vin de palme, ranger le porte-plume d'une main tremblante, et sangloter dans sa case sur l'épaule de sa maîtresse orungu.

en Angola

Stanley à Luanda

Quant à voir la ville, il n'y pensait même pas, étant de cette race d'Anglais qui font visiter par leur domestique les pays qu'ils traversent.

Jules Verne

Sans doute en effet ne voit-il rien. Trop d'images de jungles traversées, de périls, les larmes qu'il verse encore sur la noyade, dans les tout derniers rapides, de son protégé Kalulu. Le *Lady Alice* démantibulé qu'on a hissé sur des rochers puis abandonné. À l'embouchure du Congo, il envoie tous azimuts des messagers porteurs de son appel « à n'importe quel gentleman parlant anglais »… Il y a peu d'Anglais dans la région. C'est aux Portugais que le message parvient. On amène Stanley à Luanda, 999 jours après qu'il a quitté Zanzibar. Les 115 survivants sur les 366 hommes de l'expédition viennent de parcourir près de 12 000 kilomètres. Sa vue s'accommode. Dans un miroir portugais, il découvre un spectre grisonnant.

Une photographie est prise ici, à Luanda, qu'une mise en scène complexe rend difficile à lire. Au premier plan sont allongés deux chiens sur une terrasse, au fond une dizaine de porteurs assis sur un muret. Devant eux quatre Blancs coiffés de casques coloniaux. Ce sont quatre explorateurs. Pour qu'on ne l'ignore pas, est éparpillé autour d'eux tout un fourbi évoquant le départ d'une expédition, des malles d'osier, des fusils réunis en boisseaux, des sagaies, des lances, une longue-vue, un sextant. L'exemplaire dont je dispose porte cette légende : « Henri M. Stanley photographié en compagnie des explorateurs portugais Serpa Pinto, Ivens et Capello, peu après son arrivée à la côte occidentale d'Afrique, à l'issue de sa mémorable descente du fleuve Congo de Nyangwe à l'Atlantique, août 1877 ».

C'est la première fois qu'il aborde cet Angola des Portugais. Il est étonné peut-être de trouver ici ces églises du XVIᵉ siècle pas si loin après tout, à vol d'oiseau, des paysages inconnus qu'il vient de traverser. La photographie semble prise sur une terrasse de la forteresse São Miguel. Stanley voit les murs blancs ornés d'azulejos, les statues des navigateurs portugais, l'océan très bleu en contrebas, le long cordon de sable blanc d'Ilha en face, la presqu'île qui ferme la baie comme une pince de crabe en un bel arrondi, les cabanes des pêcheurs. Il ne voit pas encore la Marginal du 4-février interrompue par une pompe à essence Sonangol. En bas les entrepôts en ruine. Ni sur l'Île le bloc du monstrueux hôtel Panorama. Ni la citadelle autour de lui reconvertie en cimetière du matériel militaire du XXᵉ siècle passé, les carcasses d'avions, les automitrailleuses à la ferraille qui l'encombrent aujourd'hui.

On le presse de questions sans doute, on voudrait voir les cartes dressées, les tracés relevés, lire par-dessus son épaule. Il ne veut rien dire, reste évasif. Il s'en fout de cette photo. Il brûle de retrouver l'Angleterre et l'Amérique et peut-être Alice Pike. On voit toujours Stanley emprunté sur les images, engoncé parfois dans son costume dolman de dompteur de fauves. Brazza, à l'inverse, saura faire de Nadar son meilleur propagandiste.

Dans son studio parisien, il endossera ses vieilles frusques déchirées rapportées de l'Ogooué, coiffera son chèche. On tirera des bustes. Des portraits du héros romantique aux pieds nus, devant des décors de carton-pâte. Une toile peinte mimant en arrière-plan le cours impétueux d'un fleuve. Une autre fois en costume sombre et les cheveux coiffés, une cigarette à la main, en compagnie de deux jeunes marins congolais en uniforme de pioupiou. Tous les trois portent des tenues impeccables et des souliers cirés.

C'est cette photographie que Barthes choisit de commenter dans *La Chambre claire*. On la compare souvent avec une photographie de Stanley en pied, également prise en studio, des plantes vertes en métonymie de la jungle du Congo. Stanley tient une carabine à la main, un revolver à la ceinture. Il est chaussé de cuissardes. L'air farouche. Derrière lui un garçon au torse et aux pieds nus, craintif, vêtu d'un tissu à rayures noué à la taille, porte une deuxième carabine sur son épaule. Stanley n'est pas photogénique, il s'en fout. Il est le plus grand explorateur. Il veut revoir Alice Pike.

Mais d'abord il tiendra sa parole, raccompagnera ses survivants à Zanzibar. Il attend un embarquement pour Le Cap. Il rejoindra l'île le 24 novembre 77. À ce moment-là, Brazza traverse avec peine les plateaux Batékés pour atteindre l'Alima. Il ne sait pas encore qu'à son retour, il posera comme les plus grands dans l'atelier de Nadar. Ni que la dernière photographie de son visage sera prise à son insu, à Dakar en 1905, sur son lit de mort. Des cheveux épars, une vilaine barbe, une moustache trop longue et devenue nietzschéenne, un visage émacié par la dysenterie ou l'empoisonnement. Elle n'aurait pas plu au beau Brazza, cette dernière photographie. Mais l'image des héros, comme leur dépouille, ne leur appartient pas. Stanley est plus sage de mépriser tout ça. Il est Boula-Matari, le Briseur de Roches. Il ne se promène pas dans les rues de Luanda.

Pour la première fois depuis trois ans, Stanley dort chaque soir dans des draps. Il s'ennuie déjà. Il est impatient de trouver un navire pour ses 115 survivants. Il pense à Livingstone dont il connaît les périples. Il sait que l'Écossais, dont il vient de parachever l'œuvre, était arrivé à Luanda le 31 mai 1854. Il était le premier à avoir traversé l'Afrique du Cap à São Paolo de Luanda. Il avait quitté le comptoir portugais pour Quilimané au Mozambique, qu'il avait atteint le 2 juin 55.

São Paulo de Luanda, fondé par les Portugais en 1576, devait compter quelques milliers d'habitants en 1854, à l'arrivée de Livingstone. Quelques milliers de plus en 77, à l'arrivée de Stanley. Peut-être même quelques dizaines de mille, allez.

au carnaval

Quelques centaines de milliers de privilégiés occupent le centre anciennement portugais de Luanda, mal agrémenté par la suite de bâtiments est-allemands hérissés du fouillis des antennes paraboliques. Autour de ce centre, l'enserrant de tous côtés et le pressant contre la baie, s'étend le *musseque* où vivent les millions de déshérités, *deslocados* qui ont fui les combats, ou dont les parents ou les grands-parents ont fui les combats. Dès le début de la matinée, je me suis rendu en compagnie d'Alphonse dans la zone nord du *musseque*, où s'est répandue, depuis deux semaines, une épidémie de choléra qui vient de faire ses premières victimes. Sur le port, les travaux d'extension du terminal conteneurs ont allongé un merlon qui empêche tout écoulement des eaux putrides du bidonville vers l'océan. Il est difficile de reprocher à ceux qui ont l'eau et l'électricité de vouloir importer des jacuzzis et des frigos. Sinon à quoi bon la paix et le capitalisme.

Plus au nord encore, Alphonse tient à me montrer, comme une curiosité particulièrement goûtée, le cargo *Karl-Marx* immatriculé à Luanda mais jamais rentré à son port d'attache, échoué sur la plage et ensablé, comme un symbole trop lourd et trop évident, énorme

117

pléonasme à l'ombre duquel des enfants bâtissent des châteaux de sable. Ce soir c'est Carnaval. Déjà ce matin, dans l'immense marché de Roque Santeiro, au cœur du *musseque*, on voit courir des fantômes à tête de mort, et l'on sent bien que tous ces déguisés commencent à sérieusement agacer la police en vadrouille et sur les dents.

Pour celui qui, quelques jours plus tôt, marchait encore sur la Marginal de São Tomé sous les amandiers, la Marginal de Luanda paraît ce soir cauchemardesque, envahie par des centaines de milliers de Kaluandas venus s'enivrer de musique et de fumigènes. Il n'est pas étonnant que deux gamins avisés profitent d'un tel brouhaha et de la cohue pour me ceinturer et me faire les poches. Dans une réaction trop vive, et stupide du simple point de vue de notre sécurité réciproque, je repousse le premier agresseur et me mets à crier comme un idiot qu'on égorge. Ils ont déjà disparu. Je suis pressé par mes voisins contre le muret au-dessus de la plage. La police à cheval charge maintenant la foule et frappe à grands coups de bâton pour lui faire respecter les limites du trottoir et de la bienséance. Les flics en ont marre de se faire canarder par des déguisés qui leur lancent des canettes et les insultent. On traîne un type vers un fourgon. Je parviens à m'extirper de ce conflit carnavalesque, gagne l'hôtel Vice-Rei par des rues de plus en plus calmes. Quelques danseurs et danseuses, réunis autour du coffre ouvert et éclairé d'une automobile, enfilent leur tenue de gala jaune et bleu pour aller prendre leur place dans le défilé. J'aperçois un sein, dernier petit cadeau de la journée. Les rues sentent le goudron chaud et les fruits pourris. Non loin de l'hôtel, se tient une pizzeria déserte et toute rayonnante de tubes au néon. On y entend la voix de Jim Morisson. *Cars hiss by my window.* J'y commande une quatre-saisons avec la petite liasse de kwanzas que j'ai un peu honte d'avoir sauvée, à vrai dire, avec un instinct de possession assez préhistorique, et indigne sans doute d'un gentleman.

avec Alphonse

La première décision de mon règne à Luanda fut d'ériger la pizzeria du quartier de la Sagrada Família en centre provisoire du monde. À partir de celle-ci, je lançai un assez grand nombre de raids d'observation en cercles concentriques, avec pour but premier d'identifier les ressources en Marlboro light et en vin blanc sec. Il se trouve que la contrée est suffisamment bien pourvue de ces deux denrées. Les Marlboro light bien sûr y poussent avec des filtres blancs. Comme chacun sait, sauf peut-être ceux qui ne fument pas de Marlboro light, elles sont immensément moins goûteuses que celles aux filtres dorés, fabriquées en Suisse à Neuchâtel. On y boit en revanche de l'Albariño très correct et du vinho verde rafraîchissant.

Le patron de la pizzeria est indien. Il a longtemps travaillé à Portimão. Nous partageons à chaque repas nos souvenirs attendris de l'Algarve. Nous sommes tous deux admirateurs des Doors et écoutons en boucle *L.A. Woman*. Ma vie matérielle et sociale est ainsi assurée. Je suis malgré tout confiné dans un royaume de quelques rues. Monter dans les minibus *kandongueiros* nécessite d'au moins connaître les noms criés par les rabatteurs depuis la portière. Après que je me suis plaint de l'apparente impossibilité de me procurer un plan de la ville, ou du fait plus inquiétant encore qu'on refuse de m'en vendre un, c'est le patron de la pizzeria qui m'a présenté Alphonse, un ami qui a réponse à tout.

Assis à l'avant d'une japonaise au côté d'Alphonse, le vaste monde me semble enfin au bout de la route. Partout nous salue le drapeau aux deux bandes horizontales rouge et noire, et en surimpression dorée une étoile qu'enserre une demi-couronne d'engrenage, elle-même sectionnée par une machette, l'ensemble évoquant de loin le symbole de la faucille et du marteau, de l'indéfectible union révolutionnaire des ouvriers et des paysans.

Alphonse a cinquante-huit ans, il vit à Luanda depuis vingt-sept ans. Il manœuvre le volant avec des gestes mesurés de vieillard. Il parle français avec un accent belge, disons wallon. Il est d'ethnie Kikongo, à cheval sur l'Angola et le Congo, au nord, contre le fleuve. Ce furent les terres du FNLA et d'Holden Roberto. Il ne s'en vante pas trop. Nous nous connaissons peu. Il préfère mettre en avant les trois années pendant lesquelles il combattit au sein de l'armée du MPLA. Au hasard de nos déplacements, il me montre les traces sur les immeubles mitraillés, ou percés de tirs de mortier, pendant les affrontements qui ont suivi les élections de 92. Lorsque nous nous connaîtrons mieux, il mentionnera que le MPLA, affolé par la progression de l'UNITA, avait fait exécuter ici des centaines de *regressados* zaïrois dans son genre, soupçonnés de soutenir Jonas Savimbi.

Dans les embouteillages fréquents se faufilent des vendeurs de tout, de ceintures en plastique ou de flacons de viagra, de piles électriques ou de bouteilles vides. Des clochards hirsutes et ivres dorment le jour sur des tas d'immondices parce que la nuit c'est trop dangereux et qu'il faut rester sur ses gardes. Des jeunes gens qui s'aiment et s'embrassent. Des véhicules blancs du HCR et d'autres des Allemands du déminage. Des camions débâchés à l'arrière desquels des Ninjas anti-émeutes, casqués, sont assis face à face sur deux rangées, fusils verticaux entre leurs genoux. Des enfants des égouts au regard halluciné. Une quantité considérable de malades mentaux, à moins que ce ne soient toujours les mêmes qui déambulent, ou quelques poètes maudits. Nous avons rendez-vous, sur un trottoir du centre, avec un homme susceptible de me vendre un plan.

Il s'agit d'un plan publicitaire succinct, et destiné à être offert, dont l'impression a déjà été payée vingt fois par toutes les entreprises dont les logos maculent la moitié du document, parmi lesquels je repère de loin DHL et la compagnie maritime Delmas. Je prends l'objet en main afin d'en estimer la valeur en connaisseur, dissimule mon euphorie en constatant qu'il mentionne le nom de presque toutes les rues de Luanda, compose une moue dubitative. L'homme en demande cinquante dollars, un petit mois de salaire. Alphonse hausse le ton. L'homme essaie de reprendre le plan, feint de s'éloigner. J'essaie de calmer le jeu, lui fais remarquer que les Américains ont payé moins cher le plan des rampes de missiles du pacte de Varsovie. L'homme dit qu'il s'en fout, affirme que celui-ci est une pièce rare, qu'il m'arrache des mains.

Alphonse lève les yeux au ciel, me répète que je n'aurais pas dû l'accompagner, que cet homme est un brigand. J'ai peur que mon plan soit déchiré dans l'algarade, sors les billets. Alphonse me répète que ce plan est inutile puisque personne ici n'utilise, ni même ne connaît le nom des rues. Que je jette mon argent par la fenêtre. Je déplie mon plan sur la boîte à gants, repère les points cardinaux, annonce, triomphal, que notre pizzeria est sise en haut de l'avenue du Commandant-Che-Guevara. Alphonse hausse les épaules et met le contact.

Un soir, je déplie le plan arraché de haute lutte à l'ennemi sur une table de mon QG qui est la pizzeria de mon ami indien de Portimão. J'ai appris la topographie de Luanda dans les romans de Pepetela, tout spécialement les aventures de son Jaime Bunda, parodie de James Bond, dont j'ai pu vérifier ces derniers jours l'exactitude des parcours en ville.

Les noms des rues offrent ici le plaisir pervers d'y lire les stigmates de la Guerre froide. Avec des gestes de général en campagne, je décide que pour nous rendre chez Pepetela, nous descendrons demain l'avenue Che-Guevara sur toute sa longueur jusqu'à l'avenue Lénine, que nous prendrons à droite jusqu'au Largo do Kinaxixe. Après, j'hésite encore, rue du Maréchal-Tito, ou rue Gamal-Abdel-Nasser puis avenue Nehru. Mon aide de camp indien me conseille de m'en remettre à Alphonse, qui est ici depuis vingt-sept ans.

Artur & Manuel

> *Mon père possédait une bibliothèque*
> *raisonnable, compte tenu de l'époque et*
> *du lieu, les confins oubliés d'une colo-*
> *nie africaine extrêmement attardée, au*
> *milieu du siècle dernier. Je me souviens*
> *d'une collection portugaise à couver-*
> *ture jaune, des livres de petit format*
> *mais épais, où Jules Verne prédominait.*
> Pepetela

Les marbres blancs du cimetière portugais sont ombragés par des frangipaniers à fleurs blanches. Ce matin tout est éclaboussé de bleu roi et de soleil. Nous sommes dans la ville haute, dépassons la nouvelle ambassade nord-américaine sur la falaise rouge qui domine la baie et fait face à Ilha, surplombe les cargos dans la rade. Artur Carlos Maurício Pestana dos Santos habite une jolie petite maison dans une rue calme de Miramar. Un jardin mène à la porte. Nous nous installons dans la pénombre et la fraîcheur, devant une table basse. Sur une commode, une statue de bois noir, le dos planté de clous, est supposée attirer le mauvais œil et protéger les lieux.

L'homme porte une barbe taillée, une chemise à manches courtes au col ouvert, des lunettes cerclées de fer. Il fronce souvent les sourcils, et me propose un verre d'eau. Il a passé son enfance à Benguela où il est né en 1941, dans le milieu des métis cultivés. Il est parti étudier à Lisbonne, a fui cette ville pour Paris en 62. L'année suivante, il est invité par le FLN à venir s'installer à Alger où il poursuit ses études de sociologie, puis quitte l'Algérie pour rejoindre les rangs du MPLA et la guérilla, commence à écrire ses livres dans la clandestinité sous le pseudonyme de Pepetela. Il est devenu vice-ministre après l'indépendance.

Lorsque je prononce le nom de l'UNITA, Pepetela fronce les sourcils. Il me dit avoir aperçu Jonas Savimbi pour la dernière fois en 75, quelques mois avant l'indépendance. Il montait dans une voiture, claquait la portière. C'est la dernière fois qu'il l'a vu, peu avant son départ de Luanda. Il partait reprendre le combat dans la forêt. Je lui confie vouloir écrire une vie de Brazza, dans laquelle, bien que le rapport ne saute pas aux yeux, j'aimerais écrire aussi une vie de Jonas Savimbi. Ces deux-là ont en commun cette longue marche dans la forêt africaine. Ils ont encore en commun de s'être égarés dans l'Histoire et d'avoir été vaincus.

Puis je me rends chez Manuel Rui. Nous nous sommes rencontrés une première fois en terrain neutre. Quelques jours plus tard il m'invite à déjeuner. Sa femme passe me prendre. À notre arrivée, Manuel Rui est au fourneau, barbe noire et œil perçant. Il ressemble un peu au chorégraphe Maurice Béjart. Il a préparé du *funje*, purée de manioc et de haricots, le *muamba*, plat de poisson. Tout en servant les whiskies, il me montre son premier livre publié, lorsqu'il était encore étudiant au Portugal, un recueil de poèmes en piteux état, avec cette citation liminaire de Prévert : « Qu'est-ce qu'il trouve le fils ? Il ne trouve rien absolument rien le fils. Le fils sa mère fait du tricot son père des affaires lui la guerre. »

Manuel Rui est né comme Pepetela en 41, mais à Nova-Lisboa, aujourd'hui Huambo. Il est parti au Portugal étudier le droit. Il me parle de ses voyages à Moscou. À la différence de Pepetela, il semble conserver des positions idéologiques inébranlables, pense peut-être toujours que le communisme est la jeunesse du monde. Manuel Rui n'est pas un intellectuel dépité. Aux murs du salon sont accrochés ses disques d'or. En dehors de la chansonnette, il est aussi l'auteur de l'hymne national angolais, et encore de la version angolaise de l'*Internationale*.

Il débouche les meilleurs vins. Son perroquet m'intrigue. C'est un perroquet du Gabon, gris à queue rouge, aux mouvements de tête saccadés et incompréhensibles. Manuel Rui avait été ministre dans le gouvernement de transition avant l'indépendance, puis directeur du département de l'Orientation révolutionnaire et du département des Affaires étrangères du MPLA. Il avait par la suite représenté l'Angola marxiste à l'ONU. On devine qu'il est inutile de lui demander son avis sur Jonas Savimbi.

Manuel Rui avait acquis une éphémère renommée mondiale en juin 76. Je me souviens des images sur lesquelles il devait apparaître de temps à autre. Il était alors l'implacable procureur du procès populaire intenté aux treize mercenaires blancs du FNLA capturés par le

MPLA, dix Anglais et trois Nord-Américains un peu paumés, mais que bien sûr nous haïssions, et qu'on exhibait devant la presse mondiale et les télévisions. Quatre d'entre eux avaient été fusillés dès juillet. Manuel Rui avait aussi siégé au Procès de l'Impérialisme à La Havane. Il est aujourd'hui avocat, à la tête d'un cabinet.

Sa maison semble vivre en autarcie, protégée par des gardes peu avenants. Elle est équipée d'un bistrot personnel à l'étage. Penché au-dessus de la volière, je constate que son perroquet est borgne, et de ce fait atteint d'un torticolis aggravé. Il fait déjà nuit. Manuel Rui me prépare au mixer électrique un dernier verre pour la route, cocktail de son invention constitué de diverses sortes de piments parmi lesquels le *jindungo*, d'huile d'olive, de whisky Johnnie Walker étiquette noire et de gingembre. Mixture peut-être destinée, à l'époque de l'Orientation révolutionnaire, à faciliter les séances d'autocritique des fripouilles déviationnistes dans mon genre. Je trempe les lèvres dans le breuvage orange. Son regard est interrogateur. On sent bien qu'il est préférable d'être invité à déjeuner par cet homme au demeurant jovial. Plutôt que cuisiné par lui au sous-sol d'un tribunal populaire.

Jonas & Agostinho

Il pouvait être un deuxième Nelson
Mandela. Il a préféré être Attila.
José Eduardo Agualusa

Comme Albert et Louis, ces deux-là eurent en commun l'Afrique et la médecine. Ils avaient ainsi tout pour s'entendre, et s'entendirent, d'ailleurs. Un même idéal les animait. La libération des peuples et la fondation d'une nation. Ils se rencontrèrent à plusieurs reprises en différents endroits de la planète, la dernière fois en 1975 ici à Luanda. Mais, depuis longtemps déjà, ils étaient devenus ennemis irréductibles. Commençons par la fin.

Le vendredi 22 février 2002, Jonas Savimbi est abattu au hasard de la forêt, dans la province de Moxico, un millier de kilomètres au sud-est de Luanda. Un certain brigadier Walla qui dirigeait les opérations mentionne quinze impacts de balles, une dans la gorge, deux dans la tête, le reste dans la poitrine, les bras et les jambes. Des photographies montrent le cadavre étendu sur une bâche. C'est un homme de forte corpulence, moustache noire, vêtu d'un treillis et chaussé de rangers. Son pantalon baissé laisse voir un caleçon à rayures bleues et blanches ne correspondant à aucune oriflamme révolutionnaire. On prétend l'avoir enterré dès le lendemain au pied d'un arbre, non loin du village de Lucusse. Nous appellerons celui-ci le vaincu.

Place du 1ᵉʳ-Mai, à Luanda, se dresse la statue en bronze du vainqueur, le poing levé et un livre dans l'autre main. Il surveille la circulation sur la rue Hô-Chi-Minh. Ce livre est-ce *Le Capital* ? Un recueil de ses propres poèmes, *L'Espérance sacrée* ? Agostinho Neto est officiellement mort d'un cancer en 79 à Moscou. Son cercueil était vide lors des funérailles nationales. Les Russes, meilleurs spécialistes depuis l'Égypte ancienne de cet artisanat, avaient conservé la dépouille au frigo.

Car c'est bien la faiblesse du matérialisme historique en comparaison des églises « éveillées », lorsqu'il s'agit de l'imposer au Tiers-monde. Pas d'autre vie que celle-ci qui est insoutenable, pas de résurrection jeune et beau au milieu des défunts chéris sur les verts champs du paradis. Alors au moins vaincre la dégradation et arrêter le temps, sauvegarder les apparences du héros anti-impérialiste. On entreprend l'édification d'un mausolée au sud de la capitale. L'ouvrage demeurera inachevé pendant des années. Il est peut-être vide encore aujourd'hui. C'est une manière de fusée en acier brut, prête à expédier le socialisme scientifique aux confins de l'univers. En 79, à la mort d'Agostinho, Jonas est déjà caché dans la forêt tout au sud de l'Angola. Reprenons au début.

Le vainqueur est né en 1922 à Katete près de Luanda. Il est le fils d'un pasteur, l'un des premiers Noirs à finir le lycée dans la capitale. Il obtient une bourse des missionnaires, débarque à Lisbonne en 47, s'inscrit à la Faculté de médecine. À partir de 52, il effectue divers séjours en prison et compose ses premiers poèmes, dont celui pour Alda en 53, après les massacres de Batepá. Son militantisme anticolonial le rapproche du Parti communiste clandestin. La chute de la dictature salazariste est le seul espoir d'indépendance de l'Angola. En 56, il est l'un des trois fondateurs du MPLA, le Mouvement populaire de libération de l'Angola, d'obédience marxiste.

Le futur vainqueur rencontre le futur vaincu à Lisbonne en juillet 59.

Jonas est né en 1934 à Munhango au sud de l'Angola, sur la ligne du chemin de fer de Benguela. Lui aussi est fils de pasteur, mais son père Lote est aussi chef de gare et *assimilado*. Il a trahi son propre père, Sakaita, chef ovimbundu, combattant de l'insurrection de Bailundo en 1902. Le petit Jonas voudrait devenir conducteur de locomotive. Pourquoi pas pompier. Son père n'a pas fait tout ça, jusqu'à trahir son propre père, pour enfanter une dynastie de cheminots. Il sera médecin. On l'inscrit à l'institut Curie de Dondi. Il débarque à Lisbonne en 58, et intègre la Faculté de médecine.

Lorsque ces deux-là sont pour la première fois face à face, en 59, de nombreux États africains sont déjà sur la voie de l'indépendance. Dans les colonies portugaises, la situation est gelée. Le Portugal est une dictature. Il est inutile de compter, comme en France et en Angleterre, sur son opinion publique muselée. Sa présence est aussi très ancienne. Si le Congo-Brazzaville frontalier est une colonie française depuis quelques dizaines d'années, livré aux Compagnies mais sans véritable peuplement européen, les Portugais sont installés en Angola depuis le XVIᵉ siècle. De nombreux *civilizados*, tout comme leurs parents et grands-parents, n'ont jamais mis les pieds à Lisbonne.

En juillet 59, le futur vaincu est impressionné par le futur vainqueur, de douze ans son aîné, mais il n'aime pas recevoir de conseils. Neto lui reproche d'avoir attiré sur lui l'attention de la Pide, la police politique. Il lui enjoint de poursuivre ses études et d'agir dans la discrétion. Ça n'est pas son genre. Dès septembre, Savimbi s'enfuit du Portugal en voiture, avec de faux papiers que lui ont procurés des militants communistes. On lui fait traverser l'Espagne jusqu'à Hendaye. Il est hébergé par des encartés du PCF à Toulouse. On lui propose de gagner Moscou. Il refuse, se rend en Suisse à la fin de l'année, s'adresse aux missions, obtient une bourse, s'inscrit à nouveau en médecine.

Il est à Kinshasa après l'assassinat de Patrice Lumumba, devient pendant quatre ans le numéro deux du FNLA. Depuis la capitale congolaise, les deux mouvements angolais en exil rivalisent pour attirer les fonds et la reconnaissance internationale. Il faut au commencement des luttes quelque action symbolique. Les états-majors, depuis l'étranger, envoient au casse-pipe quelques héros sacrifiés. Le 4 février 61, le MPLA fomente à Luanda des émeutes et l'attaque suicidaire de la prison. Le 15 mars, le FNLA lance dans le nord une attaque aveugle. Elle se solde par l'assassinat de dizaines de colons portugais et de travailleurs agricoles ovimbundus. Savimbi est encore révolutionnaire à mi-temps. Il abandonne la médecine et poursuit des études de sciences politiques à Lausanne.

En 62, Neto s'enfuit à son tour du Portugal et arrive à Kinshasa. Ses années de prison et ses livres en ont fait une légende. Savimbi n'est encore que le vague ministre d'un gouvernement en exil. Les légendes sont encombrantes. Dès l'arrivée de Neto, des guerres fratricides déchirent le MPLA. Le FNLA garde à l'ouest la frontière angolaise, et abat les hommes de Neto qui auraient l'intention d'aller combattre en territoire national sous une autre bannière. Neto traverse le fleuve et s'installe à Brazzaville.

Le président marxiste Alphonse Massemba-Débat l'accueille à bras ouverts, lui offre un camp d'entraînement près de Dolisie. Savimbi de son côté cherche des appuis, poursuit ses études en Suisse, obtient ses diplômes. Il rencontre Ahmed Ben Bella à Alger et Gamal Abdel Nasser au Caire, se rapproche des Chinois, part là-bas effectuer un stage de formation militaire. Il rencontre à son retour Che Guevara à Dar Es-Salaam. Lui aussi est attiré par les Chinois.

Le Che est à la fin de sa longue tournée mondiale des popotes révolutionnaires, et vient de rencontrer Neto à Brazza. Dans son dernier discours public, début 65 à Alger, il se lance dans une diatribe antisoviétique. C'est la rupture. Dès son retour à Cuba, il disparaît de la scène politique, quitte le ministère de l'Industrie. On le dit mort ou interné en psychiatrie. Il combat secrètement dans l'est du Congo, au côté de Laurent-Désiré Kabila jamais là.

Savimbi envoie onze de ses hommes en Chine, à l'Académie militaire de Nankin. Il quitte le FNLA, rencontre encore une fois Neto à Brazza, qui lui propose en vain de rejoindre le MPLA. Savimbi crée en 66 son

JONAS & AGOSTINHO

propre mouvement, l'UNITA, Union pour l'indépendance totale de l'Angola, récupère ses onze hommes en
Tanzanie, passe par la Zambie, et installe la première
guérilla à l'intérieur du territoire angolais, dans les
forêts du sud-est.

Pendant près de dix ans, ces trois mouvements vont
se battre entre eux et accessoirement contre l'armée
portugaise. Le MPLA depuis Brazzaville s'appuie sur
l'ethnie kimbundu et l'élite des métis, le FNLA depuis
Kinshasa sur l'ethnie bakongo et les néos ou pseudos
Congolais, l'UNITA depuis la forêt sur l'ethnie ovimbundu très majoritaire au cœur du territoire, des
gueux alliés contre la petite bourgeoisie marxiste et
intellectuelle de Luanda. C'est la Guerre froide. Chaque
camp fait son marché. L'URSS a choisi la première,
un peu par hasard, le camp des métis, parce qu'ils sont
plus nombreux dans les universités portugaises infil-
trées par les communistes. Dès lors les États-Unis, et
l'Afrique du Sud de l'Apartheid, n'ont d'autre solution
que de soutenir les paysans noirs. Savimbi crée des
villages indécelables sous la forêt, des écoles, des camps
d'entraînement, il accède au rang de héros populaire.

C'est la révolution des Œillets à Lisbonne en 74. On
installe à Luanda un gouvernement de transition. On
y invite les trois partis ennemis. La guerre fait rage à
l'approche du 11 novembre 75. Ces armées commet-
tront, avec une proportionnalité liée à leur puissance
de feu, leur lot d'horreurs respectives et leurs crimes
de guerre, leurs exécutions sommaires de civils et leurs
actes de barbarie au gré du déplacement des fronts. Les
Angolais sont emportés dans une bourrasque et aucune

paix n'est plus possible, même quand la bourrasque est passée. Le MPLA est au pouvoir à Luanda.

Jonas Savimbi claque la portière d'une automobile devant Pepetela, quitte la capitale. Au début de février 76, il entame sa longue marche et devient Jonas Savimbi, un mythe invisible, le héros absolu qu'on imagine voir en différents endroits au même moment. Les villes sont perdues pour l'UNITA. Savimbi traverse la voie ferrée de Benguela, descend plein sud, traverse le village de Lucusse où il sera abattu trente ans plus tard, oblique au sud-est. Il pourrait gagner la Zambie toute proche. Et puis oblique au contraire plein ouest et remonte vers le nord où on ne l'attend pas. Il crapahute dans la forêt à la tête de ses hommes harcelés.

C'est une troupe de près d'un millier de combattants au départ, accompagnés de centaines de femmes et d'enfants, toute une population traquée dans leur marche silencieuse, chassant à l'arc les antilopes, boucanant la viande. Au hasard des raids d'hélicoptères des Cubains, on franchit les rivières, la troupe s'éparpille, se scinde en de multiples groupes de diversion, se perd. On mettra des mois à se retrouver. De février à août 76, ce seront sept mois de marches ininterrompues pendant lesquels ces hommes en fuite parcourront plus de trois mille kilomètres dans la brousse. Cette guerre que les Cubains pensaient avoir gagnée n'est pas terminée. Le feu couve sous la cendre en forêt. On procède à la réorganisation de la troupe, à la création de nouveaux villages introuvables. On répartit les tâches, l'agriculture, la formation idéologique, le réarmement. Un jour viendra le temps de souffler sur les braises. Il lui faudra dix ans.

Au moment où la Guerre froide touche à sa fin, elle lance son bouquet final en Angola. C'est une montée en puissance des affrontements jusqu'au paroxysme de la bataille de Cuíto Cuanavale fin mars 88, dernier engagement brûlant de la Guerre froide. Un aéroport perdu, un fleuve, les champs de mines, les obus des défenses anti-aériennes, les chars envasés dans les marécages à crocodiles, les pales des hélicos brassant la poussière et les rafales d'armes automatiques, les odeurs de mazout et de poudre dans la chaleur et sous le ciel gris. D'un côté les Angolais du MPLA, des troupes cubaines appuyées par les Migs, de l'autre les Angolais de l'UNITA, des troupes sud-africaines appuyées par les Mirages. C'est la victoire des Cubains, le dernier baroud de l'Opération Carlotta, dont Gabriel García Márquez voulut, pour son ami Fidel, être l'Homère ou le Thucydide.

Après la chute du mur de Berlin, voici l'UNITA de Jonas Savimbi de retour à Luanda le temps d'une campagne électorale. C'est encore une fois la défaite. Les élections sont emportées par le MPLA. C'est la guerre maintenant dans les villes. L'UNITA à nouveau doit s'enfuir, abandonner ses cadavres dans les rues de Luanda, puis de Huambo perdue à son tour. C'est encore une fois le bush, la forêt, on l'oublie. Le monde abandonne l'Angola à son sort. Pour Savimbi, la longue marche reprend. Il a cinquante-sept ans.

S'interroge-t-il ? Pense-t-il à s'en aller, à faire autre chose ? Mais que sait-il faire d'autre ? Il a étudié un peu la médecine, il est diplômé en sciences politiques de l'université de Lausanne, parle quatre langues internationales et trois langues africaines. Il aura commandé à des milliers d'hommes et parfois au hasard des revers à quelques dizaines. Il rejoint dans l'imagination populaire ces rois invincibles et sanguinaires de la tradition orale et des légendes colportées. Son attention peut-être au bout de quarante ans se relâche. Le corps volumineux avance moins vite dans la forêt. Ou bien se croit-il réellement invincible, le vendredi 22 février 2002, en début d'après-midi, au hasard d'une ultime embuscade sous le couvert des arbres ?

Il n'est plus apparu en public depuis des années. Aucune photographie récente. On l'a souvent prétendu mort. Ou vivant de sa contrebande des diamants dans quelque riviera. Comme il en a l'habitude depuis près de quarante ans, bricolant les vieilles méthodes des guérillas maoïstes et guévaristes, il ne cesse de retraverser les mêmes rivières, la Luena, le Lungue-Bungo. Il connaît le terrain comme sa poche. Il est dans le peuple comme un poisson dans l'eau. Les coups de feu claquent. Des oiseaux s'envolent. C'est enfin la dernière défaite.

Ces balles qui le frappent au hasard sont les derniers tirs d'une guerre civile qui aura commencé bien avant l'indépendance, en 61, quarante ans plus tôt. Un million de morts peut-être. Les cohortes d'infirmes et de mutilés. Les fous qui hantent encore le pays plongé dans l'horreur hallucinée de l'autodestruction. Et puis une vingtaine d'hommes traqués qui ripostent, des rafales de mitraillettes. Les soldats s'approchent du corps volumineux, n'y croient pas trop. Un mythe comme celui de Guevara cherchant à briser l'encerclement dans la gorge du Yuro vient de se faire farcir de pruneaux.

...adier Walla organise une conférence de presse
...e corps étendu. Il pointe du doigt les impacts
...hotographie. Dans son journal de Bolivie, le
...ait, le jour de ses trente-neuf ans, que peut-
...'avait plus l'âge déjà de mener cette vie-là,
...traqué dans la forêt pour semer l'armée de
...tos lancée à sa poursuite. Le vieux Savimbi de
...ante-huit ans est abattu en même temps que vingt
... un de ses hommes. C'est un maigre fait d'armes.
À la grande époque, du temps de sa splendeur, une
garde de cent combattants marchait devant lui. En cas
d'accrochage, trois cents hommes en réserve devaient
l'entourer et protéger sa fuite.

Ces marcheurs qui ont à ce point contribué au
désordre du monde ne connaîtront jamais le repos
définitif du tombeau. Leurs dépouilles continueront
à marcher après leur mort. Leurs sépultures seront
toujours provisoires. En juillet 97, à l'occasion de
travaux d'agrandissement de l'aéroport, on exhume
par hasard en Bolivie, à Vallegrande, le long de la
piste d'atterrissage, sept cadavres dont l'un aux mains
coupées. Le squelette incomplet du Che rejoint trente
ans après sa mort, en octobre 97, les mains amputées
pour identification, depuis longtemps renvoyées à
Cuba.

Le corps de Savimbi ne restera pas si longtemps sous
son arbre à Lucusse. Comme bientôt Brazza on le déterre
en douce. Le jeudi 17 novembre 2005, l'hebdomadaire
Folha 8, paraissant à Luanda, annonce la disparition du
corps de Jonas Savimbi. A-t-il été récupéré par l'armée
pour le dissoudre comme celui de Lumumba dans un
bain d'acide, et prévenir ainsi tout pèlerinage ? Ou

par d'anciens fidèles qui lui auront élevé un m
secret dans la forêt ? On ne sait pas trop no
se trouve celui d'Agostinho Neto. Peut-être enc
son frigo moscovite.

Pietro & Ernesto

Triste est le sort des héros qui ne sont
pas morts d'une mort héroïque.
Hannah Arendt

Pour se préserver sans doute de la légère absurdité de l'existence humaine qu'on ressent davantage encore dans les villes – et lorsqu'on est sédentaire –, quels que soient leurs idées, ou leurs idéaux, le siècle, la région du monde, tous ceux-là auront été les hommes d'une longue marche, d'une quête dans la forêt qui est à l'origine de l'humanité, de la horde. On marche à l'infini, droit devant, parce que cette fois peut-être, au-delà de cette colline à l'horizon, on finira par découvrir si tout cela a un sens.

Et ce témoignage de Guiral, un compagnon de Brazza – sobre et dur à la fatigue, partageant également avec ses hommes, dans les jours de disette, le peu de manioc et d'eau qui lui reste, donnant, dans les jours de souffrance, l'exemple du courage et de la résignation –, pourrait s'appliquer indifféremment à l'un ou à l'autre. Voilà les qualités requises pour mener une colonne de guérilleros cubains dans le *llano* ou de porteurs dans la jungle du Congo.

On devine à la lecture de telles phrases une exaltation de meneur d'hommes à crapahuter dans la forêt, à risquer sa vie. Brazza, pas plus que Guevara, n'est fait pour la gestion des affaires courantes, la mise en place d'une administration coloniale ou l'organisation d'un ministère de l'Industrie communiste. Alors c'est la fuite en avant, les déplacements incessants dans l'espace. Après avoir quitté São Tomé en novembre 85, il rentre de Paris et rejoint Libreville en mars 87.

S'ouvre une période exténuante et peu héroïque : des allers-retours d'un bout à l'autre du Congo, des problèmes de génie civil, des problèmes de finances, des luttes politiques. Le Congo-Brazzaville devient une colonie. Brazza fatigué rentre à Paris dès janvier 88. Il s'embourbe dans ces problèmes insolubles, souffre de la dysenterie. Pour lui l'aventure est finie. Stanley quant à lui ne s'occupe plus du Congo.

Boula-Matari, le Briseur de Roches, écrit ses livres, donne ses conférences un peu partout sur la planète, et puis d'un coup se jette dans plus grand encore. Il a quarante-six ans. On le croit retiré. Il s'emmerde. On devrait le lire plus attentivement. « J'étais encore à cet âge fougueux où l'on se suffit à soi-même, où l'on est plein de confiance en sa force, où l'on se fait gloire de défier le danger et les obstacles, où l'on est le plus fier et le plus autoritaire, le moins disposé à montrer une patience angélique. » Il attend une occasion. Il veut repartir, reprendre sa longue marche, mais que faire d'encore plus immense ? Quelle phrase prononcer après ce « *Doctor Livingstone, I presume ?* » ?

En 71, rencontrant Livingstone, il avait pour la première fois rencontré quelqu'un qui le valait. Ce fut la dernière. « Je n'ai jamais eu d'amis dans aucune de mes expéditions, personne qui pût devenir pour moi un compagnon sur le pied d'égalité, si ce n'est quand je me trouvais avec Livingstone. » En 83, Stanley prend contact avec un homme dont il imagine qu'il est de sa trempe, un homme qu'il admire de loin depuis des années, et auquel il propose de s'occuper du Congo à sa place. Il est six ans plus vieux que lui. Leurs origines les opposent. Celui qu'on appellera successivement Chinese Gordon, puis Gordon Pasha, puis Gordon of Khartoum, le général Charles George Gordon est lui-même le fils d'un général.

Sa carrière fut jusqu'alors des plus classiques. À vingt-deux ans, il est un jeune officier sur le front de Crimée, participe au siège de Sébastopol, est envoyé en Extrême-Orient au début de la seconde guerre de l'opium, assiste au sac du Palais d'été à Pékin. Sa réussite militaire pour repousser les rebelles est si foudroyante que l'empereur de Chine le promeut *titu*, sorte de général en chef. En octobre 71, lorsque Stanley retrouve Livingstone à Ujiji, Gordon est en mer Noire, chargé de pacifier la navigation à l'embouchure du Danube. Il rencontre les autorités ottomanes à Istanbul. On lui propose de seconder au Caire le khédive Ismaïl.

L'Égypte rêve encore d'organiser son immense domaine depuis Alexandrie jusqu'aux sources du Nil, de la Méditerranée aux Grands Lacs. Mais l'Empire ottoman déjà se délite, et ce sont les Anglais qui font au Caire la politique du khédive, comme ils font à Zanzibar celle du sultan. Gordon est nommé colonel de l'armée d'Égypte, il gagne le Bahr el-Ghazal puis le Soudan, descend depuis

Khartoum le Nil blanc jusqu'à Gondokoro. On fonde la province d'Équatoria en aval des Grands Lacs. Gordon en confie l'administration à Emin Pacha.

Plus au nord, Gordon s'emploie pendant quatre ans à organiser le Soudan. Il court de l'Abyssinie au Darfour. Le khédive est déposé. Gordon regagne l'Angleterre. Dans les années qui suivent, on le voit au Cap, où on lui propose le commandement de l'armée sud-africaine, qu'il refuse, en Inde où il seconde le gouverneur général anglais, à Pékin où on lui demande d'apaiser les risques d'une guerre sino-russe. En 82, il arrête tout. Il a quarante-neuf ans. Il se retire en Palestine. C'est là qu'il reçoit le courrier de Stanley. Ces deux-là ne se rencontreront jamais.

Pendant que Gordon se consacre à la méditation et à l'archéologie, cherche à Jérusalem l'emplacement du Golgotha et du tombeau du Christ, au Soudan Mohammed Ahmed se prétend le nouveau mahdi, l'Envoyé de Dieu, lève une armée, balaie de sa guerre sainte les troupes égyptiennes. Le khédive et Nubar Pacha confient à Gordon la mission de secourir et d'évacuer les populations qui leur sont fidèles à Khartoum. En janvier 84, Gordon est au Caire, en février à Khartoum. En mars la ville est assiégée. La route du Nil est coupée. L'expédition lancée dans les dunes à son secours a beau fouetter ses chameaux, elle arrivera deux jours trop tard. La ville tombe en janvier 85. Les troupes du mahdi égorgent quatre mille hommes, emmènent les femmes et les enfants. Stanley est au congrès de Berlin lorsqu'il apprend qu'on a décapité Gordon, promené en ville la tête de l'Anglais au bout d'une pique.

vers chez Emin

Quiconque n'est point misanthrope à qua-rante ans n'a jamais aimé les hommes.
Chamfort

Depuis longtemps Alice Pike est mariée. Gordon est mort. Le Briseur de Roches se suffit à lui-même. Il est au sommet de sa force. « Il est curieux qu'aucun romancier, à ma connaissance, n'ait noté cette forte virilité de la volonté qui, à une certaine époque de leur carrière, prend une place prépondérante dans le caractère des hommes. Malgré mon isolement complet, jamais je n'ai éprouvé l'impression de la solitude. »

Le Bahr el-Ghazal est tombé aux mains du mahdi, puis le Soudan tout entier. Loin au sud, demeure la province égyptienne d'Équatoria dont on est sans nouvelles. Son gouverneur, Emin Pacha, parvient à envoyer quelques courriers à des stations de missionnaires. Il appelle au secours. Tout lui manque, les produits manufacturés et surtout les armes pour s'opposer à la progression des mahdistes qui lui ferment la route du Nil, et viennent de s'emparer de son éphémère capitale de Lado. Il s'est replié plus au sud encore, à Wadelaï en aval du

143

lac Albert, toujours plus loin de l'Égypte. Personne ne connaît l'extension de cette province sans véritables frontières, quelque part aujourd'hui en Ouganda.

À l'est, les Massaïs lui interdisent l'accès à l'océan Indien. Il est harcelé au sud et à l'ouest par des tribus hostiles, et menacé au nord par l'invasion des djihadistes. Emin Pacha est à la tête de troupes égyptiennes et soudanaises, d'une nombreuse population civile venue du Caire, de secrétaires turcs et coptes, de son second, l'aventurier italien Gaetano Casati, d'un marchand grec et d'un pharmacien de Tunis. L'isolement d'Emin Pacha émeut les populations de l'Angleterre, qui reprochent au gouvernement d'avoir tant tardé à secourir Gordon. Les journaux enflamment l'opinion. Il faut sauver le dernier lieutenant de Gordon. On organise une souscription pour l'*Emin Pasha Relief Expedition*. Stanley est à New York, fin 86, lorsqu'on lui propose d'en prendre le commandement. Il rentre aussitôt à Londres, remet en jeu sa gloire comme on pousse l'ensemble de ses plaques sur le tapis vert. Il partira sauver Emin Pacha.

Les volontaires affluent ainsi que l'argent. Stanley choisit les officiers qui l'accompagneront, quelques gentlemen qui mettent une part de leur fortune dans l'expédition, le naturaliste James Jameson qui mourra quelque part sur le Congo. Les malles sont acheminées au Caire, les hommes voyagent sur différents paquebots. Le khédive remet à Stanley un firman pour Emin, lui conseillant de regagner Le Caire, mais le laissant libre de sa décision. On se retrouve à Zanzibar où Stanley négocie à nouveau avec Tippu Tip, et recrute six cent vingt hommes d'escorte.

Encore une fois on croise le cap de Bonne-Espérance,

à bord du *Madura*, on longe la côte atlantique au-delà
de Luanda jusqu'à l'embouchure du Congo. On gagne
Matadi puis le Stanley Pool. Des vapeurs remontent
ensuite le fleuve vers le nord et les chutes, les Stanley Falls où Tippu Tip s'installe avec ses hommes et
prend le commandement du poste. La mission anglaise
navigue en pirogues sur l'Aruwimi jusqu'à Banalya.
Stanley décide d'y installer un camp de base, dans
lequel il laisse l'arrière-garde protéger les charges qui
ralentiraient sa progression. Jusqu'ici l'expédition filait
comme une flèche. Il a quitté Londres le 21 janvier.
Le 28 juin, il quitte le camp de base dont il confie
le commandement au major Barttelot, un ancien de
l'Afghanistan, pour s'engager dans la forêt de l'Ituri
en direction du lac Albert, qu'on estime alors distant
d'environ huit cents kilomètres à vol d'oiseau.

Personne n'a jamais traversé cette forêt. Personne
ne sait à quel endroit elle laisse la place aux collines
et à la prairie. Les survivants ne reverront l'herbe et la
lumière du jour que le 5 décembre. C'est l'hécatombe.
Beaucoup meurent de faim ou sous la pluie des flèches
empoisonnées. « Quant aux champignons, on en trouve
nombre de variétés, parmi lesquelles le vrai et parfait
mousseron ; d'autres sont moins inoffensifs, mais assurément les dieux protègent ceux qui sont condamnés à
vivre de pareille nourriture. Larves, limaces, chenilles
et fourmis blanches remplacent la viande absente (…)
Le matin, j'avais mangé mon dernier grain de maïs,
dernière parcelle de nourriture solide qui me restât
(…) Mon pauvre bourricot zanzibari dépérissait rapi-
dement. L'arum et l'amome, sa seule nourriture depuis
le 28 juin, sont une triste provende pour un animal

145

délicat et gâté comme il l'avait été jusqu'alors. Pour abréger son agonie, je lui loge une balle dans la tête. Quand la chair en fut répartie, plus scrupuleusement qu'on l'eût fait pour la plus fine des venaisons, nos malheureux, poussés par la faim, se battirent pour la peau et les os, qu'ils broyèrent, et pour les sabots, qu'on fit bouillir des heures durant. » Ce sera la plus longue marche, la pire. On s'inquiète pour l'arrière-garde. On a fléché pour elle le chemin en entaillant les écorces. Après plus de cinq mois dans la forêt, on sort enfin à l'air libre, on court jusqu'aux rives du lac qu'on atteint le 14 décembre et c'est la déception. Les populations sont hostiles et agressent la caravane. Personne n'a de nouvelles, ni même jamais n'a vu ni le Pacha ni ses hommes.

Ce que Stanley connaît d'Emin Pacha, il le tient avant tout du Dr Junker, qui a parcouru l'Équatoria quelques années plus tôt. Les souvenirs souvent sont trompeurs. Il décrit un homme grand, maigre, très myope. C'est, dit-il, un linguiste distingué, il parle l'arabe, le turc, l'allemand, l'italien, le français et l'anglais ainsi que plusieurs langues africaines. Sur les bords du lac, on attend quelque temps cet être énigmatique. Mais demeurer sur la rive est impossible, et l'expédition a laissé son bateau en arrière et en pièces détachées. Stanley est épuisé et malade. L'expédition revient sur ses pas, s'installe à la limite de la forêt. On élève un camp retranché, le fort Bodo qui signifie Paix dans la langue de la région. On prépare le sol pour des plantations. On essaie de retrouver des forces. On est toujours sans nouvelles de l'arrière-garde vers laquelle on dirige des messagers. On envoie vers l'avant un détachement des

hommes les plus valides s'enquérir du Pacha autour
du lac. Stanley se remet lentement. Ses cheveux ont
blanchi. Le Dr Parke lui prescrit des injections de
morphine. Trois mois après l'installation au fort Bodo,
on lit dans le journal de Stanley :

« *Du 15 mars au 1ᵉʳ avril* – Le 25, je pouvais faire
quelques centaines de pas d'une traite, mais le bras
était encore raide et je me sentais faible. Nelson est
quelque peu remis de ses perpétuels accès de fièvre.
Tous les après-midi, on soutient mes pas chancelants
jusqu'au centre d'une superbe colonnade d'arbres, sur
la route que nous faisons ouvrir du côté du Nyanza ;
je m'assieds dans un fauteuil, où je passe des heures
à lire et à somnoler. »

Depuis son fauteuil, Stanley halluciné par la morphine organise les travaux agricoles, suit la croissance
des plantes. Il sait bien qu'au fond il est un paysan, et
qu'il n'aurait jamais quitté sa ferme galloise si son père
l'avait reconnu. « Pendant qu'on m'aide à gagner mon
dôme de feuillage, ce m'est un délice tous les jours
renouvelé d'observer la croissance rapide du maïs dans
les champs, de voir combien nous avons gagné sur la
forêt. Nos lopins, après avoir été nettoyés, bêchés et
semés, ne sont pas restés longtemps dans leur nudité
première. Certain jour, la terre brune s'est mise à ver-
doyer ; des milliers de plantes ont germé tout à coup
comme à une parole de commandement. Hier encore,
je souriais en regardant les pousses tendres et blanches
se ployer sous les mottes comme pour prendre leur
élan ; le lendemain, les mottes ont été repoussées, les
tigelles se redressent ; les plantes virginales se teintent
déjà de vert à leur extrême pointe. Jour après jour,
c'est merveilleux de voir les stipes croître, monter et

grossir, les folioles s'élargir et la couleur devenir plus intense. Côte à côte, chaque pied, à sa file et à son rang, envoie ses feuilles à la rencontre de ses compagnes ; elles mêlent leurs embrassements, et maintenant le champ de maïs est un carré solide qui bruit au vent, comme le murmure lointain de la vague paresseuse sur le galet des rives. »

Manifestement, et bien qu'il s'en défende, Stanley est heureux. Il est au cœur de l'Afrique, dans une région inconnue. Depuis plus d'un an, personne en Europe ne peut avoir de ses nouvelles, savoir s'il est mort ou vivant, savoir où il se trouve. Il n'a aucun moyen d'en donner. Pour la dernière fois, il est immobile au cœur de l'Afrique. Il pourrait s'arrêter là, ne plus repartir, oublier le Pacha, vivre jusqu'à la fin au milieu de sa communauté de robinsons. On songe aux Angolares ou aux révoltés du *Bounty*, aux rêves verniens des naufragés. La forêt de l'Ituri est une mer infranchissable. Fonder ici un empire. D'année en année accroître les récoltes… « Une troupe d'éléphants se cacherait dans le fouillis. La plante a déjà fleuri, les gros épis grossissent toujours, surabondamment protégés dans leurs multiples gaines, ils promettent une récolte abondante, et j'ai plaisir à la pensée que pendant mon absence nos hommes n'auront plus à souffrir de la famine. J'ai résolu de partir demain pour le lac et d'emporter le bateau. » L'un de ses officiers, Jephson, est entré en contact avec Emin Pacha.

Depuis la rive, dans l'après-midi du 29 avril 88, Stanley observe à travers sa longue-vue le vapeur qui grossit sur le lac. Il cherche sur le pont le visage buriné d'un géant à l'uniforme râpé. On actionne les bossoirs.

Un canot déborde. Un groupe d'hommes se dirige vers sa tente. « Je leur serrai la main à tous, et demandai lequel était Emin Pacha. Alors un homme mince et assez petit, portant lunettes, attira mon attention par ces paroles prononcées en excellent anglais :

– Je vous dois mille remerciements, monsieur Stanley, et je ne sais comment vous exprimer toute ma reconnaissance.

– Ah ! Vous êtes Emin Pacha ? »

Depuis un an et demi, peut-être Stanley cherchait-il une phrase qui fût le digne pendant de sa rencontre avec Livingstone dix-sept ans plus tôt, et qu'il aura oublié de prononcer, tout à la surprise de voir devant lui « un homme maigrelet, coiffé d'un fez, fort bien soigné, le linge éclatant de blancheur, parfaitement repassé et d'une coupe irréprochable ». On allume des bougies dans la tente. On débouche les cinq bouteilles qui ont traversé l'Ituri. Encore une fois on verse le champagne chaud dans les timbales en argent.

Emin Pacha est curieux de l'actualité du monde dont il est isolé depuis des années. « Ce visage ne montrait aucune trace de maladie ou d'anxiété ; tout au contraire, il indiquait un corps prospère et un esprit tranquille. » Quant aux nouvelles qu'on peut lui donner elles ont bientôt deux ans. Emin Pacha parle un peu de sa vie. Comment en effet devient-on gouverneur d'une province comme Équatoria ? De son vrai nom Schnitzler, c'est un Juif de Silésie né en 1840, sur les bords de la Neisse aujourd'hui allemande.

Après des études de médecine et d'entomologie, il a commencé sa carrière en Albanie, est entré au service du gouverneur Ismail Hakki Pacha qu'il a suivi au hasard de ses affectations dans l'Empire ottoman, en Syrie puis en Arabie. Il s'installe un temps à Trieste puis dans les Balkans, gagne Le Caire puis Khartoum, où il devient Emin effendi Hakim auprès de Gordon, lequel, après lui avoir confié diverses missions diplomatiques, le nomme gouverneur d'Équatoria, province fantôme bientôt assiégée. « Ces cinq années de silence, je ne peux trouver de mots pour dire combien elles ont passé lourdement. Je ne serais pas capable de recommencer. »

Emin Pacha décide d'installer son camp pour quelques jours auprès de celui de Stanley, fait débarquer du vapeur ses bagages et des vêtements neufs pour ces Anglais loqueteux. Emin Pacha prétendra plus tard en souriant être venu au secours de ses sauveteurs. Il reprend ses travaux ornithologiques, s'étonne de l'absence de toute variété de perroquets aux abords du lac Albert. Stanley se réjouit de leurs conversations. C'est au moment où Emin Pacha lui fait savoir qu'il n'a pas très envie de rentrer au Caire, qu'il hésite encore, et restera peut-être en Équatoria, que leurs rapports commenceront à se dégrader.

Stanley est en route depuis un an et demi pour secourir cet homme et les populations de la province. Il est toujours sans nouvelles de l'arrière-garde. Après avoir fixé un ultimatum au Pacha, il reprend la direction du fort Bodo. Les messagers envoyés vers le major Barttelot n'ont pas reparu. Stanley décide de traverser à nouveau la forêt de la faim à la tête d'un groupe restreint. Il quitte le camp le 16 juin 88, un an après s'être engagé une première fois dans la forêt, remonte les pistes que son avant-garde avait ouvertes à la machette.

Dans les derniers jours, leurs provisions s'épuisent. « Nous n'emportions absolument rien, comptant pour nous sustenter sur les fruits sauvages qu'on pourrait cueillir en route. Dans l'après-midi nous passâmes à côté de cadavres à divers degrés de décomposition. La vue des morts et des mourants m'avait enlevé toutes mes forces. Je me sentais anéanti. »

Il atteint le camp de Banalya le 17 août, y trouve une poignée d'hommes malades et perdus, qui lui apprennent que Tippu Tip a trahi sa parole et jamais ne leur a envoyé les porteurs. Le major Barttelot a été assassiné. Troup est rentré en Angleterre et Ward est à Luanda. James Jameson, parti chercher du secours en arrière et supplier Tippu Tip, est mort des fièvres sur le Congo. Il reste là un seul Anglais, Bonny, et quelques dizaines de Zanzibaris que Stanley emmène avec lui vers le fort Bodo. À son retour, il continue à interroger le Pacha qui hésite. Par une lettre du 13 février 89, alors que Stanley a quitté Londres depuis plus de deux ans, Emin Pacha lui annonce enfin sa résolution de se laisser guider par lui jusqu'à l'océan.

Il leur faudra presque un an encore pour rassembler les populations, créer un camp provisoire à Kawili dans l'actuel Ouganda, puis traverser l'actuelle Tanzanie pour naviguer jusqu'à l'île de Zanzibar.

Pierre & Henry

> *Je n'avais pas été envoyé en ce monde*
> *pour y être heureux ou pour y chercher le*
> *bonheur : j'avais une mission à remplir.*
> Henry Morton Stanley

Concernant ces deux-là, il est prudent de pondérer les clichés, ces antagonismes que les journaux avaient exacerbés pour en faire des hommes de Plutarque, le grand cœur de l'aristocrate pacifique et la terrible dureté du fils de personne. On peut entendre la remarque agacée de Stanley au sujet de Brazza : « Trop de drapeaux et pas assez de munitions. »

En ce début d'année 1890, il est difficile de poursuivre le parallèle. Leurs destins sont disproportionnés. Stanley est l'un des hommes les plus célèbres du monde. Après avoir accompagné les populations d'Équatoria jusqu'en Égypte, il s'isole pour écrire. Il loue la villa Victoria au Caire à partir de la fin de janvier. Il veut finir son livre avant de regagner Londres pour profiter encore de sa solitude. Il ouvre ses carnets, son journal qu'il relit. Il rédige d'une traite un récit de mille pages qu'il intitule *Dans les ténèbres de l'Afrique*. Il y ajoute l'ensemble des inventaires de l'expédition, les comptes, les télégrammes de félicitations reçus à Zanzibar, des photographies, un dessin des végétations successives du Ruwenzori jusqu'aux neiges éternelles. Il consulte les archives cartographiques arabes, et atteste la validité de ces tracés antiques qu'il publie en annexes.

Pendant que Stanley est au Caire, penché sur ses feuillets, Brazza entreprend l'exploration de la rivière Sangha. Ces modestes navigations sur les affluents du Congo n'enflamment pas les journaux, après que Stanley vient de traverser deux fois l'Afrique de part en part dans un sens puis dans l'autre. Seuls ses collègues saluent son travail obscur de cartographe et son abnégation. Le capitaine Lamy écrit que « M. de Brazza ne connaît pas les règles de l'administration française, et la paperasserie lui est aussi inconnue, dans les détails, que l'organisation des populations de la Lune, s'il y en a. Il n'a jamais eu qu'un but, marcher en avant, sans verser de sang, ni brûler de poudre. C'est là, dans le bassin de la Haute-Sangha, que M. de Brazza dépense sans compter toute la vigueur que la nature lui a donnée, et toutes les ressources personnelles ou autres dont il dispose. Le succès le plus complet ne peut manquer de couronner de tels efforts, à moins que la mort ne vienne dompter cette nature vraiment supérieure ».

Au milieu de 90, Brazza est à Brazzaville pour la première fois depuis deux ans. Debout sur un ponton de ce qui doit être aujourd'hui le Beach, il observe le vapeur *Courbet* dont il vient prendre livraison pour partir reconnaître encore plus en amont le cours de la Sangha.

En ce mois de juin 90, alors que Stanley, au faîte

de sa gloire, regagne l'Angleterre pour aller se marier en l'abbaye de Westminster, un marin d'origine polonaise débarque à Matadi du *Ville de Maceio*. Teodor Korzeniowski, comme Brazza capitaine au long cours, a déjà bourlingué sur tous les océans. C'est la première fois que Conrad se fait marin d'eau douce. Il gagne le Stanley Pool par la route le long des trente-deux cataractes. À son arrivée à Léopoldville, aujourd'hui Kinshasa, la compagnie lui refuse le commandement qu'on lui avait fait miroiter à Bruxelles. Un peu plus de deux ans après le dernier passage de Stanley parti secourir Emin Pacha, c'est au même moment que ces deux vapeurs, s'éloignant chacun d'une rive du fleuve, le *Courbet* et le *Roi des Belges*, emportent l'un Brazza et l'autre Conrad. Les deux marins font route vers l'amont. De concert jusqu'au confluent de l'Oubangui.

Sur le chemin du retour, depuis les Stanley Falls vers le Stanley Pool, le capitaine du *Roi des Belges*, atteint par les fièvres, doit remettre le commandement du vapeur à son second, le Polonais. Un Blanc malade évacué de la station meurt après avoir hurlé dans le délire de son agonie. On lira plus tard cette notice nécrologique dans le *Mouvement géographique* de Bruxelles : « Klein, Georges, Antoine : Français, engagé comme agent commercial. Départ pour le Congo le 23 décembre 1888. Décédé le 21 septembre 1890 à bord du steamer *Roi des Belges* au cours du voyage. Décédé des suites de dysenterie. Inhumé à Chumbiri (Bolobo). » Conrad écrit une nouvelle dans laquelle apparaît le souvenir de cette navigation sur le Congo, *Un avant-poste du progrès*, qu'il publie en revue, plaçant le cœur des ténèbres auprès de Stanleyville, de Kisangani aujourd'hui, bien que jamais les lieux ne soient mentionnés. Brazza ne lit pas la nouvelle de Conrad. Il la lira plus tard, à Alger.

deux naufragés

Le lundi 6 mars 2006, le panneau lumineux du hall Départs de l'aéroport de Luanda est peut-être en panne. Un agent me garantit que malgré son absence à l'écran, l'avion d'Air Gabon pour Kinshasa devrait atterrir bientôt. D'après lui, il n'est pas si rare qu'on oublie d'afficher ce genre d'informations, ou alors peut-être qu'il est en retard, ou qu'il est en panne lui aussi. L'absence de tout personnel au comptoir Air Gabon laisse en effet supposer un dysfonctionnement quelconque.

Celui qu'à défaut d'identifier sa fonction véritable je continue d'appeler l'agent (des douanes ou de la police ?) vient tous les quarts d'heure me rassurer, et me taxer au passage d'une Marlboro light. Le jour se lève. L'agent revient tout sourire, l'avion a décollé de Kinshasa et devrait bientôt se poser à Luanda. Il me communique cette information de manière confidentielle, comme s'il venait pour me faire une fleur d'appeler le pilote sur son portable. Il suggère que nous fêtions cette bonne nouvelle à la buvette. Je soupçonne une arnaque à rebondissements multiples. Cet uniforme doit être celui d'un douanier. L'exportation des kwanzas est interdite, comme celle des dollars, et de toute autre monnaie. Ces lois curieuses n'ont d'autre fondement sans doute que celui de ne pouvoir être respectées, et de placer ainsi chaque voyageur dans l'illégalité forcée. L'agent s'éloigne en haussant les épaules. J'essaie autour de moi de distinguer, à différents degrés d'impatience, ou d'inquiétude, les Congolais qui pensaient rentrer des Angolais qui pensaient partir, estimation rendue plus délicate par la proportion sans doute importante d'Angolo-Congolais comme Alphonse. Il est maintenant évident que le vol pour Kinshasa n'existe pas. Les passagers qui n'en sont plus s'échauffent, et parlent de plus en plus fort. L'agent ne se montre plus. J'appelle Alphonse.

Nous empruntons le large boulevard de la Révolution-d'Octobre, puis l'avenue Amilcar-Cabral, traversons la ville jusqu'à la Marginal, et stationnons devant l'hôtel Presidente. L'agence Air Gabon est déjà assaillie. L'employée à laquelle on a confié ce rôle ingrat répète à chaque nouvel arrivant encombré de ses bagages que la compagnie a déposé son bilan. L'ensemble des vols est annulé. Définitivement. Les billets ne sont pas remboursés. S'il n'est pas difficile de comprendre les réactions peu courtoises des voyageurs floués, leurs vociférations, on ne peut que plaindre cette pauvre jeune femme et s'étonner même qu'elle ne soit pas restée chez elle ce matin. Elle semble réaliser peu à peu qu'elle se retrouve elle-même au chômage, et que son dernier salaire ne lui sera sans doute jamais versé.

Obtenir une chambre au pied levé dans un hôtel de Luanda est quasiment impossible. Après avoir vérifié cette information auprès du petit Vice-Rei, déjà complet depuis mon départ, j'appelle un ami à l'ambassade pour au moins y déposer mon bagage avant d'aviser, reprends la route avec Alphonse. On me dirige vers une petite construction au fond de la cour, sur la porte de laquelle est écrit *Sala de motoristas*.

À droite une pièce équipée d'un canapé et d'une table basse, où patientent les chauffeurs entre deux courses. En face un cabinet de toilette, à droite une chambre. Un précédent occupant a vidé ici ses poches de plusieurs pièces de monnaie chiliennes de cinquante pesos. Sur les murs patientent quelques geckos. Dans une encoignure, des balais et des seaux, les réserves de produits des femmes de ménage. La fenêtre donne sur un bouquet de bananiers. Décidant qu'après tout je suis aussi bien ici qu'au Vice-Rei, je commence à déballer mon campement.

Nous sommes en ces lieux deux naufragés. L'autre est quelque chose auprès de la Banque mondiale. Son studio, beaucoup plus confortable que le mien, est situé dans le corps principal de l'ambassade et équipé d'un lave-linge, et d'un sèche-linge tout neuf. Après que j'aurai vidé les entrailles de celui-ci de ses brochures explicatives, je le raccorderai au secteur puis à l'évacuation d'eau. Et souvent la Banque mondiale et moi prendrons des verres en fin d'après-midi, en attendant que les machines ronronnantes nous restituent nos vêtements.

La Banque mondiale se révèle être un grand voyageur et un lecteur enthousiaste, de João Guimarães Rosa par-dessus tout. Il a traversé seul le Brésil au volant sur les traces de son *Diadorim*. Cette végétation perdue du Minas Gerais qu'avait traversée déjà l'autre, le manchot avec sa clope au bec, le bousillé de 14.

Comment faisait-il avec sa seule grosse paluche sur le volant pour passer les vitesses de sa Ford *conversível*, Cendrars, depuis Guarujá sur la côte jusqu'au Morro Azul ? Certains après-midi, le regard vague, perdus dans la contemplation du sèche-linge, nous regretterons très bêtement de ne pas être au Brésil. La planète est un incendie. Il faudrait être partout en même temps. Dès qu'on tourne le dos, les flammes repartent de plus belle. On a toujours l'impression qu'on devrait être ailleurs que là où on est. Vais-je attendre en Angola dix ans qu'on déterre à nouveau Brazza ?

dans la presse congolaise

Les Brazzavillois voient des engins creuser le fond de la rivière Mfoa, s'activer des maçons, des Européens de la société Socofran en culottes courtes, spécialistes des Travaux publics, et monter de grosses pièces de béton, près de l'ancienne ambassade des États-Unis (…)

Par ailleurs, on murmure que des dizaines de milliards, engloutis pour monter cet éléphant blanc, n'ont pas suffi jusqu'à ce jour, voilà pourquoi l'Assemblée nationale pour la première fois, à la fin du mois de février 2006, a voté des crédits pour la Fondation Savorgnan de Brazza. Cette initiative ne fait nullement partie, ni de la Nouvelle espérance ni du Document stratégique de Réduction de la Pauvreté, présentés par le Gouvernement comme les bréviaires en matière de développement économique et social du Congo-Brazzaville pour les prochaines années (…)

On pourrait s'interroger gravement sur les objectifs visés par le Congo. S'il y a des priorités dans la reconstruction de Brazzaville, ce monument semble prendre plus de place que l'évacuation des eaux pluviales, mal canalisées, susceptibles à terme de provoquer des épidémies et des drames incommensurables ; assurément, ce bâtiment apparaît, de ce point de vue, comme une colossale lubie. (…)

Lécas Atondi Monmondjo
La Semaine africaine

au royaume téké

aux chutes de Poubara

De l'autre côté du fleuve Congo, en remontant vers l'Équateur, à un millier de kilomètres environ au nord de Luanda, l'emplacement du bivouac de Brazza est aujourd'hui occupé par les deux bâtiments d'une petite centrale hydraulique, laquelle alimente en électricité les mines de manganèse de la Comilog, et accessoirement les villes de Moanda et de Franceville.

Des gardes armés interdisent avec mollesse l'accès aux installations, puis acceptent de me laisser les visiter si je ne prends pas de photos. Je n'en prends jamais. Un simple coup d'œil suffirait d'ailleurs à calculer la charge d'explosif nécessaire à l'arrêt du deuxième producteur mondial de manganèse, si, par exemple, j'étais un agent du troisième producteur mondial de manganèse, et souhaitais faire grimper les cours.

Franklin qui m'accompagne s'intéresse au fonctionnement des turbines. Il a été électricien pendant quinze ans à Libreville avant d'ouvrir un snack-bar à Franceville, rasé pendant l'organisation des Fêtes tournantes en 2004. Avec l'indemnité, il a acheté une vieille Land Rover, l'a repeinte en zébrures jaunes et blanches, et s'est fait chauffeur.

Sur la rive droite, au bord des rapides, le chef du village prélève un droit sur le franchissement du pont de lianes. Debout au milieu de ce berceau ajouré, on surplombe le bouillonnement blanc et brumeux des chutes de l'Ogooué. C'est ici que Brazza prend la décision de quitter le fleuve qui remonte plein sud en amont, de s'engager pour la première fois sur un affluent, la Mpassa qu'il écrit Passa, de remonter la rivière jusqu'à ce qu'elle oblique à son tour vers le sud. Alors on s'arrête. On sort de la forêt après deux ans. On plisse les yeux devant l'horizon dégagé. Ces collines au loin sont une ligne de partage des eaux. Il faut maintenant marcher, construire un camp où entasser le matériel, le confier à la garde de quelques hommes. Ce sera Franceville. Il en choisit l'emplacement :

La situation de Franceville est réellement belle, sur la haute pointe d'un mouvement de terrain qui, après s'être sensiblement élevé à partir du confluent de l'Ogooué et de la Passa, tombe, par une pente rapide, d'une hauteur de plus de cent mètres sur la rivière qui coule à ses pieds. L'horizon lointain des plateaux, dans un panorama presque circulaire, les alignements réguliers des villages qui couvrent les pentes basses, la note fraîche des plantations de bananiers tranchant sur les tons rouges des terres argileuses, font de ce point une des vues les plus jolies et les plus séduisantes de l'Ouest africain. Elle inspire comme un besoin de se reposer en admirant, et en même temps comme un vague désir de marcher vers les horizons qu'on découvre.

À une demi-heure de route des chutes de Poubara, la capitale du Haut-Ogooué s'est aujourd'hui répandue sur les pentes de plusieurs collines, de part et d'autre du lit de la Mpassa que franchit un pont métallique. Le palais d'Omar Bongo est équipé d'une mosquée aux dômes verdâtres. Plus loin, une statue de lui-même en bronze montre de la main l'horizon et le chemin du Congo. Nous nous installons sur la terrasse en bois pourri de La Savane au bord de la rivière, dont les eaux cuivrées coulent au milieu d'une végétation obscure. Son lit est ici large d'une trentaine de mètres. En fin d'après-midi, les pêcheurs débarquent de leurs pirogues des poissons de variétés et de dimensions diverses, tous traversés de la même cordelette d'une ouïe vers la bouche, et dont le patron de La Savane, qui les soupèse à bout de bras, discute le prix.

Le lendemain matin nous reprenons la route. À la sortie de Franceville, plusieurs villages de Pygmées mijotent au soleil dans des baraques en tôle.

– Ça va en boîte et ça boit du whisky, plaisante Franklin, qui ne semble pas les porter dans son cœur. C'est des Pygmées haut de gamme, conclut-il.

à Léconi

Depuis Franceville, la frontière congolaise la plus proche est au sud-est. Un pont sur la rivière Léconi est accessible chaque fin de semaine pour peu qu'on soit congolais ou gabonais, tékés dans tous les cas, et sujets du roi Auguste Nguempio. Un grand marché se tient à son extrémité, sur lequel, en dehors des légumes et des volailles, officient les revendeurs d'essence en jerrycans qu'on appelle ici des khadafis.

Nous choisissons la route du nord sur les plateaux Batékés, parce que les Chinois y tracent depuis plusieurs mois la Route de Brazza. Franklin négocie là-bas une Jeep depuis deux ans et nous allons rencontrer le vendeur. Cette route est libre jusqu'au village de Léconi. Au-delà, les plateaux sont interdits aux véhicules particuliers, au prétexte qu'une bande de plusieurs dizaines de kilomètres menant au Congo a été classée réserve naturelle. Parvenus à Léconi, nous devrons nous adresser aux autorités. Jusque-là, la route est seulement ponctuée de barrages de gendarmerie. Il nous faut traverser Bongoville, la ville du Président. On franchit plus loin la Léconi, puis la route grimpe toute droite vers les plateaux, bordée de quelques villages entourés de champs de manioc et d'ananas. Franklin conduit pied au plancher et la Land Rover vibre comme un vieux zinc au décollage dont se détachent quelques boulons. Deux heures plus tard, nous atteignons le chantier des Chinois.

Le projet du président congolais Denis Sassou Nguesso et de son gendre, le président gabonais Omar Bongo, est ainsi d'ouvrir une voie de commerce au nord. Et d'en finir avec l'opposition politique et la guérilla du sud qui menace la ligne du chemin de fer Congo-Océan. Cette voie sera soumise à deux ruptures de charge : le train Transgabonais depuis Libreville jusqu'à Franceville, des camions sur les plateaux Batékés, puis des barges sur le Congo jusqu'à Brazzaville. Ce projet de commerce transfrontalier n'est pas étranger à leur décision commune d'ériger le mausolée de Brazza.

Et de faire du fondateur, à la fois de Franceville et de Brazzaville, un héros binational et quasiment familial.

La route des Chinois sera rectiligne. C'est encore un ruban de boue rose sous la pluie. On n'en est pas encore au goudron, toujours au ballet des scrapers et des bulldozers, des engins orange constellés de feux clignotants sous l'averse. Nous remontons pendant plusieurs kilomètres cette bouillasse dans laquelle patine la Land en levant des gerbes roses que balaient les essuie-glaces. Nous obliquons dans la savane, franchissons une colline, continuons à pied dans les hautes herbes. C'est la fin de la matinée et nous marchons dans le froid et sous la bruine. Le ciel est d'un gris brestois, la température d'environ quinze degrés. Brazza et ses six compagnons ont traversé les pieds nus ces cent vingt kilomètres chargés de caisses, qu'ils enfouissaient chaque soir dans les dunes. On aperçoit le sable blanc entre les herbes coupantes. Nous marchons autour du Canyon rose, au-delà duquel s'étend le lac aux Crocodiles qui est la source de la Léconi.

Maintenant, la pluie est froide et violente.

un avant-poste du progrès

C'est une Jeep de l'armée américaine réchappée du débarquement de Normandie ou de quelque autre action périlleuse. L'épave n'a pas roulé depuis plusieurs années. Les vertèbres de son propriétaire lui en interdisent l'utilisation. Il s'est équipé d'un gros engin plus moelleux pour aller chasser dans les collines, et s'est enfin résolu à vendre le tape-cul à Franklin qui soulève le capot. Elle est équipée de la boîte à trois vitesses d'origine, assujettie, depuis une trentaine d'années, à un moteur de Peugeot 404 Diesel.

Le vieux Blanc est sourd comme un pot et crie ces informations tout en desserrant les cosses de la batterie. Nous le suivons dans son atelier de mécanique, où tout respire l'ordre et l'autarcie, les réserves des différents carburants dans leurs jerrycans, les pièces détachées pour chacune des machines, les tableaux des clefs plates et des clefs à pipe, le compresseur pour les pneus. Le vieux ponctue néanmoins chacune de ses phrases d'un tonitruant Quel désordre !

De l'autre côté de la cour est installé son bar personnel, dont s'enorgueilliraient maints villages bretons ou alsaciens. Les bouteilles d'à peu près tous les alcools sont alignées derrière le comptoir. Cinq gros calibres sont rangés au râtelier. Quelques trophées aux murs. Le vieux nous hurle sa tendresse particulière pour le douze et la vingt-deux. Il chasse encore sur les plateaux deux fois par semaine. L'outarde et le perdreau.

Il est arrivé au Gabon en 77, il y a près de trente ans. Sous-officier de l'armée française, il a été recruté par la GP, qui n'est pas ici la gauche prolétarienne mais la garde présidentielle. Il a fini sa carrière avec le grade de colonel de l'armée gabonaise. Omar Bongo lui a confié l'intendance de son palais à Léconi, le dernier du territoire, tout au bord du plateau, une manière de désert des Tartares d'où un jour auraient pu surgir les blindés marxistes congolais. Il vit dans ce village depuis vingt et un ans, a quitté le palais du Président, construit le sien de ses mains, crie-t-il. Il a tout dessiné, jusqu'à la cage du perroquet gris à queue rouge qui partage sa vie depuis vingt et un ans. Il marche un peu courbé, les paumes tournées vers l'arrière, comme le font ceux qui ont trop longtemps porté des choses trop lourdes.

La pluie frappe le toit de tôle ondulée avec une force inouïe et nous sommes tous à gueuler comme des idiots à vingt centimètres des vieilles oreilles. Propos auxquels il répond par l'invariable hurlement Quel désordre ! Nous allons dormir chez lui. Il nous prépare des perdreaux farcis de plombs, accompagnés d'une bouillie de feuilles de manioc qui évoque avec précision une bouse fraîche, de laquelle émergent de grosses chenilles hideuses vraisemblablement destinées à relever le goût, et vérifier par la même occasion qu'on n'est pas des bleu-bite.

Le lendemain matin, il lance le branle-bas et nous réveille en hurlant. Nous avons rendez-vous avec le

Capitaine, seul à pouvoir nous faire pénétrer dans la zone frontalière et nous emmener jusqu'au Congo. C'est un géant au ventre proéminent. Il s'assoit à la table commune et demande un café militaire, variante de pousse-café, dans laquelle la proportion des ingrédients est sensiblement différente de l'insipide breuvage destiné aux civils et aux planqués de l'arrière. Franklin, qui a installé la batterie, part essayer la Jeep. Le vieux lui crie qu'il faudra songer à refaire les freins, puis hausse les épaules.

En dehors de lui et de ses hommes, dit le Capitaine, du vieux Blanc et de quelques braconniers promptement arrêtés par ses soins, pas plus d'une quarantaine de personnes pénètre chaque année dans la zone frontalière. Et peut-être que nous non plus nous ne pourrons pas y entrer. Il pleut trop. Dans quelques jours peut-être. Si le temps change. Mais il faudra attendre que l'herbe sèche pour pouvoir rouler sur les collines. Le vieux hurle qu'en attendant, puisqu'on est quatre, on pourrait faire une partie de cartes. Mon incompétence nous limite aux dominos, à quoi nous passerons la journée, assis près du comptoir.

Comme la conduite automobile ou le jardinage, ce sport est propice à la réflexion. Les marins jouent aux dominos à bord du navire à l'ancre sur la Tamise, une nuit, avant que Marlow raconte l'histoire de Kurtz, celui dont la tête était emplie du grand désordre de l'Afrique. Au milieu du silence, parfois, une voix s'élève. Le Capitaine énumère tout ce que nous verrions s'il ne pleuvait pas. Les zèbres et les oryx, les impalas. Le vieux hurle Quel désordre ! à chaque fois que le bon numéro lui fait défaut.

Ces deux-là, le vieux Blanc et le colosse gabonais, se livreront au cours de l'après-midi à quelques confidences. Sur le trafic des armes pour l'Angola jusqu'à la paix. Sur l'accueil d'un millier de Rwandais en fuite, des petits groupes de Hutus qui avaient descendu le Congo puis coupé par les plateaux Batékés avant l'arrivée au pouvoir de Laurent-Désiré Kabila en 97. LDK avait autorisé son allié Paul Kagame à lancer vers Kisangani ses unités spéciales. La moitié des 80 000 réfugiés hutus a été massacrée au bord du fleuve Congo. Les autres se sont éparpillés. Certains sont parvenus à traverser le fleuve, à remonter les plateaux Batékés. Ils se souviennent à demi-mots. Leurs propos sont confus, les détails atroces. Des coups de machette portés par les villageois contre les voleurs affamés, des bras coupés, des enfants morts en route et enterrés dans les collines.

C'est le Capitaine qui chaque matin faisait le décompte des réfugiés avec les forces de la gendarmerie. Quant à l'issue de cette invasion rwandaise, ils demeurent évasifs. On les aurait mis dans des camions à Léconi puis des avions à Franceville. Renvoyés là-bas. À l'autre bout de l'ancien Zaïre devenu RDC. Ceux-là étaient du mauvais côté de l'Histoire. Des coupables du génocide de 94 ou apparentés. Jamais leurs noms ne seront gravés sur un monument.

vers le Congo

C'est maintenant un Toyota blanc très haut sur des roues énormes. Si le Capitaine a voulu attendre que sèchent les collines, c'est aussi, pour une fois que l'essence lui est payée, afin d'allumer des feux de savane toutes les demi-heures au hasard de nos déplacements. Il s'accroupit dans l'herbe avec sa boîte d'allumettes. Aussitôt le vent pousse les flammes qui crépitent. Le paysage est une suite ininterrompue de collines arrondies, un camaïeu de verts et de bruns. Des rapaces en vol stationnaire lorgnent les bestioles qui fuient le brasier. De chaque sommet, la vue porte à des dizaines de kilomètres. Derrière nous s'élèvent les colonnes blanches de nos incendies successifs. Le Capitaine s'amuse à courser des troupeaux de zèbres dans les hautes herbes en slalomant entre les termitières à cinquante à l'heure. Au prétexte qu'il est sain de leur apprendre la course, au cas où des lions reviendraient s'installer sur les plateaux.

Le midi nous prenons du repos et avalons nos provisions au bord de la rivière Louri, qui est un affluent de la Léconi, un peu emmerdés après la baignade par des milliers de papillons magnifiques, jaunes et blancs, orange à ocelles noirs, bleus et noirs, gris et blanc marbré, qui se posent sur la peau mouillée. Je l'interroge à nouveau sur les Hutus. C'est lui qui était chargé de repérer les petits groupes de réfugiés dans les collines à la jumelle, debout sur son pick-up, pendant des mois. Il n'en dira pas plus. En fin d'après-midi, nous dépassons le poteau en ciment qui matérialise la frontière. C'est une limite coloniale qui traverse en son milieu le royaume téké, et tout le monde ici l'ignore ou la méprise. Puis nous reprenons notre progression à travers les hautes herbes de la savane qui giflent les portières. Et je lui demande s'il pense aussi foutre le feu au Congo.

D'après le Capitaine, qui se moque de ma carte, les villages changent de nom chaque fois qu'ils se déplacent et selon lui ils se déplacent souvent. Yia serait ainsi l'ancien Edjouaengoulou qui figure sur celle-ci, et Odjouma, où le chef nous offre du vin d'ananas tiède, l'ancien Djoko. Mais peut-être qu'il plaisante, ou que le nom des villages est classé secret-défense. Le Capitaine serre le frein à main dans la pente ascendante d'une colline. Nous marchons dans les herbes. Il nous conseille de progresser avec attention, de rester à sa hauteur. Il écarte les bras. Nous sommes d'un coup au bord du précipice.

À nos pieds s'ouvre la grande dépression circulaire du plateau, brutale, à forme de cratère plutôt que de canyon, des écroulements dentelés de roches blanches et tout en bas, à la verticale, la canopée verte et noire d'une forêt telle qu'on la voit en avion à plusieurs centaines de mètres d'altitude. De cette jungle sourd une rivière et ses méandres au milieu d'un pré vert tendre. Elle alimente à l'horizon un lac dans lequel les femmes des villages gabonais viennent pêcher les poissons congolais. Ici, toutes les eaux qui ruissellent des plateaux Batékés vont alimenter le Congo.

Brazza est à quelques jours du grand fleuve. Un envoyé d'Iloo Ier, roi des Tékés, lui ouvrira la route.

la mission Congo-Nil

L'honorable gentleman, lui, s'absorba
pendant toute la soirée dans la lecture du
Times *et de l'*Illustrated London News.
Jules Verne

Ce sera sa chute définitive. Il n'a pas demandé
cette mission, il sait qu'elle arrive trop tard, que les
Anglais ne lâcheront pas, qu'elle est inutile. Il avait
écrit dès 1882, dans un rapport au ministère de la
Marine, au milieu d'un vaste panorama géopolitique
de l'Afrique, qu'il était déjà trop tard pour songer à
supplanter l'influence anglaise, qui finirait par attirer
vers le Bas-Niger, en suivant le courant du fleuve, les
produits du Soudan.

L'Afrique est alors un jeu de go. Une pierre ici et
une autre là, qu'on essaie de rapprocher. On se dis-
pute les fleuves. Les Allemands ne relieront jamais
leurs territoires du Cameroun sur l'Atlantique et du
Tanganyika sur l'océan Indien : la France, qui tient
l'Oubangui, le leur interdit. Les Portugais ne relieront
jamais leurs territoires du Mozambique sur l'océan
Indien et de l'Angola sur l'Atlantique : l'Angleterre,
qui tient le Zambèze, le leur interdit.

La finale se jouera entre rugbymen.

La France veut aligner ses positions sur un axe horizontal, de Dakar à Djibouti. L'Angleterre tient à son axe vertical, du Caire au Cap. L'intersection de cette croix sera le poste de Fachoda sur le Haut-Nil.

Pour échapper à l'attention des Anglais, on choisit d'envoyer la mission Marchand le plus loin possible du but à atteindre. Le jeune capitaine a gagné quelques années plus tôt, vers le Niger, son surnom de Paki-Bô, l'Ouvreur de Routes. La mission Congo-Nil est officiellement pacifique et géographique. Cent cinquante tirailleurs encadrés par douze officiers et sous-officiers. Ils débarquent à Loango, à l'embouchure du Congo, en juillet 96. On confie à Brazza leur acheminement vers le Stanley Pool. Ils ne l'atteindront qu'en janvier 97.

On reproche à Brazza une telle lenteur, et le coût faramineux de l'opération. Mais lui et ses compagnons étaient arrivés au cap Lopez avec neuf tonnes dont six cents kilos de sel et avançaient en pirogues. La mission Marchand ce sont six cents tonnes de matériel à convoyer au sol, l'équivalent de vingt mille charges de porteurs. Ni voie ferrée ni route. Il faudrait pour aller vite avoir recours à des méthodes que Brazza réprouve. Les hommes seront payés et nourris. Cet administrateur n'est-il pas un saboteur des ambitions coloniales ? Ce rital n'est-il pas vendu aux rosbifs ? À Brazzaville, le vapeur *Faidherbe* et une flottille de pirogues sont mis à la disposition de la mission. Brazza leur souhaite bonne chance.

Dix ans après le dernier passage de Stanley parti secourir Emin Pacha, sept ans après le passage de

Conrad, les voilà à leur tour sur le Congo, qu'ils remontent jusqu'à l'Oubangui, puis le Mbomou. Cette voie est inconnue. C'est très au nord qu'ils obliquent vers l'est, cherchent un passage vers le Nil. On démonte le *Faidherbe* pièce par pièce. Paki-Bô fait tracer une route vers le Bahr el-Ghazal. On crie « À Fachoda ! » comme Lawrence criera plus tard « À Akaba ! ». On remonte le vapeur sur le Nil le 9 juillet 98, un an et demi après le départ de la côte atlantique. Le 13 juillet, Marchand occupe Fachoda, un ancien fortin à l'abandon au milieu des dunes, installe un campement et surtout une hampe. Le 14 juillet, le drapeau tricolore flotte sur les berges du Nil.

C'est par voie de presse que Brazza, qui a quitté le Congo pour Alger à l'automne 97, apprend en janvier 98 sa mise en congé définitif, son renvoi. On nomme à sa place Émile Gentil. C'est encore par voie de presse qu'il apprend l'arrivée de la mission à Fachoda. Le 25 août, le camp est attaqué par des troupes du mahdi, qui sont repoussées. L'existence d'une base française sur le Nil parvient aux Anglais. Le 19 septembre, une canonnière stationne sur les eaux vertes du fleuve, sabords ouverts et canons pointés. Lord Kitchener est à bord, il y invite Marchand. Il lui apprend la prise de Khartoum, les mahdistes sont défaits. La mort de Gordon est vengée douze ans plus tard. Le Soudan tout entier revient à Son Altesse le khédive du Caire et aux troupes anglaises. Nous sommes bien sûr entre gentlemen, on connaît Azincourt, mais, pour ce drapeau tricolore qui faseye au milieu des sables blonds, la France et l'Angleterre se trouvent tout au bord de la guerre.

À bord du *Sultan*, assis dans le carré du *Sirdar* Kitchener, un whisky à la main on l'espère, le capitaine Marchand prend connaissance de la presse qu'il n'a pas lue depuis deux ans. La France et son armée, déchirées par l'affaire Dreyfus, ne s'occupent plus de l'Afrique. Votre grand Émile Zola vient d'être condamné à un an de prison pour avoir fait paraître dans *L'Aurore* une lettre ouverte. Il s'est exilé en Grande-Bretagne comme autrefois votre Victor Hugo. Le *Sirdar* lui verse encore un whisky. Vous servez une nation, Capitaine, dont l'ingratitude est une constance historique.

Marchand abandonné, oublié au bord du désert, tentera de tenir jusqu'au bout, d'attendre des renforts qui ne viendront jamais. Le 11 décembre, il fait amener les couleurs, détruire le camp. Sa maigre troupe rembarque à bord du *Faidherbe*. Au moins ne connaîtront-ils pas l'humiliation de revenir sur leurs pas. Les Anglais leur laissent le passage. Ils gagnent Addis-Abeba, atteignent Djibouti le 16 mai 99, un peu moins de trois ans après leur départ de l'Atlantique. Personne n'avait encore suivi ce parcours pour traverser l'Afrique de part en part. La mission Marchand ne fut en effet qu'une mission géographique.

À Alger, Brazza continue de suivre l'histoire dans les journaux. Cet échec qu'il avait annoncé n'est pas pour le surprendre.

Lorsqu'il avait appris la mise à l'écart de Brazza, Pierre Loti, son ancien condisciple de la Royale, avait écrit à son propos ces quelques mots : « Encore un que la France reconnaissante aura, comme on dit dans la Marine, jeté par-dessus bord. » La phrase de Loti pourrait aussi bien concerner le capitaine Marchand, l'Ouvreur de Routes. Ou Ferdinand de Lesseps, le

Perceur d'Isthmes, condamné cinq ans plus tôt à la prison à l'âge de quatre-vingt-huit ans pour le scandale de Panama. Ou Dreyfus toujours déporté sur l'île du Diable, les épaulettes arrachées, le sabre brisé.

Pour ceux-là, tout est perdu fors l'honneur. Brazza déchu ne quitte plus sa petite propriété de Dar el-Sangha, la villa Sangha qui domine la baie d'Alger, où l'odeur des pins maritimes et des eucalyptus est celle de Castel Gandolfo. Son père Ascanio avait abandonné la peinture et la sculpture pour les voyages, avait remonté le Nil jusqu'au Soudan et Khartoum, était passé sans doute devant ce fortin négligé de Fachoda. Il avait abandonné les voyages à l'âge de quarante ans pour se marier, engendrer douze enfants. Brazza songe à nourrir à son tour la lignée fictive des Sévères. Un premier fils, Jacques, en 1898, un autre, Antoine-Conrad, en 1900, un autre, Charles, en 1901, une fille, Marthe, en 1903. Dans les journaux du parti colonial, il est traîné dans la boue, se défend peu, perd son fils Jacques à l'âge de cinq ans.

en Algérie

dans les rues

Nous sommes le 23 juin 2006. J'ai appelé ce matin Bachir Mefti, qui dirige la petite maison d'édition Ikhtilef, écrit dans des suppléments culturels de journaux arabophones d'Alger et de Londres, édite des best-sellers aussi considérables que *L'Origine de l'œuvre d'art* de Martin Heidegger en version arabe. Nous nous retrouvons en fin d'après-midi à la Brasserie des Facultés, où je me souviens de l'explosion d'une bombe. Elle passait alors, pendant les années de la terreur, pour la tanière des intellectuels mécréants et conséquemment enclins à la débauche. La salle est aujourd'hui bruyante et bondée, occupée par des hommes jeunes, pour nombre d'entre eux vêtus de survêtements sportifs. Un écran diffuse en direct les images d'un match de la Coupe du monde de football en Allemagne.

Je ne suis pas venu à Alger depuis deux ans. Il me demande comment j'ai trouvé la ville. Ces derniers jours, j'ai beaucoup marché au-dessus du port et dans ce quartier central, de la Grande Poste à la basse casbah, au boulevard Che-Guevara. Je suis allé rendre hommage à la statue équestre de l'émir Abd el-Kader. Après les grisailles équatoriales, la lumière du soleil et la clarté du ciel de juin sont bouleversantes. Alger est l'une des quatre ou cinq villes au monde où chacun pourrait venir soigner sa neurasthénie. Ce fut le cas pour Karl Marx et Brazza.

Au bout de quelques jours, le regard s'accommode. L'immense portrait de Bouteflika sur l'immeuble d'Air Algérie n'a pas été décroché depuis les dernières élections. On songe à Bongo. Ou à Castro. Et sans doute Bouteflika est-il un grand lecteur de García Márquez. Admirateur des interminables fins de règne. Bongo champion d'Afrique et Castro champion du monde. Il me semble aussi avoir croisé un nombre stupéfiant de Chinois dans les rues d'Alger. Mais c'est peut-être une hallucination. Depuis des mois en Afrique, j'ai tendance à voir des Chinois partout. Bachir me rassure ou m'inquiète, c'est selon : les Chinois viennent d'arriver. Un raz-de-marée.

C'est à l'extrémité de la rue Didouche-Mourad qu'il conviendrait d'installer ce matériel cinématographique complexe que j'avais expérimenté en 97 sur l'avenue Simon-Bolivar de Managua, au Nicaragua, un système capable de restituer en accéléré l'ensemble chaotique des images du passé : un Romain taille la vigne sur ce qui est encore une colline très éloignée du port de Tipaza. Des cavaliers arabes conquérants fondent depuis Le Caire dans un nuage de poussière. Des Turcs débarquent dans la baie leurs cargaisons d'esclaves capturés en Méditerranée. L'ancien combattant manchot de la bataille de Lépante croupit dans un cachot. Les Français érigent la statue de Bugeaud. Des bombes explosent. L'OAS assassine Mouloud Feraoun la veille de la paix. Le Général écarte les bras en haut du balcon blanc. Les pieds-noirs piétinent sur le port au milieu de leurs valises, empruntent l'échelle de coupée des ferries, croisent les Palestiniens et les révolutionnaires du monde entier qui envahissent la nouvelle capitale, les fedayins des camps libanais, les Angolais du MPLA. Ben Bella et Che Guevara se donnent l'accolade à la tribune de la Tricontinentale. Les Russes et les Bulgares se font la malle. Les flots de sang de la guerre civile dégorgent des caniveaux. Les chauffeurs la nuit ne s'arrêtent plus aux feux rouges. Bachir et moi remontons un soir de juin 2006 la rue Didouche-Mourad, où les quatre cariatides aux seins provocateurs et pointus sont toujours à leur poste, si hautes et inaccessibles que personne n'est encore monté les rhabiller.

Nous finissons la soirée dans un lieu obscur qui est une manière de Farolito, parlons de nos vies, de nos errements, de nos peurs, d'amis communs. Sur le chemin du retour, descendant à pied la rue Pasteur, pas très loin de la rue Savorgnan-de-Brazza, je songe qu'il est tout de même curieux que nos vies puissent emprunter de si labyrinthiques parcours. Qu'elles soient vides à ce point, sans doute. D'avoir hérité d'un monde où tous les cours d'eau, tous les oiseaux portent des noms. Et qu'il est réconfortant d'avoir ici des amis.

à l'archevêché
– 13, rue Khalifa-Boukhalfa

Cette rue est depuis longtemps barrée par les travaux de percement du métro algérois. J'escalade un tas de sable, enjambe des moellons, atteins l'ancienne église Saint-Charles où fut prononcé, en 1952, l'éloge de Brazza pour le centenaire de sa naissance. Le bâtiment, qui est aujourd'hui une mosquée, est toujours surmonté de la croix catholique. Sa modification principale a consisté en l'adjonction de haut-parleurs de forte puissance. L'archevêché est un peu plus loin dans la rue, au fond d'une cour.

Monseigneur Teissier a soixante-dix-sept ans et porte beau, déborde d'un enthousiasme juvénile. Pendant notre entretien, il ne cessera de répondre à des appels téléphoniques sur son portable. On peine à croire que la vie chrétienne requière ici une telle débauche d'énergie. Ne voit-il pas mon âme qui saigne ? J'aime assez entamer chacune de mes questions par ce titre rare de Monseigneur. Il me répond qu'il vit ici depuis soixante ans, qu'il ne partira jamais, mais qu'il doit maintenant me quitter pour une table ronde sur la rénovation de la casbah qui s'effondre. On s'attend à le voir partir avec une pioche et un sac de ciment sur l'épaule.

Quant à Brazza, il ne sait rien des projets congolais. Première nouvelle.

L'archevêque repousse son fauteuil, genre receveur des Postes, qui peut-être pourtant à rang de cathèdre. Il porte un costume d'été gris clair. Aucun signe ostensible de son obédience. Mon histoire, dit-il, lui rappelle celle d'un Père Blanc, Livinac, ou Livignac, qu'on avait exhumé dans le carré chrétien d'El-Harrach à la demande d'Idi Amin Dada, et dont la dépouille fut emportée en Ouganda. Il ne faudrait pas que ça devienne une habitude. Il me tend la main, me confie au père Henri, l'archiviste. On a préparé pour moi quelques documents. Pas grand-chose, vous verrez.

Le père Henri est un petit homme sympathique et volubile qui porte une chemisette à carreaux et des lunettes démodées. L'ensemble évoque un entraîneur de ping-pong dans un patronage des années soixante. Il me fait descendre dans ce qu'il appelle son trou, une pièce obscure en sous-sol très encombrée d'armoires métalliques. Chaque tiroir contient des fiches en carton jauni, écrites au stylo ou tapées à la machine il y a longtemps. Il est pied-noir, né à Oran en 1935, depuis l'âge de seize ans à Alger. Il vit aujourd'hui à Tipaza. Sous le cône lumineux de sa lampe de bureau, nous vérifions que la villa Sangha était encore un petit musée Brazza en 62.

Il me remet quelques photocopies de vieux discours, mentionne l'existence d'un village qui avait choisi de s'appeler Brazza, au sud de Berrouaghia, de l'autre côté de l'Atlas. Pas très loin du village de Ben Chicao, où je me souviens d'émeutes lycéennes promptement réprimées au milieu des années quatre-vingts. Quand le feu couvait encore. Pas très loin non plus de chez les moines de Tibhirine, que j'étais allé rencontrer plusieurs fois avant qu'ils ne fussent égorgés. Une nuit qu'on avait fait appel à eux au prétexte fallacieux de secourir des blessés. C'est l'année 96 qui fut la pire, concède le père Henri. Tous ces assassinats. L'évêque d'Oran. La peur sans cesse. Tout ça, c'est fini. Il sourit. Le père Henri semble d'une nature particulièrement optimiste. Vivre à Alger depuis 51 doit amener à un certain relativisme historique.

On préfère souvent croire que la guerre civile en Algérie appartient au passé. Ce qui arrangerait tout le monde, à commencer par les victimes potentielles. Selon la loi elle-même, en vertu de la Réconciliation nationale, il est plus ou moins interdit aux historiens d'en étudier les tenants et aboutissants, les responsabilités respectives de l'armée et des groupuscules islamistes. Le soir même, assis seul dans un restaurant de sardines grillées près du port, un journal ouvert sur la toile cirée à damiers rouges et blancs, j'apprends qu'à Blida, sur la route pour Médéa et Berrouaghia, le 22 juin 2006, six personnes sont mortes dans une embuscade, égorgées à la scie, parmi lesquelles un vieillard et un enfant.

C'étaient des paysans au retour de leurs champs, à bord de deux camionnettes bâchées arrêtées à un vrai-faux barrage de police. C'est un survivant enfui qui témoigne. Personne, en dehors de leur famille, ne se souviendra de ces morts. Ils n'existent pas, n'ont jamais existé. Jamais leurs noms ne seront gravés sur un monument. Jamais un mausolée ne leur sera érigé.

au cimetière, boulevard des Martyrs

Salah est le premier Algérois qui non seulement est au courant du départ de Brazza mais s'en dit impatient. Nous convenons de nous retrouver à l'entrée du cimetière Mustapha, boulevard Bru, aujourd'hui des Martyrs. Cimetière en terrasses cascadant comme une fête sur la colline à l'aplomb de la mer. Visage sombre et taillé à la serpe, chemise blanche, Salah travaille depuis trente ans à l'EGPFC – l'Entreprise Générale des Pompes Funèbres et Cimetières. Spécialiste des chrétiens, des juifs et des mécréants. Connaît les mœurs des infidèles. Autrefois, il était affecté à l'autre cimetière, Saint-Eugène, à Notre-Dame d'Afrique.

À mon arrivée, il semble un peu déçu de me voir descendre d'un taxi les mains dans les poches, pensait peut-être que je venais enfin chercher Brazza avec une camionnette. Nous enfilons des allées fleuries entre les tombes, descendons des escaliers. Il m'apprend que l'exhumation était prévue le 14 juin. Autant dire que j'arrive à temps. Encore une fois repoussée. Ce dont Salah semble me tenir pour partie responsable. Comme si les Congolais beaux joueurs m'avaient attendu. Depuis des mois, le ministère de l'Intérieur a donné son accord. Lui-même a fait livrer les six cercueils neufs à l'ambassade du Congo. Qu'est-ce qu'ils foutent ? Depuis des mois, il doit imaginer la nuit l'ouverture des boîtes en bois. La collection minutieuse des restes. Avec un masque et des gants de chirurgien. Qu'on en finisse.

Nous sommes debout devant le modeste caveau de famille, trois murs en pierres apparentes, un toit blanc. Au fond, reposent non pas des cendres mais six dépouilles. Brazza, sa femme et leurs quatre enfants. Tous seront du voyage. Le petit Jacques mort avant lui *à Mustapha supérieur le 1ᵉʳ décembre 1903*. Sa femme Thérèse et sa fille Marthe, celle qui avait accompagné de Gaulle à Brazzaville, mortes la même année, en 48. Le fils Antoine-Conrad inhumé en 47 et dont on ne sait rien. L'autre, Charles, le peintre comme son grand-père Ascanio, assassiné dans une rue d'Alger en novembre 62. Plus aucune descendance directe. Fin de la lignée fictive des Sévères.

Sur le fronton, une niche est vide. Le buste en bronze a été emporté depuis longtemps pour une hypothétique rénovation. Sur les montants, les plaques en marbre où sont gravées les épitaphes composées par Charles de Chavannes à la demande de la veuve.

SA MÉMOIRE EST PURE DE SANG HUMAIN.
IL SUCCOMBA LE 14 SEPTEMBRE 1905
AU COURS D'UNE DERNIÈRE MISSION
ENTREPRISE POUR SAUVEGARDER
LES DROITS DES INDIGÈNES ET L'HONNEUR DE LA NATION.
AFRICAINS EN PASSANT SALUEZ CE TOMBEAU.

Perpétuité n° 731. Elle sera troublée.

À gauche, quatre palmiers qui furent peut-être six. Un tronc mort. À droite un bananier. En face, et tout en bas, la baie très bleue. Le port d'Alger. L'empilement des conteneurs sous les portiques. Le fouillis des grues et des flèches, les rails. Plus loin les cargos sur coffres. On aimerait reposer là. Davantage encore venir s'y recueillir sur le souvenir d'un ami. Les terrasses sont bordées de balustrades blanches à croisillons, entortillées de clématites pourpres. Les concessions à l'abandon envahies de sumacs aux feuilles très vertes et pointues. Manière de cimetière italien à flanc de coteau, tombes blanches. Des bancs pour voir la mer et penser aux défunts. Gênes en moins pompeux. Le voisin de Brazza est le biologiste Émile Maupas. Puisqu'on déporte la famille, pourquoi pas les voisins ?

Et pourquoi ne pas profiter de l'ouverture de la boîte en bois, pour la première fois depuis 1905, et pratiquer une analyse biologique ? En finir avec les rumeurs. Empoisonnement ou dysenterie. Éliminé par les Compagnies ? Rallumer en France la guerre coloniale. Jeter de l'huile sur les braises. En 1905, Brazza craignait pour sa vie. Pour son rapport de mission encore davantage. Qui disparut. Malgré l'écritoire à double fond spécialement conçue par Louis Vuitton. Mais sans doute suis-je seul à vouloir percer cette énigme. Vieilles histoires d'un vieux monde.

Dar el-Sangha
– 56, avenue Souidani-Boudjemaa

La maison de Brazza est aujourd'hui le siège du FFS, le Front des forces socialistes d'Aït Ahmed, dont l'emblème est la rose au poing. La villa, qui fut un musée jusqu'en 62, leur a été attribuée à l'apparition du multipartisme. Depuis vingt ans, je suis souvent passé dans cette rue pentue sans jamais la remarquer. On y accède par l'arrière, un portail opaque. Une cour, quelques palmiers. J'y suis accueilli par Rachid Chaibi et deux autres secrétaires nationaux, comprends que, avant de visiter la maison, nous allons parler un peu de politique. Dans ce qui devait être une chambre d'enfant, rien ne demeure du mobilier de Brazza. La décoration paie son tribut à l'indéfectible solidarité des démocraties populaires, fauteuils en skaï, genre salon Aeroflot à la grande époque. Petits napperons libanais sur lesquels on dépose des jus de fruits.

On me décrit les rapports du FFS avec le Parti socialiste français, puis l'Internationale socialiste, dont mes interlocuteurs regrettent amèrement la timidité face au régime de Bouteflika. Ne sachant trop quelle serait la réponse d'un secrétaire national du PS, je me contente de propos un peu généraux sur les partis de gouvernement, les contrats du gaz et du pétrole algériens, qu'il faut bien continuer de négocier avec le FLN, j'imagine. Nous sommes d'accord pour regretter que la loi de Réconciliation nationale interdise d'enquêter sur les responsabilités de la guerre civile. On aimerait en effet en savoir un peu plus. Afin de pouvoir visiter la maison avant la nuit, je me garde cependant de mentionner mon entretien avec Khaled Nezzar deux ans plus tôt.

Le général Nezzar est le seul militaire de très haut rang contre lequel une plainte pour disparition et enlèvement était instruite à Paris, en 2002. Il assurait sa défense depuis Alger et j'étais venu le rencontrer. J'aurais aimé savoir si ces anciens moudjahidin s'étaient souvenus de Robespierre en 93, venant réclamer la Terreur devant la Convention. L'entretien m'avait déçu. Dans un salon de l'hôtel Aurassi, le général se contentait d'un plaidoyer *pro domo* très convenu. Je n'ai jamais rien fait de ces notes. Je pourrais interroger de la même façon aujourd'hui ces responsables du FFS. Partir de leurs prises de position successives depuis les mouvements unitaires de janvier 92 jusqu'à ce jour. On y serait encore.

Je me laisse enfin guider dans les deux étages. Nous ouvrons des portes, derrière lesquelles des employés sont assis à leur bureau. Escaliers de bois ciré, carreaux de céramique jaunes et verts, style mauresque, moucharabiehs, parquets de bois blond. On imagine ici Brazza dans ses vêtements blancs de prince arabe. Il lui aurait peut-être convenu que la villa devînt le siège d'un parti démocrate algérien. Depuis le toit-terrasse, la vue s'ouvre sur la Méditerranée, par-delà l'ancien hôtel Saint-Georges, aujourd'hui Al-Djazaïr, sa piscine, et ses nageuses en bikini allongées sur les transats. Dont la contemplation doit gravement porter atteinte à l'efficacité administrative du FFS.

Alors il va vivre ici, Brazza le banni, aimer ce lieu, lui qui dans ses courriers retrouve parfois son italien pour le décrire, *sulle colline affacciate sul più bell'anfiteatro del mondo, la baia di Algeri*. De cette colline à l'arrière, forêt qui court jusqu'au ravin de la Femme sauvage et Hydra, glissent avec le vent doux les parfums résineux des pins maritimes, ceux des citronniers et des eucalyptus. On pense au vieux Marx non loin d'ici, dans une autre villa mauresque, la villa Victoria entourée d'un parc, où il est venu calmer sa pleurésie et sa tristesse avant de rentrer mourir dans les grisailles prolétariennes de Londres.

Chaque matin, ce voisin s'assoit dans un fauteuil en rotin sur la terrasse et contemple la baie, écrit des lettres à son ami le coauteur du *Manifeste du Parti communiste*. Pour qu'on le laisse en paix, celui qui signe maintenant ses courriers *Le Maure* s'est fait raser la barbe et couper les cheveux. Jamais aucun sculpteur ne taillera dans le marbre, ne coulera dans le bronze, le visage glabre aux cheveux ras du vieux Marx en villégiature dans les beaux quartiers de l'Algérie française. Brazza a-t-il lu le *Manifeste* ? A-t-il imaginé un instant qu'il aurait pu, un siècle avant l'arrivée au pouvoir de Denis Sassou Nguesso, installer un régime communiste au Congo ?

Nous sommes redescendus dans le bureau. Jusqu'en 62, était accroché ici un tableau de son fils Charles, montrant le jeu du soleil sur les meubles et les tapis, les rayonnages de la bibliothèque. Tableau vendu pour quelques dinars après l'Indépendance, et que son actuel propriétaire a accepté de photographier pour moi dans son salon. J'ai apporté l'image. C'est dans cette pièce que Brazza, qui ne lit pas l'anglais, découvre la traduction d'*Au cœur des ténèbres*. En 1900, il choisit d'appeler son deuxième fils Antoine-Conrad.

Ces deux-là, le rital et le polac, avaient remonté le fleuve Congo au même moment, dix ans plus tôt. Brazza constate que Conrad, comme lui, a lu Stanley, qui le premier décrivit les crânes des ennemis disposés en ligne à l'entrée des villages. Quant aux exactions commises par les Compagnies, il sait bien qu'elles sont à présent les mêmes sur les deux rives du fleuve. En 1903, une circulaire d'Émile Gentil, le nouveau gouverneur, conditionne l'avancement des agents coloniaux à leur collecte de l'impôt. Des femmes et des enfants sont pris en otages, enfermés dans des camps jusqu'à la livraison de l'ivoire et du caoutchouc. On y meurt par centaines. Le Congo français est découpé en quarante concessions cotées en Bourse. Ali Baba & Co. De deux cent mille à quatorze millions d'hectares.

La carte de la région est un damier, les appellations sociales un poème qui est une liste d'infamie. Dans chacun de ces noms, Brazza entend celui des rivières sur lesquelles il a navigué, voit des paysages de jungle et des villages en paix. Compagnie de la Sangha. Société des Caoutchoucs et Produits de la Lobaye. Société de l'Ogooué-N'Gounié. Société de l'Afrique française. Compagnie française du Haut-Congo. Compagnie des Produits de la Sangha. Société de l'Afrique équatoriale. Société de l'Ékéla-Sangha. Société commerciale et agricole de la Kadéi-Sangha. Compagnie française du Congo. Société de la Haute-Sangha. Société de la Kadéi-Sangha. Société agricole et commerciale de l'Alima. Société du Baniembé. Société de l'Ibenga. Compagnie franco-congolaise de la Sangha. Société des établissements Gratry M'Poko. Société de la Sangha Équatoriale. Alimaïenne. Compagnie générale du Fernan-Vaz. Société de la N'Kémé et N'Kéni. Société de la Sétté-Cama. Compagnie française du Congo occidental. Compagnie de la Haute-N'Gounié. Société des factoreries de N'Djolé. Compagnie commerciale de colonisation du Congo français. Société de l'Ongomo. Compagnie de la Mobaye. La Kotto. Compagnie du Kouango français. Société de la Manbéré-Sangha. Compagnie agricole industrielle et commerciale de la Léfini. Société agricole et commerciale du Bas-Ogooué. Compagnie du littoral Bavili. Compagnie de la N'Goko-Ouesso. Sultanats du Haut-Oubangui. Société bretonne du Congo. Compagnie française de l'Oubangui-Ombella. Compagnie française de l'Ouahmé et de la Nana. Compagnie de l'Oubangui-Sangha, qui dans dix ans recrutera le futur Céline.

En septembre 1904, deux prêtres missionnaires du Saint-Esprit sonnent au portail de la villa Sangha. Ils demandent à être reçus. Leurs sandales poussiéreuses foulent les tapis arabes. Ils arrivent du Congo, montent les escaliers de bois blond. Assis dans ce bureau, là, devant la fenêtre où joue la Méditerranée, ils livrent à Brazza une vision apocalyptique.

la dernière mission

*Pour chaque homme qui a fait souffrir,
il en faut un qui parte et porte secours.
Et quand nous aurons fait tout ce qui est
en notre pouvoir, nous n'aurons réparé
qu'une petite partie des fautes commises.*
Albert Schweitzer

Lui qui s'est tu, le gentleman silencieux comme un duc, lui qui se conforme, depuis maintenant six ans, au devoir de réserve qu'on est en droit d'attendre d'un militaire et d'un marin, même injustement écarté, va remuer ciel et terre pour soustraire le Congo aux griffes des quarante Compagnies.

Il écrit au président Émile Loubet, à son ministre des Colonies Clemenceau, menace d'en appeler à l'opinion publique qui l'a toujours soutenu. On accepte de lui confier une mission d'inspection. On se contentera de lui glisser des bâtons dans les roues. Il le sait. Dès que la nouvelle est connue, il reçoit à Alger des menaces de mort. Des conseils aussi. On le met en garde contre les quatre frères Tréchot, qui pourraient bien l'assassiner.

Brazza prépare son dernier voyage comme le personnage d'un roman de Jules Verne, avec la méticulosité d'un Phileas Fogg. Il contacte Louis Vuitton à Paris, alors un ingénieux artisan bagagiste. Il lui passe commande d'une malle-cabine avec lit incorporé, d'une écritoire dépliable pour y déposer chaque soir au campement l'une des premières machines à écrire mécaniques. Le meuble est muni d'un fond secret pour y dissimuler chaque matin les pages de son rapport. Il s'entoure de quelques amis sûrs, parmi lesquels Félicien Challaye, un jeune agrégé de philosophie dont il a aimé les articles anticolonialistes. Sa femme Thérèse insiste pour l'accompagner. On expédie les trois enfants en Italie. Le 5 avril 1905, ils embarquent à Marseille, quelques jours après l'enterrement de Jules Verne.

Brazza lui survivra quelques mois.

Il est à Libreville le 29 avril, le 16 mai à Brazzaville. Deux semaines quand il fallut deux ans. Le paradis qu'il croyait avoir découvert est un enfer. Pendant ces quatre mois, il va consigner les exactions commises sur les rives de l'Ogooué, au Gabon, au Congo, sur l'Oubangui. Il remonte le Haut-Chari jusqu'à la limite du Tchad, séjourne à Bangui. Partout le travail forcé, les camps, le portage comme un nouvel esclavage, des villages entiers disparus, dont les survivants se sont enfoncés dans l'obscurité des forêts. Fernand Gaud et Georges Toqué passeront aux assises pour avoir enfilé un bâton de dynamite dans l'anus d'un roi insoumis et l'avoir fait exploser, un soir de 14 Juillet.

Pour les concessionnaires, une telle mission était insupportable. Il faisait alors beau voir qu'on prît des gants avec les nègres.

Abattu de tristesse, roué de fatigue, Brazza a cinquante-trois ans. La dysenterie s'en mêle, la malaria, les amibes se réveillent de leur hibernation algéroise, on conserve ainsi l'Afrique en soi. S'y ajoute peut-être quelque poison discrètement administré. Le voilà une dernière fois à Brazzaville. Il est alité. Sa présence est entourée d'hostilité. Chaque soir, il se fait communiquer les minutes du procès Toqué-Gaud depuis la Cour criminelle. Leur condamnation à cinq ans de réclusion provoque la réprobation de certains colons. Fin août, Brazza quitte son lit au prix d'un ultime effort et refuse le tipoye. Le voici une dernière fois debout. Pour quelques mètres, jusqu'à l'embarcadère pour Léopoldville de l'autre côté du fleuve. À Matadi, on le porte à bord du *Ville-de-Maceio*. Le Chaudron d'Enfer. Les Dents du Diable. L'Atlantique. Le voici une dernière fois sur la mer, ce capitaine au long cours. Égaré dans la sueur et le délire. À l'agonie. Libreville. Douala. Et sur sa couchette, pense-t-il alors à Pascal, conçoit-il enfin que tout le malheur des hommes vient de ne savoir pas demeurer en repos dans une chambre ?

Qu'il aurait pu vivre plus intensément peut-être en ne quittant pas la bibliothèque du palais familial de Castel Gandolfo, enfermé comme dans un lazaret au milieu des cartes marines du grand-oncle et des globes terrestres, des atlas, ouvrant sur la table cirée les livres de Walter Scott et de Jules Verne qu'il lisait à dix ans ? Mais de cette exploration qui, inexorablement, s'est transformée en conquête – ainsi sont les nations –, il ne fut que cause inadéquate ou inefficiente : c'eût été un autre, Stanley sans doute. Depuis sa couchette, il dicte quelques lettres. Son état empire. Abidjan. Conakry. À l'escale de Dakar, on descend son brancard sur le quai. On le porte vers l'hôpital. Il meurt le lendemain, 14 septembre 1905.

On récupère ses bagages et on les expédie au ministère des Colonies. Louis Vuitton est convoqué. Qu'il déverrouille cette cachette. Le rapport disparaît. On respire. Tout est prêt pour les funérailles nationales, le 3 octobre, la traversée de la place de la Concorde, le discours de Deschanel, qui ne manie pas le dos de la cuiller. On peut maintenant encenser Brazza, prétendre le contraire de ce qu'il a vu pendant ces quatre mois :

> Éveiller sous ses pas les forces endormies de la nature et de l'humanité ; assainir les eaux, les bois, les âmes ; vaincre le péril silencieux et mortel des forêts impénétrables et des cœurs indomptés ; frapper une terre vierge et en faire sortir, à coups de volonté et d'enthousiasme, les moissons, les comptoirs, les villes, théâtres des civilisations futures ; tirer de la brousse, du marais fiévreux, de la sauvagerie la santé, la vie, le droit, des ténèbres la lumière, de la violence l'équité, de la barbarie la conscience ; créer un monde enfin, et faire de son rêve de jeunesse une réalité immortelle, c'est la vie des héros, c'était dans l'Antiquité la vie des dieux.

On voudrait aller jusqu'au Panthéon. Sa veuve refuse, qui toute sa vie conservera l'hypothèse de l'empoisonnement. Elle sait que le rapport a disparu. Elle fait enterrer Brazza dans le cimetière du Père-Lachaise. Le rapport escamoté, une centaine de pages aujourd'hui encore enfouies peut-être à Paris ou Aix-en-Provence, ou détruites, trois livres le reconstituent : pour la rive gauche du Congo c'est celui de Conrad, pour la rive droite celui de Gide en 1926, pour l'Ogooué et l'Oubangui celui du jeune philosophe Challaye, dont les notes seront publiées par Gide en 1935.

En 40, le général de Gaulle fait de Brazzaville la capitale de la France libre, sous l'autorité du gouverneur général Félix Éboué, Guyanais descendant d'esclaves, qui s'affirme le disciple de Brazza. En janvier et février 44, quatre mois avant le débarquement en Normandie, six mois avant la libération de Paris, la conférence de Brazzaville lance le processus de la décolonisation. De Gaulle est accompagné de Marthe, la fille de Brazza, et inaugure une stèle. Le Congo accède à l'indépendance le 15 août 1960. Le premier chef de l'État est l'abbé Fulbert Youlou.

Puis la Guerre froide entraîne peu à peu le régime vers la surenchère marxiste-léniniste et les coups d'État à répétition. Viendront Alphonse Massemba-Débat, l'ami d'Agostinho Neto. Il est renversé par Marien Ngouabi qui instaure le parti unique. Après son assassinat, lui succède Joachim Yhombi-Opango, lui-même renversé, dès 79, par le jeune et fringant colonel Denis Sassou Nguesso. Celui-là signe en 81 le traité d'union avec l'Union soviétique. Mauvais pari.

Après la chute du Mur, il est contraint à la faillite ou au multipartisme, perd les élections de 92 contre Pascal Lissouba. De 93 à 97, une guerre civile de basse intensité mènera le pays à l'explosion de juin 97. L'armée légaliste attaque la résidence de Sassou Nguesso. Après six mois de combat, il est de retour au pouvoir et le pays à feu et à sang. Les troubles et les exécutions se poursuivront pendant des années. En février 2005, Jacques Chirac pose la première pierre du mausolée de Brazza. Celui-ci devait être inauguré le 14 septembre

2005, pour le centenaire de sa mort. Nous sommes en septembre 2006. Il est toujours un peu con de fêter le cent unième anniversaire.

On a donc décidé que l'inauguration du mausolée n'aurait lieu que le 3 octobre. Pour le cent vingt-sixième anniversaire de la fondation de Brazzaville. Ce qui n'est pas non plus un chiffre très rond.

Ce sera aussi le cent unième anniversaire des funérailles nationales à Paris. Mais on a déjà dit qu'on ne fêtait pas les cent unième anniversaires.

sur l'atlas

On rêverait de l'éloquence de Deschanel pour louer les avancées magnifiques de l'industrie aéronautique. Ce sont les premiers Airbus d'Air France équipés d'une caméra sous la carlingue, braquée vers le sol. Je dispose de deux sièges, conséquemment de deux écrans fichés dans les dossiers, l'un réglé sur la carte qui indique, en temps réel, la position de l'appareil à l'extrémité du trajet parcouru, que matérialise une ligne rouge, l'autre donnant en direct la vue des lieux survolés.

Cette technique inimaginable pour Brazza, et même pour Verne, qui s'apparente pourtant aux vieilles légendes persanes des tapis volants, rassemble toutes les rêveries des enfants assis devant les pages de l'atlas, unit la géographie et la bibliothèque, qui l'une sans l'autre ne serait pas assez. J'ai encore trois mille kilomètres à parcourir avant le dîner. Non pas en quatre-vingts jours mais quelques heures. Il avait fallu trois ans à Brazza pour franchir mille cinq cents kilomètres. Je survole cet après-midi l'itinéraire que devra emprunter sa dépouille dans quelques jours, d'Alger à Brazzaville. Au-dessus du Sahara, l'avion glisse sur le Hoggar que rougit le couchant au milieu des sables chamois. On aimerait que cet appareil survole aussi le passé. Je verrais au

Nigeria, où je vivais il y a plus de vingt ans, à la frontière islamo-chrétienne du sultanat de Kano, une Peugeot 504 bleu ciel sur les routes d'Ilorine à Ibadan, jusqu'à Maïduguri et le lac Tchad... Mais c'est trop nuageux aux abords du fleuve Niger. On ne voit plus le sol. Et après il fait nuit.

Pendant combien de temps allons-nous enterrer et déterrer Brazza ?

La confusion sur les cendres et la dépouille ne date pas d'hier. La couverture du *Petit Parisien* en date du dimanche 15 octobre 1905 est une gravure montrant l'arrivée du navire en provenance de Dakar, un corbillard tiré par deux chevaux noirs, sur le Vieux-Port, intitulée *À Marseille, Translation des cendres de Savorgnan de Brazza*.

Il est possible que les conseillers de Sassou Nguesso se soient ainsi laissé abuser par la lecture des archives du *Petit Parisien*. Parce qu'une urne, c'était de la rigolade. DHL ou Chronopost. Valise diplo. Et puis d'un coup les conseillers découvrent qu'à Alger ce sont six dépouilles. Une autre paire de manches.

Sur la photographie en noir et blanc de ce même corbillard, mais cette fois attelé à quatre chevaux caparaçonnés de noir, dans *L'Illustration*, le cercueil traverse la place de la Concorde, le 3 octobre 1905, pour se rendre à l'église Sainte-Clotilde. Impossible de savoir qu'à l'intérieur se trouvent, non pas des cendres, mais un corps en première phase de décomposition.

Trois ans plus tard, en 1908, après qu'on l'a exhumé au Père-Lachaise, une autre photographie en noir et blanc montre une voiture à quatre roues tirée par un seul cheval noir, sur le port d'Alger. Le cercueil est recouvert de palmes, peut-être pour dissimuler son état de délabrement après trois ans dans le terreau parisien. Le convoi en route pour Mustapha Supérieur emprunte une rue pavée le long des bassins, à hauteur de la gare, devant un panneau ENTREPÔT RÉEL DES DOUANES. Y en avait-il alors de fictifs ? De part et d'autre défilent des marins en uniforme, col en V sur marinière à rayures horizontales et pompons qu'on sait être rouges.

Pour la première fois, Brazza aura en 2006 un enterrement en couleurs. Reportages TV à Brazza. C'est le premier de ses trois enterrements pour lequel j'obtiens une carte de presse et une accréditation. J'en remercie Apollinaire Singou-Basseha.

au Congo

Brazza est-il le bienvenu au Congo ?

NON :

Et voilà qu'au Congo, l'impensable a bien eu lieu : les cendres de Savorgnan de Brazza et sa famille vont reposer dans un mausolée construit à coups de milliards, au beau milieu de la capitale qui porte encore son nom, comme pour lui dire, à titre posthume : *Merci de nous avoir colonisés, assujettis et dominés.* Et, scandale dans le scandale, le coût du mausolée aurait dépassé les onze milliards de Francs CFA ! Un micro-trottoir d'une chaîne de télévision privée a, récemment, révélé la profonde indignation du peuple congolais qui se demande comment le pouvoir peut dilapider tant de milliards dans la construction d'un petit bâtiment ne servant à personne, alors même que tous ces milliards auraient largement suffi à donner de l'eau à tous les Congolais, du Nord au Sud ! Comment Sassou, qui réside encore dans une modeste villa indigne d'un chef d'État, a-t-il pu jeter tant de milliards dans ce mausolée, alors qu'avec ces onze milliards, il aurait pu doter le Congo d'un palais présidentiel digne de la nation ?

Mᵉ Michel Calmel « Le Mausolée de la honte »,
dans *La Semaine africaine*

OUI :

Pour réaliser le mémorial, ce beau bijou qui vient de changer et de transformer tout d'un coup les marécages nauséabonds de la rivière Mfoa en un véritable jardin de rêve, d'exotisme et d'amour, il a fallu un capital de près de deux milliards de Francs CFA, financé par la France, l'Italie et le Congo. Au total quatre entreprises pour un effectif de plus de cent ouvriers ont apporté chaque jour leur génie créateur. Ensemble, et par un travail de four- mis, ils ont fait pousser au milieu de ce qui était jadis un dépotoir d'immondices un splendide bâtiment à deux niveaux. Il y aura ici une bibliothèque, un musée et bien sûr des bureaux. Le tout en marbre, sur lequel les rayons solaires du soir couchant viendront dessiner les dernières images des jacinthes que draine le grand fleuve.

Mpemba Bassey-Bassey
La Nouvelle République

DÉCIDÉMENT NON :

Voilà qui suscite la controverse dans le landernau congo- lais. N'y aurait-il pas d'autres priorités, au lendemain des déchirements nationaux, que de célébrer un colon ? Et pourquoi pas autant d'égards pour le roi Téké, l'enfant du pays qui a permis à Brazza de continuer son chemin en toute sécurité ? Pourquoi un hommage indirect à la France quand celle-ci s'apprête à choisir ses immigrés ? Brazza l'humaniste se retournerait dans sa tombe s'il voyait le culte que les Africains rendent à la France qui se ferme

sur eux ! Le mémorial est à deux pas des locaux de la
Direction de l'émigration.

Marianne Meunier
Jeune Afrique

à Brazza

À la fin de *Casablanca*, Bogart est debout sur le tarmac marocain. Le bimoteur à hélices s'est arraché à la piste et disparaît au fond du brouillard. Cet homme a aidé les résistants, et laissé s'envoler son bel amour, qu'il ne reverra plus. Sa vie est menacée. On entend *La Marseillaise*. Il relève le col de son imper. Il s'enfuit pour Brazzaville, qui est alors la capitale de la France libre. Le scénario de cette suite a été écrit, mais *Brazzaville* n'a jamais été tourné.

Dès la sortie de l'aéroport de Maya-Maya, en ce mois de septembre 2006, un calicot au-dessus de la route annonce que BRAZZA RETOURNE CHEZ LES SIENS. C'est la nuit. Je demande au taxi de pousser jusqu'au fleuve qui coule tranquille sous une pluie fine. Les lumières de Kinshasa en face se reflètent sur les eaux lisses. À l'extrémité de l'avenue Savorgnan-de-Brazza, la Case de Gaulle est à présent protégée de toute visée terroriste par des tôles, en plus des grilles.

Le mausolée, qu'on appelle officiellement mémorial, est bâti au plein cœur de la capitale, non loin du fleuve, entre l'Hôtel de Ville et l'ancienne ambassade nord-américaine, en train de devenir la Banque de l'Habitat.

Elle aussi a été repeinte en blanc à la hâte ces jours-ci, comme toute la ville a été pomponnée en façade sur le parcours des délégations officielles. Sur le parvis du mausolée, des ouvriers travaillent aux finitions sous les projecteurs. L'ensemble a la hauteur d'un immeuble de trois ou quatre étages. En haut d'une volée d'escaliers, des colonnes de marbre soutiennent un fronton grec accolé à un dôme de verre. On procède au réglage des faisceaux lasers qui balaient la nuit en ciseaux sous le regard des passants.

Des groupes de jeunes gens, dont on sent bien que ça n'est ni le lieu ni le moment de leur demander ce qu'ils pensent de toute cette histoire, sont assis contre les grilles et écoutent de la musique. À quelques centaines de mètres se dressent les ruines de l'ancien hôtel PLM, le M'Bamou Palace, qui s'était trouvé sur la ligne de front entre Loyalistes et Cobras, et fut réduit par ces derniers à l'état de squelette.

J'ai rendez-vous quelques jours plus tard à la Fondation Savorgnan de Brazza pour un point presse, où l'on m'explique que tout ça, pharaonique, n'est pourtant qu'un début. Sur le terrain du mausolée jailliront bientôt vers le ciel des tours de bureaux, une médiathèque, et d'assez nombreuses merveilles, dont l'évocation très imprécise est peut-être liée à la nécessité, devant l'ampleur des polémiques, de trouver un semblant d'utilité sociale au projet. On m'offre un polo à l'effigie de Brazza.

J'invite à déjeuner une journaliste de la télévision qui pourrait être une princesse nubienne ou une reine de la nuit. Nos polos de Brazza à la main, nous gagnons Poto-Poto, le quartier cosmopolite où vivent les Maliens, dit-elle, les Ivoiriens et les Sénégalais, nous installons aux Pyramides que tient un Libanais. Elle me raconte sa guerre de 97 et son exil momentané à Kin, de juin à octobre, pendant les combats. Elle y avait aussitôt trouvé un emploi de journaliste débutante, avait hésité à rentrer, le regrette toujours un peu. À son retour, chaque maison, chaque appartement des quartiers sud avaient été pillés par les milices. Elle fume des mentholées très fines, lève le menton pour envoyer la fumée vers le ventilateur.

Nous partons l'après-midi pour les Rapides de Kintambou, à l'endroit où le Djoué se jette dans le Congo. Au bord de l'eau, des femmes aux jupes relevées battent le linge sur les cailloux, des types pêchent à la senne, des gamins rieurs plongent en effectuant des cabrioles. Toutes ces activités sont légales. Un curieux panneau précise cependant que, sous peine de prison, il est ici interdit de jeter des ordures, de casser des pierres et de se baigner nu. Et je lui demande laquelle de ces trois transgressions lui viendrait la première à l'esprit.

– Casser des pierres, répond-elle en riant.

Sous un parasol, au Bar des Rapides, au-dessus des remous bouillonnants, on peut imaginer la déception de Stanley en 77. Mais il croit encore à un mauvais passage de plus. À nouveau il faut déboulonner le *Lady Alice*, en transporter les tronçons vers l'aval, et puis non, c'est fini, le Congo n'est plus navigable. Après les Rapides ce sont les Cataractes. Un jour un pont reliera peut-être ici Brazzaville à Kinshasa, et alors Brazza la Verte cessera d'être une île, entourée par l'eau et la forêt. La belle Nubienne lève le menton pour envoyer vers les embruns sa fumée mentholée. Elle me dit ne pas le souhaiter. Même si elle préfère l'agitation des nuits kinoises. Brazza aurait peu d'intérêt, selon elle, à importer les folies et les conflits de la RDC. Et puis ici tout le monde touche plus ou moins à la contrebande. Laquelle est liée à la navigation.

L'après-midi touche à sa fin, la lumière du soir cuivre sa peau, ça n'est pas si facile de se quitter. Nous regagnons Brazza en taxi et dînons au Mami Wata, près de l'embarcadère des vedettes rapides, puis prenons un dernier verre chez moi, dans un appartement qu'on me prête au quartier Bacongo. Et pendant ce temps que je passerai à Brazzaville, ainsi sera notre doux rituel quotidien. Parfois je ressortirai seul au milieu de la nuit pour traîner avec des amis, dans quelque lieu qu'elle imagine que son statut de vedette de la télévision lui interdit de fréquenter, comme le Bataclan, ou d'autres bouges anonymes de la cité, derrière la rue des Trois-Francs, où des enfants vous suivent dans les ruelles en chantant *mundele, mundele*. Et je chercherai lequel de ces établissements Bogart aurait bien pu racheter pour en faire son nouveau Rick's Café américain, engager un pianiste, lui enseigner ces quelques notes déchirantes, et capables de ressusciter son bel amour enfui à bord du bimoteur à hélices. *Play it again.*

Brazza à Brazza

Entre le mausolée et le fleuve est établi le Buffet de l'Hôtel de Ville, non loin des locaux de la direction de l'Émigration, en bordure d'une petite esplanade qu'on dirait provençale. Le Buffet est un café-snack tenu par des Libanais peut-être chrétiens, dans tous les cas très indifférents à la prohibition des boissons alcooliques et au début du ramadan. Une balustrade blanche protège sa terrasse en aplomb de la route de la corniche, de son vrai nom avenue de la France-Libre, vers laquelle dégringole un escalier. De l'autre côté de cette route étroite, en contrebas, sont alignés des jardins maraîchers au bord de l'eau, certains protégés du soleil par des lattis en roseaux. L'un d'eux est en train d'être saccagé à la bêche. On y enfouit les affûts en métal jaune d'un feu d'artifice.

J'attends là, assis à une table, depuis dix heures et demie, ce lundi 2 octobre 2006, veille de la cérémonie officielle. La princesse nubienne a refusé de m'accompagner au prétexte que tout ça c'est des affaires de Blancs. Des hélicoptères commencent à survoler la ville. L'un d'eux transporte un mort, Brazza, et deux chefs d'État vivants, Omar Bongo et Sassou Nguesso. On pense au cadavre de Guevara ficelé sur un patin d'hélico bolivien, en octobre 67, de La Higuera jusqu'à Vallegrande. Je ne sais pas où était logé le Che à Brazzaville, en janvier 65. Lorsqu'il était venu rencontrer ici Agostinho Neto. Sans doute dans quelque bâtiment officiel mis à sa disposition par Massemba-Débat. Ou au M'Bamou Palace, tout près du mausolée.

À midi – abracadabrazza – arrive le camion fleuri et astiqué de frais, sur la plate-forme duquel sont alignés les six cercueils. Tout autour, assis les jambes dans le vide ou debout, une garde de marins porte l'uniforme du sergent Malamine Kamara. Uniforme bleu marine à col en V et larges revers, calot sur lequel sont écrits les mots *Marine Nationale* et pompon rouge. Les mêmes qu'à Alger en 1908. Mais l'un de ces marins m'apprendra qu'il s'agit de l'uniforme en usage de nos jours dans la marine congolaise.

Ils descendent du camion et serrent les rangs pour entonner le *Chant de la Marine*. Puis chaque cercueil est porté à l'épaule par six marins. Comme Stanley dans l'abbaye de Westminster avait porté le cercueil de Livingstone. Les six cercueils sont les mêmes, bois brun et dorures, et de dimensions identiques, même celui du petit Jacques mort à cinq ans. Celui de Brazza, le dernier, est recouvert du drapeau français. Il arrive de Libreville, a passé la nuit dernière à Franceville, où s'est tenu en son honneur un colloque universitaire, auquel participait l'historienne congolaise Scholastique Dianzinga.

Brazza vient encore une fois de franchir les plateaux Batékés. D'effrayer peut-être sous les pales les zèbres, lancés à toute blinde dans les hautes herbes.

Des petites plaques en bronze sont vissées sur les panneaux verticaux, qui pourraient indiquer le nom de chacun des défunts. Mais je vérifierai tout à l'heure, en m'approchant, que les noms, prénoms et dates figurent à plat sur le dessus, en haut de la croix catholique en bronze. Sur ces petites plaques est écrit *Fabriqué par EGPFC – Wilaya d'Alger*. C'est Salah le croque-mort qui fait sa publicité. Il a bien fallu qu'après mon départ il procède à l'ouverture des boîtes en bois, Salah, manie les outils du menuisier ou du cambrioleur, la pince-monseigneur et le pied-de-biche, se livre en service commandé à la profanation, à l'outrage ultime de l'intimité *post-mortem*.

Des photographies ont été prises, dans un souci médico-légal. On voit des cheveux collés à un reliquat de cuir sur le crâne, l'uniforme de la Marine qui est de bonne toile taché du jus noir de la décomposition. Parce qu'à la différence de Lénine ou de Neto ceux-là ne furent pas embaumés. Loti, l'ami de Brazza, s'était spécialisé dans ces récits morbides, leur sauvagerie, la précision hideuse, avait décrit comme des scènes de vanité classiques l'exhumation de ses deux grands-mères, celle d'un marin dont on retrouvait la bite au fond de la boîte, un *memento mori*. Cet attrait devait au souvenir de son frère marin mangé par les crabes et les poissons, jeté sans sépulture au milieu de l'océan, quelque part en Asie, comme c'était alors la tradition dans la Marine. Et sans doute pensait-il à ce frère lorsqu'il écrivit que la France reconnaissante avait jeté Brazza par-dessus bord.

Sur le Congo glissent des bouquets de jacinthes d'eau qui tourbillonnent lentement, comme gerbes pour les noyés. Elles vont à la dérive depuis Kisangani peut-être, ou Bangui sur l'Oubangui, ou arrachées aux berges de la Sangha, de l'Alima, de la Likouala-aux-Herbes. Une courte pirogue, la même que celles de Brazza, un tronc évidé, une proue effilée, avec deux pagayeurs debout, transporte des bidons. En face les tours de Kinshasa et les grues du port, l'ancienne Léopoldville avalée par Kin, et dont Brazza, pour emmerder Stanley, n'oubliait jamais de rappeler qu'elle « date de décembre 1881, c'est-à-dire d'un an et trois mois après notre occupation de la rive droite ».

En début d'après-midi, afin de tester l'efficacité, ou la validité de ma carte de presse, je me présente à l'entrée du mausolée. On m'y accueille au milieu des derniers rangements, des aspirateurs et des serpillières. J'observe les fresques narratives des peintres de Poto-Poto sur les murs arrondis, descends dans la crypte climatisée où sont ouverts les six caveaux blancs. Sur le parvis, la statue en pied, hier encore recouverte d'une bâche de l'UNHCR, est aujourd'hui enveloppée du drapeau congolais. Le sculpteur kinois achève un buste à la meuleuse électrique, et engueule son assistant chargé d'humidifier la pierre. De l'autre côté, la rue est vide.

Je retourne voir les six boîtes abandonnées sur le perron de l'Hôtel de Ville à la vigilance de deux militaires. Quelques mouches volettent autour des cercueils alignés sur des tréteaux. Je pose la main à plat sur le tissu du drapeau qui recouvre le bois. Quelques centimètres sous ma paume, la chose à quoi Brazza est réduit, la chose dans la boîte en bois fermée par des vis et des écrous en laiton, dont l'un porte un scellé apposé par Salah. À la table à côté, deux officiers de la BAC boivent des Primus et me saluent. Ils sont tranquilles. Les partis d'opposition ont appelé les Brazzavillois à boycotter les cérémonies, demain, en restant chez eux.

que le peuple vaque à ses occupations

DÉCLARATION DE L'UPADS
Union PanAfricaine
pour la Démocratie Sociale

Après avoir
– revisité minutieusement l'histoire du monde, de notre continent et particulièrement celle de notre pays, depuis la traite négrière et la conquête coloniale dont Pierre Savorgnan de Brazza n'était qu'un missionnaire en service commandé ;
– revu les luttes des Peuples d'Afrique et du Congo en particulier dont témoignent sur notre territoire de nombreuses fresques et statues d'hommes aux mains et pieds enchaînés ;
– écouté des nombreux récits historiques et des chants populaires d'Afrique et du Congo ;
– réexaminé les manuels d'Histoire des enfants d'Afrique et du Congo ;
alors qu'est encore présent et à jamais dans tous les esprits du monde, le débat qui a failli diviser la France, patrie d'adoption et commanditaire de Pierre Savorgnan de Brazza, sur cette loi française de février 2005 par laquelle eût été reconnue comme positive l'action coloniale (la disposition a été vite retirée) ;

223

Examinant la situation nationale de notre pays dont les autorités courent désespérément derrière le statut de PPTE (Pays Pauvre et Très Endetté) et sachant que les urgences nationales s'appellent précarité, pauvreté, chômage criard etc. L'Union PanAfricaine pour la Démocratie Sociale (UPADS) ne trouve rien, absolument rien, qui vienne aujourd'hui sur le plan moral, politique, économique et historique, de la part des anciens colonisés, soutenir l'idée et justifier le fait national d'ériger un monument pharaonique à la mémoire de Pierre Savorgnan de Brazza, et à sa famille dont l'Histoire du reste ne dit aucun mot. La notion même, comme l'énonce le pouvoir de Brazzaville, de retour de De Brazza parmi les siens, parlant des anciens colonisés et de leurs descendants, est une grave négation de l'Histoire, une remise en cause fondamentale des repères de toute la pensée de l'homme africain et congolais en particulier et donc une injure à sa dignité.

L'UPADS, écoutant l'écho de Mabiala ma Nganga, Boueta Mbongo, Wongo, Endré Grenard Matswa, Patrice Emeri Lumumba, Frantz Fanon..., en mémoire des héros des luttes des peuples d'Afrique et du Congo pour la dignité et la libération de l'homme noir, dit ce jour que le 3 octobre 2006 restera un jour sombre et peu glorieux pour le Peuple Congolais.

L'UPADS ne peut se prêter à cette mascarade et marque sa vive indignation.

L'UPADS appelle le Peuple à se détourner de cette voie du révisionnisme colonial en vaquant à ses occupations.

À Brazzaville, le 29 septembre 2006
La Commission Nationale Préparatoire du Congrès
P/O Joseph Ouabari
Deuxième Vice-Président

des rumeurs maçonniques

Les mausolées, aussi bien que les statues équestres, sont objets de polémiques. L'architecte Eugène-Emmanuel Okoko est le seul à n'émettre aucun avis sur le retour de Brazza, qui se contente d'une présentation très sobre de son ouvrage : « L'ensemble, écrit-il, est composé de quatre niveaux. Un sous-sol de 567,77 m², un rez-de-chaussée de 1 197,83 m² marqué par un grand hall. Deux étages en mezzanine, en forme semi-circulaire de 553,23 m² chacun. Ce bâtiment a été construit sur un radié général de 50 cm d'épaisseur ancré à une profondeur de 3 m avec un voile périphérique en béton armé. À cet ensemble s'ajoute une stèle implantée dans un bassin d'eau sur lequel est montée la statue de l'explorateur sur 8 m de hauteur. »

Ces considérations techniques et leur précision ne suffiront pas à calmer la rumeur qui court depuis longtemps à Brazzaville. Dans ce dôme on voit le compas, dans ce fronton l'équerre. Dans ces décimales, tous ces 7 et ces 3, le chiffre de quelque grimoire. On prête à Sassou Nguesso des secrets maçonniques. Les sorciers trop peu consultés vouent le tombeau aux gémonies.

Brazza pour son compte semblait pratiquer un agnosticisme de bon aloi. Il fut bien reçu à la loge Alsace-

Lorraine du Grand-Orient en 1888, par amitié pour Jules Ferry, son indéfectible soutien jusqu'à sa mort en 93. Brazza avait démissionné (peut-être dit-on rompu, ou abjuré) en 1904.

Salah, quant à lui, n'a pas hésité à visser une croix catholique sur chaque cercueil. Puisque c'est une coutume chez les roumis.

Dans un récent opuscule, *Pouvoir congolais et révisionnisme post-colonial : Le cas Savorgnan de Brazza*, Lécas Atondi-Monmondjo, du Département des Littératures et des Civilisations Africaines de la Faculté des Lettres et des Sciences Humaines de Brazzaville, n'est pas tendre avec l'architecte Eugène-Emmanuel Okoko :

C'est une curiosité que cette impressionnante masse de béton, plantée sur de hautes colonnes enduites de plaques de marbre, avec de surcroît son minuscule fronton aux prétentions de style grec, rappelant les symboles de la franc-maçonnerie, qui en fait un échassier à la tête riquiqui. Du reste, le plan de ce colossal machin reste secret, et déjà une bâche portant l'inscription de l'UNHCR couvre une statue géante qu'on devine bien.

Lécas Atondi-Monmondjo soupçonne-t-il aussi le Haut-Commissariat aux Réfugiés d'être noyauté par les Maçons ?

aux funérailles

Et voici comment, après des mois de voyages erratiques, après avoir navigué sur le fleuve Ogooué, flâné en Angola et à São Tomé, traversé les plateaux Batékés, je me suis retrouvé, le 3 octobre 2006, à Brazza au-dessus du cercueil de Brazza, un cercueil tout neuf *Fabriqué par EGPFC-Wilaya d'Alger*, en compagnie du président de la République gabonaise Omar Bongo Ondimba, du président de la République congolaise Denis Sassou Nguesso, du président de la République centrafricaine François Bozizé, des ci-devants concitoyens Douste-Blazy et Kouchner, du nonce apostolique Monseigneur Andres Carrascosa Coso, et du roi des Tékés Auguste Nguempio.

C'est l'instant attendu des tribunes, des micros et des fanfares. Les tapis sont rouges et les militaires sur les dents. On pense à Sadate au Caire. Il suffirait d'un blindé léger lancé à vive allure. Quatre ou cinq hommes cagoulés sautant à terre. Arroser la tribune au petit bonheur pour modifier considérablement la vie politique de l'Afrique centrale. Depuis des heures, je transpire au milieu d'un groupe de types en costard noir et oreillette, débarqués la veille au soir de Paris, un petit insigne en argent de la

227

République française au revers, talkie-walkie à la main.
À tour de rôle, ils vont s'accroupir à l'ombre avec une
bouteille d'eau, et se rapprochent discrètement du lutrin
des discours lorsque le rejoint la France elle-même, en
l'occurrence le menu ministre, qui fait plus sobre que
Deschanel en 1905, et assure le service minimum :

> La France est fière d'avoir contribué à la construction
> de ce monument, dont la première pierre fut posée le
> 5 février de l'année dernière par les présidents Denis
> Sassou Nguesso, Omar Bongo Ondimba et Jacques Chirac.
> L'hommage de ce 3 octobre qu'ont souhaité lui rendre les
> autorités congolaises démontre combien les souvenirs de cet
> homme d'exception restent forts, cent ans après sa mort.

On doit le seul moment vraiment rafraîchissant de
cette journée harassante à l'interprétation, par la chorale mixte de la Marine nationale du Congo, de *La
Chanson de Brazza*, laquelle, en trois minutes, parvient avec gaieté à résumer ce que j'essaie de faire
depuis des mois : écrire la vie de Brazza. Debout sur
une estrade, les chanteurs portent un uniforme blanc
d'apparat à galons dorés, lèvent la jambe en rythme
pour mimer un défilé. Les jolies marinettes sont sou-
riantes et paraissent heureuses de chanter. Si la marine
de guerre du Congo-Brazzaville ne peut s'enorgueillir
de quelque victoire navale d'importance, elle peut être
satisfaite de compter dans ses rangs un contre-amiral
capable de tourner de telles chansonnettes.

deux feux d'artifice

Je rentre tôt. La ville est calme, l'armée et la police aux abois, les rues désertes. Je m'installe dans le canapé de mon appartement sous le ventilateur, connecte la télévision sans le son. La princesse nubienne me rejoint après l'enregistrement de son plateau, sur un sujet qu'elle a choisi tout autre que l'enterrement de Brazza. Elle sort de la salle de bains enveloppée dans une serviette. Elle se contente de hausser les épaules devant les images, répète en riant que c'est vraiment des histoires de Blancs. Au moment où l'on s'achemine vers une bonne petite scène de ménage éclatent les premiers tirs.

Elle ouvre la porte-fenêtre et nous sortons sur la terrasse du premier étage. La résidence est entourée de hauts murs, fermée par un portail monumental. En bas dans la cour le gardien, Marcellin, tourne comme un ours en cage en scrutant le ciel. Puis les premières fusées du feu d'artifice, lancées depuis le potager saccagé en contrebas de l'avenue de la France-Libre, au bord de l'eau, teintent le dessous des nuages d'améthyste et de carmin. Tombe une pluie de flammèches de magnésium comme celles que Brazza tirait à Lopé. J'invite Marcellin à monter sur la terrasse et lui offre un whisky.

Nous suivons tous les trois le parcours sinueux des fusées, leur explosion dans le ciel. On dirait la guerre, note-t-il en souriant, finissant le deuxième verre. Ainsi ragaillardi, il me confie sa passion pour la pétanque, sport qu'il prétend pratiquer chaque jour au plus haut niveau, même s'il n'est pas encore propriétaire de ses boules, qu'il loue vingt-cinq centimes de francs CFA la partie. Il s'interroge sur le salaire des professionnels en France, dont j'ignorais qu'ils existaient vraiment. À Marseille, peut-être. Marcellin est mieux renseigné.

Nous apprendrons le lendemain que, pendant que nous sirotions nos whiskies sur la terrasse, un vent d'inquiétude a soufflé sur les quartiers nord de Brazza, où ceux qui étaient restés chez eux, à l'appel des partis d'opposition, ont cru à des tirs de mortiers et au retour des Ninjas. Seul le bruit sourd des détonations et l'odeur de la poudre parvenaient jusqu'à ces quartiers déshérités. Pourquoi pas non plus de la brioche. À minuit, l'ambassadeur d'Allemagne à Kinshasa a lancé pour sa fête nationale son propre feu d'artifice et ajouté encore à la confusion. Comme si ces lointains tirs de représailles dénotaient la dégradation brutale des rapports entre les deux Congo. Un vent de crainte gémellaire avait alors soufflé sur les quartiers de Kinshasa, déjà échauffés par les incidents de l'après-midi.

Pendant que sur la rive droite on enterrait Brazza, l'Eufor, sur la rive gauche, a perdu le contrôle d'un drone qui s'est écrasé sur la capitale, faisant un mort et deux blessés en pleine ville. Et le drone aurait aussi bien pu, hors de contrôle, traverser le fleuve en zigzaguant et tomber sur le dôme du mausolée ou la tribune officielle à Brazzaville. L'Eufor n'est pas une école d'aéromodélisme. C'est une force d'intervention rapide européenne destinée à sécuriser le processus électoral en RDC. Elle dispose de mille hommes, appuyés par mille deux cents autres pré-positionnés à Libreville.

Cette troupe est commandée par les Allemands depuis leur QG de Potsdam. Pendant des mois, on n'a pas vraiment su à quoi occuper ces hommes, auxquels on aurait pu enseigner par exemple le maniement des drones. Ils paraissaient en trop dans un pays où les Casques bleus de la MONUC sont déjà plus de dix-sept mille. « On a reconstruit des écoles, refait des routes, distribué des vêtements », notait avec un rien de dépit le commandant Éric Mariel, dont on comprend que ces activités de dames patronnesses ne constituent pas la vocation première.

Le 20 août dernier, quelques heures avant l'annonce des résultats du premier tour de l'élection présidentielle, et de la mise en ballottage de Kabila fils, les hommes de sa garde rapprochée ont attaqué la résidence de l'opposant Bemba pour se passer les nerfs. L'Eufor a mis trois heures à réagir, un délai assez court, si l'on considère que l'ordre du feu, ainsi que peut-être les piles pour la télécommande des drones, devait venir de Potsdam.

les voleurs respectent-ils
les consignes de l'opposition ?

Celles-ci, reconnaissons-le, manquaient de clarté.

Parfois l'opposition, dans son appel au boycott des cérémonies, conseillait aux Brazzavillois de rester chez eux, au prétexte que la journée était chômée-payée, parfois elle leur demandait de vaquer à leurs occupations, comme si de rien n'était. Mais si on est voleur ? L'État ou l'opposition paieront-ils la journée perdue ? N'est-il pas préférable de vaquer à ses occupations ?

LA CATHÉDRALE SACRÉ-CŒUR
DE BRAZZAVILLE VISITÉE PAR DES VOLEURS

Dans la nuit du dimanche 1er octobre au lundi 2 octobre 2006, des voleurs ont visité la cathédrale Sacré-Cœur de Brazzaville, située en plein centre-ville de la capitale congolaise. Les malfrats ont emporté plusieurs objets, notamment un amplificateur, des microphones, le stabilisateur qui alimente en courant électrique la croix lumineuse implantée dans la cour mariale de l'église. Selon le curé de la paroisse, l'abbé Dieudonné-Nathanaël Samba, ce vol n'est pas le premier perpétré dans la cathédrale Sacré-Cœur. Mais il est curieux de constater que le vol du dimanche dernier survient au moment où on s'apprêtait à y célébrer, lundi 2 octobre, la messe de requiem après le transfert des restes mortels de la famille Savorgnan de Brazza. Une messe à laquelle ont assisté des délégations venues du Gabon, de France et d'Italie. La coïncidence est troublante.

Article non signé
La Semaine africaine, 3 octobre 2006,
rubrique « Coup d'œil en biais »

VOL À MAINS ARMÉES AU CHU :
9 MILLIONS DE F-CFA EMPORTÉS !

Un vol spectaculaire a été perpétré au CHU (Centre Hospitalier et Universitaire), à Brazzaville, où des bandits armés ont réussi le hold-up en emportant la somme de 9 millions de Francs CFA. Les auteurs de ce vol, trois hommes armés et portant des cagoules, ont opéré dans la nuit du lundi 2 octobre au mardi 3 octobre 2006. Ils avaient fait le mur, avant de faire irruption dans le bureau des recettes du CHU, en empruntant la voie du sous-sol. Le scénario qui leur a permis de réussir leur coup est classique : ils ont désarmé le personnel de garde qui s'est mis à trembler comme des feuilles de bananier. Puis, les trois malfrats ont récupéré tout l'argent. Ensuite, opération terminée, ils ont vite fait de disparaître dans la nature, sans laisser de trace. Étaient-ils bien informés du montant qui se trouvait dans le bureau des recettes du CHU ? En tout cas, ils ont agi avec précision.

Article non signé
La Semaine africaine, 6 octobre 2006,
rubrique « Coup d'œil en biais »

à l'amirauté

Il est aussi difficile à Brazzaville qu'à Luanda de se procurer un plan de la ville, plan d'ailleurs tout aussi inutile, pour qui ne serait animé d'une réelle passion toponymique. Pour qui ne tiendrait pas absolument à voir l'Histoire écrite en toutes lettres sur la Géographie. Le temps imposé à l'espace.

Depuis le mausolée, on peut emprunter, si l'on souhaite quitter le Congo en avion, l'avenue du Sergent-Malamine pour rejoindre la grande avenue Lumumba, puis l'allée Du Chaillu en direction de la route de l'aéroport. Si l'on préfère quitter le Congo en bateau, il est conseillé d'emprunter, dans l'autre sens, l'avenue Amilcar-Cabral puis l'avenue Félix-Éboué en direction du Beach au nord de la ville. Personne ici n'utilise vraiment le nom des rues, qui d'ailleurs prête à confusion, parce qu'il faudrait y adjoindre à chaque fois celui du quartier. On relève une rue Savorgnan-de-Brazza dans le quartier Moungali et une autre dans Bacongo.

Les taxis bicolores, vert et blanc, font preuve d'un grand mimétisme dans leurs déplacements, longent les bâtiments blancs et les jardins, les parcs, les maquis en pleine ville, les *ngandas* où sont établis les campements

des sans-logis, des sans-papiers, des sans-argent. J'ai
appelé hier l'Amirauté. J'y serai reçu ce matin par le
contre-amiral Fulgort Ongobo. Parvenu au quartier
de Mpila, je règle le taxi, présente carte de presse et
passeport à la guérite. J'attends sous un préau.

On me guide vers le bureau de l'officier supérieur
en uniforme blanc. Plutôt jeune, un peu enveloppé et
très souriant. Nous sommes assis face à face. Il dépose
sa casquette à galons dorés à l'envers sur le sous-main.
C'est une petite pièce de plain-pied, encombrée de
mobilier administratif en métal gris. Une carte du Congo
est accrochée au mur. Je lui dis la jalousie de celui qui
écrit depuis des mois la vie de Brazza. Nous sommes
confrères. Sensible au compliment, il me fait photo-
copier les paroles de la chanson qu'avait entonnée, avec
gaieté, la chorale de la Marine pendant les cérémonies.
Il précise, pure modestie, ou respect des subalternes
qui l'honore, qu'elles ont été écrites en collaboration
avec le capitaine de frégate Jean-Pierre Itoua :

HOMMAGE À PIERRE SAVORGNAN DE BRAZZA
CHANT POPULAIRE

1
Pierre Savorgnan de Brazza
Né le 25 janvier 1852
À Castel Gandolfo en Italie
S'intéresse à la Marine
Il est admis comme
Navalais en France
En 1872
Il sort de la Navale aspirant

2
En 1875
Accompagné de Ballay, Marche et Hamon
Il remonta l'Ogooué, puis la Mpassa
Chassé par les Bafourous
Il s'arrêta à l'Alima
Il s'arrêta à l'Alima
Il regagna la France
Pour d'autres stratégies

3
En 1879
Il remonta encore l'Ogooué
Puis emprunta la Léfini, atteignit Mbé
Siège du Royaume Téké
Naviguons droit devant
Naviguons droit devant
Et hissons nos couleurs
Au plus haut des cieux
Naviguons droit devant
Naviguons droit devant
Et hissons nos couleurs
Comme De Brazza

4
Le 10 septembre 1880
De Brazza rencontre le roi Makoko
À Mbé et signe un traité, puis descendit
Le Congo jusqu'à Mfoa
Naviguons droit devant
Naviguons droit devant
Et hissons nos couleurs

Au plus haut des cieux
Naviguons droit devant
Naviguons droit devant
Et hissons nos couleurs
Comme De Brazza

5
Le 3 octobre 1880
De Brazza et les représentants de Makoko
Signent à Mfoa la cession du territoire
À la France, et c'est la fondation de Brazzaville
Brazzaville c'est la capitale
La capitale de la France libre
Brazzaville c'est la capitale
La capitale de la France libre

Harmonisation et Orchestration :
Romain Mapanga Samba Bouesso

Ils y vont un peu fort, bien sûr, le contre-amiral et le capitaine de frégate. Et pas seulement parce qu'ils n'aident pas beaucoup le travail de composition mélodique de Romain Mapanga Samba Bouesso. Voilà des paroles qui mettraient ma jolie Nubienne en grande fureur. Qu'après quarante-cinq années d'indépendance, dont une trentaine sous la férule du régime marxiste-léniniste de l'actuel président ultra-libéral Sassou Nguesso, un tel « Chant populaire », écrit par des militaires, se réjouisse de la cession du territoire national, et fasse au présent de Brazzaville la capitale de la France libre, voilà qui semble outrepasser les consignes de la loi de février 2005 supposée relative aux bienfaits de la colonisation.

Le contre-amiral souligne le franc succès obtenu par la chanson lors des cérémonies, ce que je confirme. Il voudrait en faire un DVD, pour le moins un CD, se voit peut-être en rêve devenir une vedette de la chanson, me confond avec Eddy Barclay. Quitter ce bureau au mobilier métallique pour un yacht-amiral à Monaco. Je le rappelle à ses fonctions premières : le commandement d'une marine coupée en deux.

Je m'informe sur le déroulement des carrières. Certains marins ont-ils vocation à servir sur l'océan quand les autres sont marins d'eau douce ? Il n'y a qu'une Marine, me répond-il. Un marin peut servir à Pointe-Noire sur les bâtiments de guerre de l'Atlantique, qu'il me dit être redoutables, et naviguer ensuite sur le Congo. Ici c'est plus tranquille, sourit-il. D'ailleurs la frontière la plus proche de ce bureau est une petite île, juste derrière l'Amirauté. Les pêcheurs des deux rives y débarquent, les femmes y font un peu de commerce. Les autorités ferment les yeux. Une frontière bonhomme, en quelque sorte.

On connaît la chanson.

On pense aux disparus du Beach. Et à l'image tout de même peu avenante, à la différence du beau sourire du contre-amiral, que ces disparitions donnent de l'histoire récente du Congo et du franchissement de ses postes-frontières.

au Beach

Juste après l'hôtel Cosmos détruit, une barrière de police ou de gardes privés régule l'accès au port fluvial. Les hommes en uniforme sont armés de bâtons et chicotent alentour, dans le but indiscernable d'encourager ou de prévenir quelques activités annexes du racket. Je longe des entrepôts devant lesquels des braseros alimentent en poissons et manioc des petits restaurants. Il faut traverser ces bâtiments sous un porche, où s'effectue dans la pénombre la vente en demi-gros, pour atteindre les quais. En ressortant à la lumière, on est frappé par un tableau quasi breughelien.

En 1990, à l'appel d'un syndicat de handicapés physiques, mille estropiés ont envahi la caserne où résidait encore le Maréchal-Président Mobutu, à Kinshasa. Ils ont obtenu de payer demi-tarif les billets pour la traversée entre Kin et Brazza, ainsi qu'une ristourne sur les droits de douane. Peut-être traumatisé par cette intrusion, le Maréchal-Président est aussitôt parti s'installer à demeure sur le fleuve.

Les quais de Brazza sont conséquemment envahis de tricycles et de pick-up à pédales surmontés de ballots colorés. Des culs-de-jatte et des manchots, des aveugles et des paralytiques, des mutilés de guerre, des éclopés divers s'escriment avec le peu de moyens dont ils disposent sur des pédaliers disposés de manière adéquate mais souvent inefficaces, impropres à déplacer le poids énorme des produits du commerce accumulés. Les équipages sont tirés, poussés dans la côte pavée, les chars bringuebalants retenus dans les descentes par des hommes valides qui transpirent et s'engueulent. Ces assistants rémunérés par les estropiés n'ont pas le droit de porter les marchandises, au risque de voir grimper les taxes.

Les navires sont des petits vraquiers mixtes, fret et passagers. On décharge le *Matadi* bleu ciel d'une cargaison de plaques de bois, de sacs de riz et de farine, que portent à l'épaule les débardeurs en file indienne qu'on appelle ici des Romains, titubant jusqu'aux camions alignés, ridelles abaissées. Le dos des hommes est couvert de poudre blanche comme s'il neigeait. On pourrait s'étonner d'une telle frénésie d'échanges entre ces deux capitales également éloignées de l'océan, et par conséquent du commerce mondial.

Le *Sangha* et l'*Oubangui* sont à couple et embarquent leurs passagers. Dans l'eau sale autour des coques, des nageurs sans papiers ni billets de traversée poussent devant eux leurs vêtements dans un sac en plastique noir, au nez des douaniers, puis se hissent à bord par les haussières. Ce sac en plastique dissimulera les menus larcins effectués pendant la traversée, les protégera lors du nouveau plongeon dans le port de Kin. Les khadafis empilent à l'arrière des camionnettes leurs bidons de vingt-cinq litres d'essence, lesquels se vendent jusqu'à mille francs CFA le litre pendant les

semaines de pénurie. On me propose des vêtements à
très bon marché.

En 1999, moins de deux ans après le retour au pouvoir
de Sassou Nguesso, et après qu'on avait fait croire à
une amnistie, de nombreux Brazzavillois ont débarqué
ici en provenance de Kin, où ils s'étaient exilés comme
la jolie Nubienne. Le tri s'est effectué sur ce quai.
On cherchait des noms aux consonances sudistes, des
particularités linguistiques. Au moins 353 personnes ont
disparu. En cet automne 2006, la plainte est toujours
en instruction à Paris. Le pouvoir congolais préférait
un procès à Brazza. Les quinze inculpés, proches du
pouvoir, ont été innocentés ici en août 2005.

À quelques kilomètres plus au nord, à l'extrémité
de ce quartier de Mpila, un autre embarcadère, plus
désolé, n'est pas très éloigné de la raffinerie et des
voies ferrées du Congo-Océan. C'est le port des barges
à pousseurs pour Bangui. Une à deux semaines, me
dit-on, selon le nombre de haltes imposées par les aléas
du commerce de cabotage. Le long des barges, qui sont
des villages flottants, tendus de bâches, sont amarrées
les pirogues qui les avitaillent en produits frais et en
viande fumée, poissons et singes également recouverts
d'une croûte noire, qu'il faut écarter entre deux pouces
afin d'atteindre la chair blanche. On s'étonne de ne pas
y voir François Bozizé voyager au milieu du peuple
centrafricain en transes, pour regagner sa capitale avec
son polo à l'effigie de Brazza.

On aimerait bondir à Bangui. Ce qui nous rappro-
cherait peu de l'océan Indien et de Zanzibar.

avec Fulgence

Quand tu aimes il faut partir
Ne larmoie pas en souriant
Ne te niche pas entre deux seins
Respire marche pars va-t'en
                                        Cendrars

Après que je me suis lassé de me rendre à l'hôtel
Méridien pour y rafler les quelques paquets de Marlboro light mis en vente avec une grande parcimonie
dans le kiosque du hall, j'ai interrogé la cigarière pour
lui demander l'adresse de son fournisseur. Pour le vin
blanc, le mieux est de s'approvisionner dans le super-
marché du centre-ville, pas très loin du mausolée. De
là il suffit de remonter la rue de la Musique-Tambour,
de traverser une place herbeuse, zone à l'abandon où
officient des petits vendeurs de presque tout, rasoirs et
cacahuètes, friandises, de dépasser la terrasse du café
Seven, de tourner au coin de la rue, et de pénétrer
dans l'épicerie du grossiste libanais jamais en panne
de Marlboro light.

C'est au retour, sur cette petite terrasse du Seven,
que j'ai rencontré un soir Fulgence le cuisinier, alors

que j'étais en discussion avec l'un de ses amis, lequel vient d'ouvrir un hôtel loin vers le nord, dans cette forêt où deux expéditions au moins ont depuis quelques années traqué sans succès le dernier dinosaure vivant. Avec Fulgence, nous prendrons l'habitude de traîner un peu ensemble le soir. Il étudiait l'économie avant la guerre. Celle-ci fut à l'origine de sa reconversion dans la cuisine. Quelques jours plus tard, il me donne rendez-vous pour le lendemain après-midi. Il est en congé, et tient à me montrer l'endroit où il s'est caché pendant plusieurs semaines en 97, au bord du fleuve, après les Cataractes. Il m'y conduit dans une Peugeot déglinguée dont le ventre traîne par terre.

Nous franchissons le pont sur le Djoué, empruntons un chemin de terre en direction du fleuve. Là s'élevait autrefois une manière de villégiature pour les colons de Brazza, des restaurants du dimanche où accouraient les Blancs en costume blanc. Gide décrit cet endroit dans son journal en 26. Je le signale à Fulgence. Si tu sais déjà tout c'est pas la peine de venir, répond-il. Nous stationnons au milieu des ruines, à l'ombre d'un grand manguier.

Un type très défoncé au chanvre, et originaire du Pool, signale Fulgence, puisqu'il s'exprime en lari, a monté ici une petite entreprise qui se limite à balayer la terre sous le manguier, et à commercialiser son ombre 500 francs CFA aux rares véhicules qui s'aventurent jusqu'ici, la plupart du temps occupés par des couples illégitimes. Le squelette aux yeux dilatés critique vertement l'autre entreprise locale, laquelle consiste à piller les moellons des anciens bâtiments coloniaux pour les revendre aux constructeurs. L'homme s'est levé du pied gauche. Il se plaint aussi du nombre de noyés. Encore un qu'il a dû ramasser ce matin et appeler les pompes funèbres. Sans que je comprenne bien pourquoi, dans son délire, il me prend à parti, et insiste pour que Fulgence me traduise ses récriminations avec minutie, comme si j'avais le pouvoir d'aller les noyer plus en aval.

Nous nous éloignons au milieu d'une végétation dunaire, sur du sable rendu boueux par l'averse. Les tourbillons du Congo sont ici plus violents qu'aux Rapides. Des vagues s'écrasent sur les roches et jaillissent écumeuses. C'est par ici que Conrad a perdu son manuscrit. Je cherche entre les cailloux. Au milieu du fleuve, l'île du Diable, seulement habitée par de très nombreuses colonies de chauves-souris, dresse les ombres noires de sa forêt. Les grands volatiles ne quittent leur repaire qu'à la nuit tombée, et sur la rive des filets sont tendus entre les branches des manguiers pour les capturer. Pendant les semaines où il est resté caché dans ces parages, Fulgence me dit avoir lui aussi goûté de ces vampires rôtis, bu l'eau du fleuve, cueilli des mangues, dormi à l'abri des buissons, au milieu de groupes hagards et perdus, attendant autour des feux de bois la fin des combats pour regagner leurs appartements.

On se battait alors dans les deux capitales, de chaque côté du fleuve. Chaque soir le double feu d'artifice. En mai 97, à Kinshasa, après trente-deux années de dictature, le Maréchal-Président Mobutu Sese Seko avait été renversé par Laurent-Désiré Kabila. Le Zaïre redevenait un Congo. Congo-K et Congo-B. Brazzaville était envahie de mobutistes qui avaient traversé en catastrophe sur leurs vedettes. Le 4 juin, Fulgence avait entendu les premiers tirs dans Brazza vers onze heures du matin. Dès le lendemain s'affrontaient trois armées. Les Ninjas de Bernard Kolelas, les Cocoyes de Lissouba et les Cobras de Sassou Nguesso. Beaucoup comme lui avaient fui de peur d'être enrôlés par l'un ou l'autre camp, et s'étaient retrouvés bloqués au nord où il fallait utiliser le lingala, ou au sud où il était préférable de maîtriser, selon lui, le kitouba.

Au bout de quelques semaines, il avait trouvé un moyen de s'enfuir pour Pointe-Noire sur l'Atlantique où il avait appris la cuisine. Jusqu'à la fin de 98, les Cobras vainqueurs avaient nettoyé les quartiers sud. Cette première tâche achevée, ils avaient promulgué une amnistie pour récupérer les sudistes exilés. Fulgence n'est rentré qu'en 99, par le train Congo-Océan.

Le soir même, nous reprenons notre tournée des grands-ducs, finissons comme souvent au Bataclan. Il faut profiter de la vie, tonne Fulgence en commandant des bières. Il me reproche de m'intéresser à ces vieilles lunes de Gide et de Brazza. Il lui semblerait plus utile d'écrire les guerres du Congo. Le mausolée sera détruit un jour, la prochaine guerre, ici ou en face, en fera une cible de choix. Parce que c'est un monument en l'honneur de Sassou, pas de Brazza. J'essaie de lui expliquer qu'on ne peut rien comprendre aux guerres du Congo si on ignore ce qui s'est passé avant. Et maintenant, demande-t-il, je suis plus avancé ? Maintenant je vais partir en Tanzanie pour écrire la vie de Tippu Tip.

Je lui récite une sourate du Coran que cite Tippu Tip, et que j'ai tenté de mémoriser dans mon édition bilingue en caractères latins, quelque chose comme *La abrahu hatta ablugha majma' al-bahrayni aw amdiya huquban,* assez curieusement traduite par « *Il shall not cease until I reach the junction of the two seas, even if I have to journey for 80 years* ». J'ai entrepris d'écrire *Le Tour du monde jusqu'à 80 ans,* seul et sans oxygène. Après avoir quitté le Pacifique pour l'Atlantique, je veux atteindre l'océan Indien. On pourrait consacrer sa vie à ça, après tout, suivre l'Équateur, tout le long de ses quarante mille kilomètres, dont une partie considérable est d'ailleurs immergée. Mais disons à pied sec, et *grosso modo* de São Tomé à Zanzibar puis de Sumatra à Bornéo, de Quito à Bélem le long de l'Amazone. Sur l'Équateur on se sent plus léger. Ou ça devrait être le cas. La Terre n'est pas sphérique, mais aplatie aux pôles et renflée à l'Équateur. La gravité y est donc moindre. Fulgence ne m'écoute plus, qui part danser la rumba sur la piste.

Il revient en tenant une danseuse en sueur par la main. Il me demande de la lui offrir en cadeau d'adieu. C'est la coutume, dit-il, chez les cuisiniers, c'est cinq mille balles. Ça fait quand même huit euros. Nous sortons tous les trois. La Peugeot ne veut plus démarrer. Il donne un coup de poing au milieu du volant, sur le lion qui rugit. Il doit en changer. Il me demande si je connais des importateurs de voitures d'occasion. J'ai un ami qui fait ça, un ancien docker, je lui en parlerai. Il fait la livraison lui-même. À Kin. Mais c'est pas un très bon mécano. Je descends et arrête un taxi.

abrégé d'histoire générale
de la navigation fluviale congolaise

> *Le fleuve étincelait, son eau boueuse*
> *était devenue blanche et or. Il était plein*
> *de pirogues à moteur hors-bord, comme*
> *toutes les fois où le vapeur était à quai.*
> V.S. Naipaul

1 – *African Queen*

Une dizaine d'années après le tournage de *Casablanca*, puis l'abandon du projet *Brazzaville*, Bogart arrive enfin au Congo. L'équipe s'installe tout au nord, à la courbe du fleuve, à Stanleyville devenue aujourd'hui Kisangani.

Sur une colline au bord de l'eau, une grande villa dresse ses frontons en arcades au-dessus des vérandas. C'est un îlot de blancheur immaculée dans la jungle verte et noire, un palais colonial oublié, un rêve d'Ostende au bord du Congo. L'ancien hôtel de Katharine Hepburn, de Bogart et de Lauren Bacall est en ruine, et finit de disparaître au milieu des lianes et des murs de brique rouge écroulés. Dans les premières images du film, au milieu d'un village africain bâti pour l'occasion, la musique d'un harmonium et des chants chrétiens glissent le long de la colline. Bogart le dur à cuire descend de son rafiot à vapeur et jette son cigare, monte la colline. Une bagarre générale éclate autour du mégot.

Il est curieux que la première équipe de cinéma qui s'installe à Kisangani, l'ancien comptoir des Stanley Falls, cet avant-poste du Progrès, ne vienne pas tourner une adaptation du roman de Conrad. Lequel devra attendre l'apocalypse du Vietnam. John Huston parvient pourtant à glisser un hommage au *Cœur des ténèbres*, en plaçant dans la bouche du pasteur à l'agonie des phrases de Kurtz, « Exterminez toutes ces brutes ». L'action d'*African Queen* est supposée se dérouler ailleurs en Afrique centrale, plus à l'est, sur les rives du lac Tanganyika, dans une colonie allemande de l'Ost-Afrika pendant la Première Guerre mondiale, aujourd'hui au Burundi ou en Tanzanie. Le scénario est inspiré de l'histoire du *Graf Goetzen*, le navire de guerre expédié en pièces détachées au cœur de l'Afrique par l'empereur Guillaume II pour interdire le lac aux Anglais.

Après que toutes les bouteilles de gin du capitaine Bogart auront été jetées à l'eau par l'acariâtre organiste, la petite *African Queen* s'en ira faire sauter le géant allemand.

2 – *Roi des Belges*

Kisangani, où les Belges, après le passage de Stanley, ont installé leur poste avancé, signifie « sur l'île » en swahili. Malgré cette protection insulaire élémentaire, et après que les premiers occupants y ont été massacrés,

la sécurité en est confiée à Tippu Tip, le sultan négrier
d'Utetera. Celui-ci est entré au service du roi Léopold
à la demande de Stanley trois ans avant l'arrivée de
Conrad à bord du vapeur *Roi des Belges*. L'avant-poste
était entouré de cette eau parfois lisse et épaisse comme
du cuivre liquide où les hommes perdus, dit-on, lisent
la noirceur de leur âme. Des murailles de jungle monotone, les cris des singes invisibles, près de deux mille
kilomètres de navigation entre le Stanley Pool et les
Stanley Falls, aujourd'hui entre Kinshasa et Kisangani.
Toujours les navires y sont prisonniers. Aucun accès
à la mer aux deux extrémités. L'aller-retour infernal,
la folie carcérale. On voit au-dessus de Kurtz l'ombre
terrible de Tippu Tip, dont les méthodes guerrières
enflamment l'esprit vide de ce Blanc à la tête en
boule de billard, les pieux où sont exposés les crânes,
les razzias des tribus qui le vénèrent comme un dieu,
le sang, l'ivoire, les pluies de flèches, « L'Horreur !,
L'Horreur ! », les cauchemars dont on s'éveille ruis-
selant de sueur au milieu de la nuit. Même lorsqu'on
est Mobutu un siècle plus tard. Un Maréchal-Président
à vie entouré de sa garde armée. « Kisangani ! » On
crie dans la nuit.

Mobutu veut quitter cette caserne de Kinshasa qui lui
sert de palais. Il revoit la nuit les visages hurlants et
difformes de ce millier d'estropiés du Beach qui l'ont
envahie, brandissant béquilles et moignons. Bientôt ce
seront les hommes de Laurent-Désiré Kabila. Ils bran-
diront des machettes et des kalachnikovs. Il le sait. Ils
approchent. Cette fin de règne est interminable. LDK
s'approche. « Kisangani ! » Le cœur des ténèbres d'où
un jour surgira l'ennemi LDK ! Il le sait. Depuis plus
de trente ans, il le sait. Il l'attend. Le refuge est le

fleuve. Les eaux lisses du fleuve. Les brumes qui la nuit frôlent sa surface sous la lune. À l'aube le cuivre liquide où glissent les bouquets des jacinthes d'eau à la dérive. On convoque l'état-major. En 1990, un siècle après le passage de Kurtz, Mobutu fuit Kinshasa et s'installe à demeure sur le fleuve.

3 – *Kamanyola*

Le navire est reconverti en palais présidentiel. Le Maréchal devient Amiral. Il ne veut plus descendre à terre. Nous sommes en 90 et il règne sur le Congo depuis 65, l'année où meurt Schweitzer à Lambaréné, l'année où Che Guevara dans la jungle du Congo soutient les efforts de son ennemi LDK pour s'emparer du Kivu, de Kisangani puis de Kinshasa. Ils ont été balayés, les Cubains rejetés de l'autre côté du lac Tanganyika. Lui, Mobutu Sese Seko, fut un allié loyal des Occidentaux pendant toute la Guerre froide, un rempart contre le communisme. Le Zaïre est son île. Tout autour c'est l'océan du communisme, le Congo, l'Angola, la Tanzanie. Le Zaïre est la grande île du Monde libre au cœur de l'Afrique. C'est vers l'Europe et l'Amérique qu'il exporte l'uranium pour les bombes atomiques qui sans lui partirait en Russie. Puis c'est la chute du Mur. Il voit bien que ces alliés l'abandonnent, médite sur l'ingratitude des hommes, de tous ceux-là qu'il a rincés et couverts de cadeaux et qui se pincent le nez parce que d'un coup il ne serait pas assez *démocrate*, qu'il faudrait organiser des *élections libres*, allez-y, démerdez-vous. Plus personne ne le défendra contre son ennemi LDK.

L'ancien courrier colonial *Général-Olsen* est un bâtiment blanc, de quatre-vingt-dix mètres de long et douze de large, quatre ponts, une salle de banquet pour cent invités. Deux hélicos. Communications par satellites. Tout cela glisse avec lenteur dans les méandres au milieu des murailles de jungle. L'homme aux grosses lunettes d'écaille est coiffé de sa toque en peau de léopard. Il se promène la nuit dans les coursives de son dernier palais. Qu'on remonte de la cale du champagne ou des vins de Loire. De la musique. Quelque vierge pour réveiller le corps du vieux cancéreux. Trois cents personnes, entre militaires, hommes d'équipage et ministres, sont conviées à vivre sur le Congo la fin du règne et les intrigues du palais flottant, la rotation héliportée des épouses du Maréchal-Président.

Parfois la nuit il ordonne qu'on s'approche de la rive, jette l'ancre dans une crique. Des projecteurs puissants balaient la jungle. Les villageois ameutés par la sirène du *Kamanyola* accourent et dansent sur la berge. Il veut qu'on danse en l'honneur du grand paquebot blanc illuminé surgi de la nuit. On active les bossoirs, on descend vers les pirogues des cadeaux. Debout derrière le bastingage, l'homme à la toque en peau de léopard agite son bâton de chef en bois sculpté, lance dans la nuit des liasses de billets de banque à son effigie. On l'acclame. Ce peuple m'aime. On remonte et on descend le fleuve. On s'ennuie. On organise des réunions d'état-major, on déroule sur le grand bureau des cartes sur lesquelles progressent lentement les troupes de LDK et des Rwandais. On lui ment, il le sait bien. Les hommes de LDK ne sont déjà plus très loin. C'est la course entre LDK et son cancer. En mai 97, le premier s'empare de Kinshasa.

L'hélicoptère du Maréchal-Président a depuis longtemps disparu au fond de la nuit, chargé des caisses de lingots et des valises bourrées de dollars dont quelques coupures papillonnent dans le faisceau des projecteurs au-dessus du fleuve. L'équipage fait la fête, remonte de la cale le champagne et les vins de Loire, se coiffe des toques en peau de léopard dont les coffres sont pleins. On imite le dictateur. Des dizaines de Mobutu dansent sur le pont et applaudissent le double feu d'artifice sur les rives du fleuve.

Dans un trajet inverse à celui de Bogart, Mobutu gagne le Maroc. Casablanca.

Il y meurt quelques mois plus tard. La tombe est anonyme.

Si un jour des néo-mobutistes entreprennent de lui élever un mausolée, c'est dans le cimetière chrétien de Rabat, non loin d'un monument français aux combattants indigènes, qu'ils devront aller le déterrer.

LDK n'est pas un homme du fleuve. Le *Kamanyola* est pillé. On l'envoie au chantier naval du port de Kinshasa où on le laisse depuis rouiller tranquille. LDK s'en fout des navires. On l'ennuie déjà avec cette histoire de démocratie. Il avait dû vaguement promettre quelque chose. On change le nom du pays. Le Zaïre devient la République démocratique du Congo. Maintenant ça suffit. C'est écrit dessus. Qu'on le laisse savourer en paix. Trente-trois ans après le début de sa guerre, il est là, à Kinshasa. Il tient les rênes du pouvoir. C'était beaucoup de patience pour si peu. Les voisins de l'est qui l'ont soutenu dans sa conquête fondent sur l'ex-Zaïre comme une pluie de sauterelles. Son règne ne sera pas celui de Mobutu. Dans moins de quatre ans, LDK mourra assassiné.

LDK à Kigoma

Si l'on pouvait encore, avant-guerre, relier par la route, et dans la journée, Kisangani et Bukavu sur la frontière rwandaise, il n'en est plus de même en cette fin d'année 2006. Un avion survole la catastrophe, un tapis volant, à l'ombre duquel l'Histoire défile en accéléré, la Première Guerre mondiale et le *Graf Goetzen* envoyé par le fond, les Belges, les années soixante, Lumumba assassiné, Mobutu, LDK réfugié à Kigoma sur les rives du lac Tanganyika. La guerre continue aujourd'hui au Kivu malgré la présence des FARDC, l'armée nationale congolaise, assistée par la MONUC, dont la mission rassemble ici le contingent le plus fourni de toutes les missions des Nations-Unies.

C'est le règne des warlords, de Thomas Lubanga en Ituri, du général tutsi congolais Laurent Nkunda au Nord-Kivu. L'Histoire connaît de curieux soubresauts. En cette fin d'année 2006, pendant qu'on vote pour la première fois depuis quarante ans en RDC, pendant qu'on enterre Brazza à Brazza, pendant qu'au Nicaragua le sandiniste Daniel Ortega revient au pouvoir, quinze ans après la déroute de la Révolution, pendant qu'au Cambodge on arrête les derniers Khmers rouges cacochymes et prépare leur procès, le général

Paul Kagame vient d'annoncer à Kigali la rupture des relations diplomatiques entre le Rwanda et la France.

Dès sa prise de pouvoir, en 94, le général rwandais a mis au service de LDK une armée efficace pour marcher vers l'ouest, s'emparer de Kisangani, puis de Kinshasa. Entre le début de cette guerre que LDK avait choisi d'appeler guerre de libération, en 96, et son assassinat en janvier 2001, plusieurs millions de Congolais ont disparu. Les estimations varient. Trois ou quatre, peut-être cinq.

Il est possible de rencontrer des survivants de l'enfer congolais, de gagner Kigoma qui est le cœur de ces ténèbres, la plus grande concentration de réfugiés de toute l'Afrique, des centaines de milliers d'hommes, de femmes et d'enfants, pour nombre d'entre eux depuis dix ans dans les camps. Un mélange de vrais civils chassés par les combats et de déserteurs en cavale, de criminels de guerre et de miliciens défroqués. Plus de papiers d'identité, fausses nationalités. Confusion des victimes et des bourreaux. Comment on devient Kurtz ou Schweitzer, il s'en faut parfois de si peu, entre l'horreur et la sainteté. Conrad le sait, il l'a vu, il demande à son narrateur Marlow de ne pas oublier que Kurtz, lorsqu'il arrive en Afrique, rédige le rapport philanthropique que lui a commandé la Société internationale pour la suppression des mœurs sauvages.

On peut avoir cela en mémoire, et d'autres lectures encore, dans quelque établissement infâme où les hommes entrechoquent leur solitude et s'enivrent, la tête emplie d'histoires atroces ou de l'obsession démodée de l'héroïsme, attendent ici la fin du monde ou la survenue d'un mauvais coup, le jaillissement d'une lame, risquent leur peau une dernière fois comme une ordalie, pour le bel orgueil de défier les dieux, racontent parfois, si loin des côtes, des histoires de marins, l'ampleur de la mer et la furie des éléments. *Pulvis es et in pulverem reverteris.* On sait bien qu'il faudrait aussi, pour écrire ces vies-là, prendre modèle sur la vie des saints martyrs et des anathèmes.

au Tanganyika

à Ujiji

De hautes herbes jaunes, et sèches, presque des
roselières, des chaumes, puis quelques mètres de sable
et les eaux bleues et calmes du lac Tanganyika, trans-
parentes. Non loin, les traces d'un ancien hangar à
esclaves. Un peu plus haut, le lieu où l'on prétend
que fut prononcée, le 10 novembre 1871, la phrase
célèbre, où l'on prétend que fut siroté le champagne
chaud dans les timbales en argent, sous ce manguier
où le jeune Stanley-Marlow retrouve enfin le vieux
Kurtz-Livingstone.

On prétend aussi que ces deux grands manguiers sont
des pousses ou des boutures du manguier originel, à
l'ombre duquel on but le champagne chaud. Il n'y a
aucune raison objective d'en douter. Un monument à la
gloire de Livingstone fut érigé là par les Anglais après
la Première Guerre mondiale, après qu'ils ont chassé
d'ici les Allemands. L'ensemble est entouré d'un haut
grillage qui évoque celui d'un court de tennis. Dans
un coin fut ajoutée une petite stèle à la mémoire de
Speke et de Burton, les découvreurs européens du lac.
Le lieu est un peu négligé, à quelques kilomètres au
sud de Kigoma. On peut comprendre que les quatre

pays de la région, le Congo et la Tanzanie, le Rwanda et le Burundi, ont d'autres chats à fouetter.

Après dix mois de marche, Stanley n'est plus journaliste mais pas encore explorateur. C'est ici qu'il le devient, après la timbale de champagne chaud. Ils mettent à l'eau une pirogue et naviguent vers le nord du lac en direction du Kivu, cherchent un déversoir vers ce qui est aujourd'hui le port d'Uvira. Le soir au campement, Stanley est ébloui par le vieil édenté. « Il me récitait de mémoire des poèmes entiers de Byron, de Burns, de Tennyson, de Longfellow, d'autres encore et après tant d'années passées sans livres. » Leur expédition est un échec.

L'immense réservoir du Tanganyika, de cinq cents kilomètres de long sur cinquante de large, ne verse pas ses eaux dans les eaux du Nil. Ils reviennent ici, à Ujiji, qui est plus d'un siècle après un gros bourg ou une petite ville. De chaque côté de la rue principale, les maisons basses, coiffées de tôles ou de chaume, ont des murs en terre rouge où scintillent des brins de paille. On y voit beaucoup de vêtements arabes, des fagots de canne à sucre sur le porte-bagages des vélos, quelques mosquées, l'église Livingstone, un centre culturel islamique et un cinéma Atlas hors d'usage. Des mômes vous saluent, qui voient de temps à autre passer quelques *muzungus* et jusqu'à des journalistes suisses.

Autour de l'enclos grillagé des stèles et des deux manguiers, une palmeraie où broutent des chèvres. Un pan de mur sur lequel est fixée une publicité pour les cigarettes Sportsman. Une maison fait office de petit musée obscur et incongru. Quelques photographies en noir et blanc, de Stanley et de Livingstone, de Tippu

Tip et du sultan Bargash. Une photocopie sous chemise plastique d'une lettre de Livingstone, relatant sa
rencontre avec Stanley.

Dans une pièce au fond, les statues des deux explorateurs en carton-pâte polychrome : Stanley lève sa
casquette pour saluer, au moment où il est supposé
prononcer la phrase célèbre. Un gardien coiffé d'un
bob jaune, et qui ne parle que le swahili, montre avec
gourmandise un article avec photographie, découpé dans
un journal suisse et punaisé au mur, « La Deuxième
mort de Livingstone ». Personne ici n'a lu le texte
en français de cet article rageur, écrit par un homme
déçu d'être venu jusqu'au cœur de l'Afrique en minibus *dala-dala* dans cette chaleur harassante pour voir
trois photocopies jaunies et des figurines en carton-pâte
polychrome.

Mais à la réflexion, l'accès très improbable du lieu
et l'absence de son exploitation économique (une urne
invitant vaguement au don, posée sur un coin de table)
le rendent plutôt touchant, et nous ne partagerons pas
le courroux de notre confrère helvétique.

Viendra-t-il un jour à quelqu'un – maintenant que
Brazza repose à Brazza – l'idée d'aller chercher
Livingstone dans l'abbaye de Westminster pour l'enter-
rer sous les manguiers d'Ujiji ?

à Kigoma

La piste rouge se couvre de bitume au sommet de la dernière colline et devient Lumumba Street. De cette éminence, on surplombe les gares routière et ferroviaire, qui se découpent sur les eaux bleues du lac et l'entrée du port. Il est satisfaisant pour l'esprit de voir ici, telle une exposition sur les moyens de transport germaniques, l'extrémité de la route rejoindre à angle droit l'extrémité de la voie ferrée, devant l'extrémité de la ligne de navigation.

Le lendemain de mon arrivée, je prends ma place dans la file d'attente devant une cahute en bois où j'achète un billet pour Mpulungu. En règle générale, tout s'use beaucoup plus vite en Afrique mais dure beaucoup plus longtemps. Il en est de même pour les camions et les navires. La ligne est assurée par le plus antique transport de passagers en activité dans le monde.

En 1913, les chantiers navals de Papenburg présentent au Kaiser les plans d'un bâtiment de guerre entièrement démontable de près de soixante-dix mètres. Les huit cents tonnes de morceaux divers sont réparties en cinq mille caisses et quittent le port de Hambourg pour celui de Dar Es-Salaam. La construction de la voie ferrée a pris du retard. Manquent trois cents kilomètres sur les mille cinq cents qui séparent le lac Tanganyika de l'océan Indien. La guerre approche. Cinq mille porteurs, peut-être peu conscients des risques qu'encourt l'Empire, trimbaleront les caisses sur leur tête. Le montage du mastodonte, boulon par boulon, commence au printemps de 1914. Le *Graf Goetzen* est mis à flot ici à Kigoma en janvier 1915, sur ce qui est alors une autre frontière entre la Belgique et l'Allemagne, à l'époque où toute la région, à l'est des lacs Tanganyika et Kivu, jusqu'au Ruanda-Urundi, est sous l'administration de l'Ost-Afrika.

Dès l'année suivante, les Allemands vaincus sabordent le navire tout neuf avant d'évacuer, ne laissant pas même à la petite *African Queen* le temps de venir lui trouer la coque. Il passera trois ans au fond de l'eau avant d'être renfloué par les Belges, puis de couler à nouveau en 1920, au cours d'une tempête, d'être remis à flot cette fois par les Anglais, en 24, d'être rebaptisé *Liemba* et converti en cargo mixte. Il bat aujourd'hui pavillon tanzanien, et des moteurs Diesel ont remplacé les machines à vapeur. Le bâtiment à la silhouette post-exotique, cheminée jaune et noire inclinée sur l'arrière, coque blanche et rouge bavant la rouille le long de ses passages de chaînes, est amarré au quai de son port d'attache depuis hier. Au milieu du pont avant, les panneaux de l'écoutille de chargement sont ouverts. Des porteurs en extraient en file indienne des sacs de poisson séché, le fretin, et des sacs de riz non décortiqué en provenance de Kasanga.

Le capitaine Seif Mlambalazi souhaite la bienvenue à bord, attribue les cabines. Nous appareillons dans deux jours. Au restaurant, les casques à pointe et les couverts en argent ont disparu. Le pont arrière est encombré de ballots et d'ananas. Tout change dans le carré du bosco, qui vérifie mon passeport et mon billet. Un portrait de Joseph Kabila a été punaisé peut-être le matin même. Le *Liemba* vient d'être réquisitionné par le HCR pour effectuer un retour de réfugiés à Kalemie, au Congo. Les vendeurs dans la cahute ne sont pas encore prévenus. On me remboursera le billet. À moins que je préfère attendre à Kigoma. Sur le quai vocifère un groupe de passagers, peut-être zambiens.

Depuis dix ans, le *Liemba* limite son cabotage à la côte tanzanienne en direction du sud, et sa seule escale étrangère est le port de Mpulungu en Zambie. Il n'assure plus de liaison commerciale avec le Congo depuis le début de la guerre, ni avec Bujumbura vers le nord, destinations abandonnées par crainte de se voir un jour pris à partie, et endommagé par l'une des factions rivales, qui continuent de s'y disputer l'exercice du pouvoir et sans doute aussi de la navigation lacustre.

Il ne dessert plus ces ports que sur la réquisition expresse et la protection de l'ONU, soucieuse de renvoyer quelques réfugiés dans les zones pacifiées avant l'arrivée des nouveaux fuyards depuis les zones en guerre. Il peut embarquer six cents passagers au maximum, m'explique le capitaine. Une goutte d'eau parmi les centaines de milliers entassés dans les camps en cette fin de 2006. Et il continuera d'en arriver, prédit le bosco. Au Nord-Kivu, les milices de Laurent Nkunda prennent l'habitude de renflouer leurs effectifs en attaquant les écoles, brûlant le matériel scolaire et les papiers d'identité des gamins avant de les envoyer en première ligne, et de leur faire pousser devant eux les civils sur la route de l'exil.

Les camps tanzaniens sont disposés le long de la piste qui, de Kigoma vers Kibando puis Nyakanasi, borde la frontière à l'est du Burundi et monte au nord vers le Rwanda et le lac Victoria. De l'autre côté, les deux destinations du retour onusien sont les ports d'Uvira et de Kalemie. Il semble néanmoins que les passages clandestins, vers Uvira tout particulièrement, soient assez faciles, pour peu qu'on puisse sortir des camps, et pour peu aussi qu'on en ait envie. C'est ce que me propose Jim, le propriétaire d'une modeste embarcation à double moteur hors-bord, alors que je marche le long des rails pour regagner ma guest-house pakistanaise.

Des wagons de marchandises en provenance de Dar Es-Salaam sont immobilisés sur le quai. On en débarque des matelas, des lampes à abat-jour, des canapés et des fauteuils grenat pelucheux, le tout de facture moyen-orientale et enveloppé de plastique transparent. Il est réconfortant de constater qu'au milieu des vicissitudes historiques certains soignent leur intérieur. Les deux embarcations les plus considérables, l'*Azifiwe* imma-triculé au Burundi et le *Pacific* immatriculé en RDC, chargent en pontée ce mobilier hétéroclite. Plus loin la barcasse de Jim est tout encombrée de jerrycans d'essence en plastique jaune qu'il part vendre à Uvira. Chaque semaine, dit-il, et à jour fixe. Ce qui me laisse le temps de réfléchir et de changer d'avis. Nous conve-nons d'un rendez-vous à son retour.

avec Jim

La terrasse de la guest-house en travaux, d'amélioration ou de destruction définitive, est parsemée de gravats, de planches, de sacs de ciment au milieu de quoi trônent avec superbe deux fauteuils grenat, du même modèle libano-saoudien que ceux qu'on débarque sur les quais, et toujours enveloppés de leur bâche transparente. Ils sont assortis à un siège d'avion militaire désossé, ainsi qu'à une table basse, sur laquelle on me sert à volonté du café en poudre, du riz à l'eau et des bananes, après que pendant la nuit j'ai essayé d'oublier le vacarme des chiens errants et des gueulards de Lumumba Street, les bruits de bestioles les plus suspectes, et qu'on imagine animées des visées les plus démoniaques.

Il suffit alors de se répéter la phrase de la gentille Thérèse d'Avila, « La vie n'est qu'une nuit à passer dans une mauvaise auberge », qui peut-être, dans un élan d'œcuménisme, aura été choisie comme emblème du gourbi. Au mur est accroché un calendrier imprimé au Pakistan. Il montre la photographie d'un village qui pourrait être Gstaad ou Loèche-les-Bains, un paysage alpin orné de cet aphorisme menaçant : « *The weak*

have problems ; the strong have solutions. » Celle que
j'envisage pour ma part est de m'extraire.

Un taxi charge mon barda et me dépose au Kigoma
Hilltop Hotel, un ensemble de bungalows récents
disséminés à la verticale du lac. *Best in town*, selon
le driver. Le propriétaire dispose de son propre géné-
rateur, garantit ainsi l'électricité à toute heure, et
bannit bien sûr l'alcool des mécréants, précise-t-il en
souriant. On éprouve dans les jours qui suivent un
léger trouble à constater que son visage ne se couvre
pas de sueurs froides, que ses mains ne tremblent
pas au point de briser le verre à eau sur le lavabo,
qu'aucune lubie ne vient la nuit couvrir les murs de
gorgones hurlantes ni de varans multicolores aux
yeux phosphorescents. Tout semble paisible et habituel, n'était autour de mon bungalow une flopée de
singes dont j'ignore la marque, gris à longue queue
préhensile, et dont le chef de troupe a l'air particulièrement con et agressif, mais ces animaux paraissent
exister vraiment.

Et convenons que certains soirs la vue des falaises
orange qui plongent dans la brume de chaleur, les
citernes d'essence qui scintillent de l'autre côté du
port, les collines bleues du Burundi tout au nord, à
l'ouest le soleil cerise sur les montagnes du Congo, les
barques de pêche à long museau pointu sur les eaux
lisses et huileuses, les vols de sarcelles, d'ibis et de
grues sous les petits nuages tout effilochés de vieux
rose, tout cela arrosé d'un verre de vin blanc frais serait
de nature à émouvoir le pauvre Berton aussi bien que
les splendeurs du Fernan-Vaz. Au bout d'une semaine,
ponctuel, le rafiot livreur de carburant pénètre dans la

baie au milieu de cette majesté. Dès qu'il y a de l'eau
et des bateaux, des frontières et conséquemment de la
contrebande, ces lieux sont propices à l'apparition de
personnages comme Jim. Il est né en 54 à Bukavu,
au Sud-Kivu.

De sa démarche chaloupée de cow-boy, lunettes
noires, il me rejoint sur le quai et me serre la main. Il
n'a pas conservé beaucoup de souvenirs de son père,
même s'il se rappelle, lorsqu'il était enfant, à l'école
primaire à Kinshasa, une espèce de géant débonnaire.
Nous sommes assis dans une gargote près du port, où
nous mangeons du poisson et du riz pour passer le
temps et parlons de nos pères respectifs. Il a continué
ses études chez les Jésuites de Bukavu avec l'argent
du sien, que sa mère, une Congolaise originaire du
Rwanda, avait quitté pour se remarier. Il sait que son
père a essayé plusieurs fois de le voir à nouveau,
mais que sa nouvelle famille, prévenue de son arrivée,
envoyait alors l'enfant au Rwanda pour interdire la
rencontre. Et maintenant je sais qu'il est mort, dit-il,
jouant de la fourchette dans le riz éparpillé, et l'on sent
bien qu'à présent peu de choses plus graves, de pires
en tout cas, pourraient arriver à cet homme devenu à
son tour un géant débonnaire.

Adolescent, il a commencé à travailler comme commis puis convoyeur pour une femme d'affaires de
Bukavu. Il transportait de l'or en pépite vers la capitale,
une manière de Cendrars pourvoyeur de bijoux pour
les Russes, il a monté son propre négoce de maïs et
de haricots, qu'il partait acheter en brousse avec un
associé grec. En 86, il s'est installé à Kalemie, et
pendant dix ou onze ans s'est contenté de faire fortune

et de collectionner les minéraux. Il est devenu propriétaire de plusieurs camions, d'un bateau de pêche
et d'un autre pour le transport. Il faisait commerce
du sucre, de l'or et du coltan. Dix tonnes de minerai
brut de coltan et c'était un nouveau camion, précise-
t-il. Les paysans venaient lui vendre les pierres les
plus curieuses qu'ils trouvaient dans leurs lopins. Il
passait ses vacances au Kenya avec sa femme, pensait
aller faire un tour en Europe, par curiosité, et pour
y acheter des ouvrages de minéralogie. La guerre l'a
surpris à Kalemie en 96.

Sa femme et ses enfants étaient à Uvira. Ils ont
gagné Kigoma à bord du *Liemba*. Lui s'est replié
sur Moba vers le sud, puis Mpulungu, avec trente
mille dollars en liquide, abandonnant derrière lui,
énumère-t-il, un Toyota Hilux, sept camions et une
jeep Mercedes. Il a vécu sur une barge de réfugiés que
la Zambie ne laissait pas débarquer, secourus par la
Croix-Rouge, a soudoyé des policiers pour obtenir un
laissez-passer, est venu rejoindre sa famille à Kigoma.
Il fallait alors prouver la possession de mille dollars
pour pouvoir sortir des camps. Il prétend avoir élargi
aussi quelques amis d'Uvira. Lorsque la guerre s'est
essoufflée dans le sud, il a traversé le lac clandesti-
nement, a retrouvé l'un de ses deux bateaux échoué
et tout hérissé de mitrailleuses, dont l'arbre d'hélice
avait cassé par manque de graissage. Tous ses véhicules ont été volés et les entrepôts pillés. Il possède
maintenant un camion au Congo et la barcasse qui est
au port, fait commerce de carburant et de grains, à
petite échelle, et à destination d'Uvira où sa famille
s'est réinstallée. Cet homme charmeur et chaleureux,
dont on pourrait penser que la vie de contrebandier est

palpitante et rocambolesque, trouve au contraire qu'elle est ennuyeuse, c'est devenu la routine. Il regrette sa fortune et ses cailloux merveilleux.

— Je ne fuirai plus jamais c'est fini, dit-il.

Pendant la guerre, son associé grec est mort du sida.

l'homme qui a vu l'Urss

Ce qu'il y a d'assez fantastique dans cette vie, c'est que, quoi qu'on fasse, qu'on soit Jim ou un autre, on finit toujours assez vite par s'emmerder. J'ai abandonné l'idée d'attendre encore le retour du *Liemba*. Mon inquiétude progresse à rester trop longtemps loin d'un océan. Je n'aimerais pas mourir au milieu d'un continent.

Chaque matin, je descends la piste depuis la colline et rejoins l'une des deux rues principales. Celle-ci, très pentue, longe la centrale à fioul puis la prison peinte en blanc, descend vers le palais du gouverneur et les deux consulats, celui de la RDC et celui du Burundi. Et l'on peut pendant quelques instants s'imaginer consul à Kigoma, en costume blanc défraîchi et cravate rouge, bravant diplomatiquement la prohibition, et conscient qu'à force de chercher la solitude on s'en trouve parfois rassasié.

La partie goudronnée de la chaussée est à ce point défoncée qu'elle est devenue un terre-plein central, où ne se hasardent plus les véhicules et peuvent cheminer les piétons. Tout en bas, on dépasse le centre Ahadi d'aide aux réfugiés, en face une ferme avec chèvres et poulets, même deux vaches, un jardin planté de rosiers blancs et de grenadiers rouges assortis à la tenue du consul. Au carrefour, on peut descendre à gauche vers la gare et le port, à droite remonter Lumumba Street bordée de boutiques, s'engager dans le fouillis commercial. Le bazar musulman et le marché chrétien sont réunis, ou séparés, c'est selon, par le marché aux poissons qui empeste sérieusement. Non loin, sur une cour poussiéreuse, une petite compagnie aérienne kenyane vend des billets pour Tabora. Ce qui est déjà une bonne façon de se rapprocher de l'océan Indien.

Après avoir circulé un peu en Afrique centrale, le plus étonnant à Kigoma, où nombre de personnes vivent avec de faux papiers sous une fausse nationalité, feignent selon les circonstances de parler depuis toujours l'anglais tanzanien, le swahili, ou le français du Congo, où beaucoup se livrent à des activités dont la plus bénigne est sans conteste la contrebande de l'essence, est de constater l'absence du déploiement militaire habituel.

L'armée tanzanienne peu aguerrie, qui n'a vraiment combattu qu'une fois depuis la création du pays (mais elle a vite ratiboisé les efforts d'Amin Dada d'agrandir un peu son Ouganda), se repose depuis sur ses lauriers d'invincibilité supposée. Reconnaissons-lui la qualité de la discrétion, le roulement de mécanique étant souvent inversement proportionnel à l'efficacité stratégique. Il faut cependant un moment pour constater cette absence des soldats avachis dans des jeeps, ou affalés dans des guérites, gardant tout ce qui peut être gardé ou très mollement défendu, un pont, un rond-point, aussi communs dans le paysage des pays voisins que les poules qui grattent le sol, les chiens parias ou les publicités pour les cigarettes.

Sur le chemin du retour, avant de regagner mon bungalow, il m'arrive de faire comme le consul une halte dans la côte, essoufflé, et d'entrer au siège du HCR qui est pourvu de petites tonnelles au bord du lac, où l'on peut manger du poulet et boire des bières Serengueti. J'y rencontre un midi trois professeurs qui arrivent de Lubumbashi, deux hommes et une femme. Ils viennent organiser des examens dans les camps de réfugiés congolais, à l'invitation du centre Ahadi installé plus bas dans la rue.

L'un d'eux a étudié en Union soviétique, plus précisément en Ukraine, à Odessa puis à Zaporojie. Il se souvient de ses passages réguliers de l'est à l'ouest de Berlin pendant ses vacances universitaires. S'il regrette de ne pas connaître Paris, il se souvient d'avoir vécu des événements historiques aussi palpitants que la Glasnost, la Perestroïka, la chute du Mur, la disparition de l'Urss et l'indépendance de l'Ukraine.

Il décrit avec nostalgie les soirées infiniment longues du printemps à Leningrad. Ce qui me le rendrait aussitôt très sympathique. S'il n'utilisait à présent cette beauté naturelle de la nuit russe pour se livrer à une analyse délirante sur la longueur constante de la nuit africaine, théorie selon laquelle douze heures de jour et douze heures de nuit tout au long de l'année amèneraient inévitablement, sous l'Équateur, à la pensée magique et religieuse, terrible travers que le matérialisme historique ne peut que réprouver et combattre (par l'installation de lampadaires ?). Il convoque avec aplomb ses cours de socialisme scientifique, s'enflamme avec pédanterie devant ses collègues et tout particulièrement la partie féminine de notre auditoire, convaincu sans doute que je vais abonder ou bien qu'il me vaincra.

À seule fin d'échapper à une discussion dans laquelle je ne peux en effet qu'être vaincu, je m'enquiers des sujets proposés aux étudiants. La jeune et jolie professeur – dont la présence dans mon bungalow islamique provoquerait sans doute un scandale tel que mon rang de consul ne suffirait pas à nous protéger – sort timidement de son cartable le *Cours de narratologie et critique littéraire* du professeur Jean Kashombo Ntompa, de l'Institut supérieur pédagogique de Lubumbashi, qu'elle me remet avec un sourire si radieux, si propice à bouleverser les sens et susciter l'amour, si enclin à me faire haïr davantage encore du bolchevique, que je ne vois d'autre solution que celle de baisser les yeux sur la couverture, et de commencer à feuilleter avec le plus grand intérêt *Un séminaire de lecture – I, mars 2006*.

L'ensemble paraît de bonne tenue, agrémenté de citations de Barthes, Rousset, Todorov, Propp, Bourdieu, Lukacs, néanmoins enrichi d'exercices de ce genre :

1 – Définissez, en les distinguant par de petits exemples, les termes suivants :
    a) lecteur, lectorat, narrataire
    b) auteur, écrivain, scripteur, narrateur
    c) narration, histoire, récit, fiction
2 – La narratologie, à elle seule, ne peut pas suffisamment dévoiler le message d'un texte narratif, parce qu'elle ne se pencherait que sur les aspects de la mise-en-discours. Votre point de vue. Ou alors, discutez cet avis.

Je suis heureux de ne pas avoir à le passer, cet examen, et de me contenter de recopier les questions avant de remettre une copie blanche.

Même s'il me semble que je pourrais consacrer la première partie de la nuit, dans mon bungalow – avec un brio qu'on ne vit guère qu'à Vincennes, beaucoup de fumée et de grands gestes des mains, le regard halluciné, marchant aller-retour entre la porte et le lavabo –, à comparer les théories de Rousset et de Lukacs, par exemple, puis à glisser subrepticement à celles de Wilhelm Reich, par exemple, devant la jeune examinatrice assise tout au bord du lit. Et nous nous réjouirions alors de la longueur délicieuse de la nuit africaine.

un tsunami

Ou bien mourir chez moi ou me réfugier. J'ai dû abandonner tout. Il n'y avait pas de temps à perdre. Les rebelles risquaient de venir. Mes parents étaient décédés quelques années plus tôt. Des frères ou des sœurs, des tantes ou des oncles, je n'en ai plus. J'étais donc complètement seul. J'avais peur. Très peur. Avec l'aide de Dieu, j'ai pu prendre un bateau vers l'autre côté du lac Tanganyika, vers la Tanzanie. Le bateau avait une capacité de vingt personnes. Nous étions soixante, des hommes, des femmes, des enfants, des bébés. Tout le monde avait peur. Il y en avait peu qui savaient nager.

Ernest Kipanga ne disposait pas de trente mille dollars en liquide. Il a fui le Sud-Kivu en octobre 96 devant l'arrivée des milices banyamulenge. Il est âgé d'une trentaine d'années et vit depuis dix ans dans le camp de Nyarugusu, au milieu de cinquante-cinq mille autres Congolais. Son adresse à l'intérieur du camp est celle du Village M2, classe 4, plot 22. Le village M2, comme les autres villages, est un ensemble de quatre-vingts parcelles. Sur chacune d'elles vit une famille ou un regroupement de célibataires. Il suit les cours par correspondance dispensés par le centre Ahadi, prépare consciencieusement ses examens, sait peut-être distinguer à tout coup un scripteur d'un narrateur, et ne semble pas très pressé de revoir le Congo.

Les fonctionnaires du HCR établissent ces jours-ci les documents préparatoires à la réunion de l'*UNHCR Cross Border Meeting – Voluntary Repatriation from Tanzania to the Democratic Republic of Congo*, qui se tiendra ici du 17 au 19 décembre prochain. En 2006, ce rapatriement volontaire aura concerné 23 241 personnes, de quoi remplir une quarantaine de *Liemba*. À ce rythme, et si le gouvernement tanzanien refusait d'accueillir tout nouveau réfugié, il faudrait une vingtaine d'années pour vider les camps. Et, si l'on imagine qu'Ernest pourrait faire partie du dernier voyage, il retrouverait quinquagénaire les lieux qu'il a fuis à vingt ans.

La résistance au départ est à la fois motivée par la sécurité relative et la scolarité des enfants, pour nombre d'entre eux nés en exil. Se pose aussi le problème de la propriété foncière. On a construit cette année six cents maisons près de Bukavu, mais les réfugiés entendent retrouver leur boutique ou leur lopin depuis longtemps occupés. Le HCR du Sud-Kivu met en garde contre la criminalité et la prostitution liées au fonctionnement des mines d'or dans la région, aux risques conséquents de propagation du sida.

Chaque réfugié sous traitement médical se voit confier, avant son départ, trois mois de pharmacie ainsi qu'un jerrycan pour conserver l'eau propre. Les femmes enceintes atteintes du sida, les vieillards, ainsi que les enfants-soldats démobilisés, filles et garçons, sont exclus du voyage, et devront rester ici. Pour des raisons de sécurité, le HCR en RDC demande qu'il n'y ait jamais plus de dix pour cent de Banyamulenge à bord de la même embarcation.

Si Ernest se plaint à la fois de l'inactivité – la sortie du camp étant interdite, tout travail est impossible – et du régime frugal et sempiternel du maïs et des pois, jour après jour depuis dix ans, il sait que l'année dernière la situation était pire encore, après le tsunami qui a ravagé les côtes de l'Indonésie. Le Programme alimentaire mondial estime à 2 100 calories par jour la ration nécessaire à la vie d'un adulte. En raison de l'afflux brutal des dons vers ces régions sinistrées, elle est alors tombée à 1 400 calories dans les camps de réfugiés en Tanzanie. Les ONG elles-mêmes ont dû prier leurs donateurs de ne plus envoyer d'argent pour les victimes du tsunami. Entre-temps, par un jeu complexe de l'Histoire et de la Géographie, la vague géante et asiate avait tué des hommes jusqu'au cœur de l'Afrique.

Stan & Edison

Le centre Ahadi, dont le nom en swahili signifie quelque chose comme la Promesse ou l'Espoir, est géré par les frères de la Charité. Depuis le porche sur la rue, un labyrinthe obscur de salles de classe, de bureaux et de cuisines, mène au patio ensoleillé où le frère Stan se tient assis une partie du jour, reçoit sous un auvent, calé dans un fauteuil en plastique blanc.

Ceux qui viennent s'entretenir avec lui sont pour la plupart des malades mentaux, et des toxicomanes ramassés dans la rue. Ou que leur famille, lasse de tant d'excentricité, est venue déposer là. Chantal, médecin elle-même réfugiée, l'informe des progrès et des rechutes, de l'état des stocks de médicaments. L'ambiance de ce lieu clos, entouré de murs de brique rouge autour d'un manguier, planté de papayers et de lauriers-roses, est celle d'un lazaret équatorial. Un perroquet gris à queue rouge, dont la santé mentale laisse peut-être elle aussi à désirer, y déambule lentement, le regard sombre, d'une démarche emphatique et napoléonienne.

Le frère Stan Goetschalckx, dont on comprend que le nom soit ici peu prononcé, est un colosse aux cheveux gris et longs à la dégaine de camionneur, la cinquantaine passée, vêtu d'un jean et d'une chemise à carreaux. Il prépare en ce mois de novembre son rapport d'activité annuel. L'ordinateur est posé sur une table sous l'auvent. Son optimisme est modéré. Kigoma compte encore le plus grand nombre de réfugiés de toute l'Afrique et pourrait bien en voir arriver de nouveaux. En dehors de cette petite activité psychiatrique, le centre promeut l'éducation des femmes, dispense dans les camps des cours du primaire au cycle universitaire. Le mari de Chantal, Edison, en est le responsable administratif. Il a été dans une autre vie ingénieur électronicien, et dirige aussi un programme de formation à l'informatique et à la télématique. Le frère Stan éteint son ordinateur, baisse le capot, et me propose le fauteuil en plastique à côté du sien. Non, me répond-il, sa vocation n'a jamais été spécialement africaine. Non, il n'a pas lu non plus les livres de Schweitzer, mais il voit qui est le bonhomme, et en pense le plus grand bien. Non, il n'est pas non plus médecin, ni prêtre d'ailleurs.

Après son noviciat, il a suivi une formation d'aide aux handicapés, a prononcé ses vœux de célibat, de pauvreté et de vie en communauté. À vingt-quatre ans, il demande à partir en Inde dans un institut pour les sourds. Au lieu de quoi il est envoyé à Kinshasa dans un institut pour les aveugles. À seule fin d'enseigner l'humilité peut-être, l'autorité ecclésiastique prend rarement en compte les désirs individuels. Livingstone, avant d'être envoyé en Afrique par la London Missionary Society, souhaitait partir évangéliser la Chine. En 79, le frère Stan est déplacé au Rwanda. Il y restera jusqu'en 94, à l'hôpital psychiatrique de Kigali tout d'abord, puis dans l'administration d'une école à Butare.

Depuis 90, le FPR du général Kagame a envahi le Rwanda à partir de l'Ouganda. Le frère Stan travaille dans les camps de réfugiés qui fuient la guerre. En 94, les Tutsis sont massacrés. Le FPR arrive à Butare en juillet et met fin aux tueries génocidaires. Les Hutus s'enfuient. Le personnel du camp est placé en détention. Il parvient à gagner Kigali puis Goma où sévit une épidémie de choléra. Il lui faudra trois semaines pour rejoindre Bukavu puis Uvira, Bujumbura puis Bruxelles.

Le temps de refaire ses papiers d'identité disparus, il est de retour au bout d'un mois à Uvira. Maintenant ce sont les Hutus qui sont traqués. Il passera deux ans dans les camps. À l'automne 96, alors que la route directe est coupée par des affrontements, il tente de se rendre de Bukavu à Uvira en bateau, en faisant escale à Kigoma. Il est ici le 26 octobre lorsqu'il voit affluer les premiers réfugiés. Il n'a plus bougé depuis dix ans, a créé ce centre Ahadi où travaillent aujourd'hui trente-trois frères de nationalités diverses. Il est heureux, dit-il. Tout cela, d'une manière incompréhensible pour un mécréant, a renforcé sa foi. Les frères qui ont quitté la région en 94 et ne sont pas revenus ont tous sombré dans la dépression.

Avant mon départ, j'invite la petite famille de Chantal et Edison à dîner dans un restaurant qu'ils choisiront. Leurs filles ont passé leurs plus beaux atours, et portent des robes jaune citron à frous-frous. Edison lui-même conserve de sa vie congolaise un goût prononcé pour la sape et l'élégance. Il ferme les yeux et joint les mains, prononce le bénédicité avant que nous n'attaquions les poissons. C'est demain dimanche, et j'imagine les accompagner à l'office et percer peut-être enfin les mystères de la foi. Après qu'on m'aura expliqué que celui-ci, en règle générale, commence à neuf heures et dure trois bonnes heures, que les prêches et les homélies sont souvent en swahili, je déciderai de surseoir au projet. L'une des petites, la plus adorable, pouffe en baissant les yeux vers son assiette.

Malgré la pétarade du groupe électrogène qui complique beaucoup notre conversation, Chantal et Edison me raconteront leur histoire malheureusement assez banale de citadins en cavale, les marches de nuit dans la forêt, la fuite devant les rafales d'armes automatiques, les enfants morts, la pluie et la boue, le manioc qu'il faut mendier auprès des paysans ou leur acheter à prix d'or, la traversée du lac. Ils n'envisagent aucun retour dans l'immédiat, et préfèrent élever leurs enfants à Kigoma.

Ils m'interrogent à leur tour, aimeraient savoir quelles sont les raisons de ma présence ici. J'aurais aimé relever des traces du passage des Cubains, et de ces quatre hommes que le Che avait laissés derrière lui à Kigoma, avec la mission de retrouver les combattants égarés au Congo pendant la débâcle et la fuite de 65. Mais dans ces régions bouleversées, des événements qui ont quarante ans semblent aussi lointains que ceux du XIXe siècle. Je leur dis avoir assisté le mois dernier à l'enterrement de Brazza, curieuse entreprise dont personne ne peut comprendre la pertinence, une météorite historique. Je leur raconte un peu la vie de Tippu Tip, dont on voit une photographie dans le petit musée d'Ujiji, à quelques kilomètres d'ici, à côté de celle du sultan Bargash. C'est à l'écriture de cette vie de Tippu Tip que je consacre les après-midi dans mon bungalow. Je préviens les petites que c'est une histoire assez terrible, une histoire d'esclaves et de méchants qui les capturaient, mais qu'elles pourront ainsi impressionner leur instituteur la prochaine fois qu'elles visiteront le musée.

Tippu Tip & Brazza

*La traite se fait encore sur une grande
échelle dans toute l'Afrique équinoxiale.
Malgré les croisières anglaises et françaises, des navires, chargés d'esclaves,
quittent chaque année les côtes d'Angola
ou de Mozambique pour transporter des
nègres en divers points du monde, et, il
faut même le dire, du monde civilisé.*
                                Jules Verne

Ces deux-là ne se sont jamais rencontrés. Sans doute
entendirent-ils souvent leur nom prononcé. L'un partit de
la côte Ouest, et voyagea le long de l'Équateur, de São
Tomé e Príncipe jusqu'au Congo, l'autre de la côte Est,
depuis Zanzibar jusqu'au Congo. Tous deux naviguèrent
au même moment sur le roi des fleuves. L'un y gagna le
nom de Père des esclaves et l'autre fut le dernier grand
marchand d'esclaves. Ils sont morts la même année, en
1905, comme Jules Verne, à quelques mois d'intervalle.
Tous deux avant leur mort auront vu leurs rêves se fracasser.

Sur une photographie en noir et blanc, c'est un beau
vieillard de soixante-dix ans peut-être, mais il ne connaît

284

pas l'année chrétienne de sa naissance, pas plus que la musulmane. Par-dessus sa *disdacha* blanche immaculée, une très légère chasuble noire est ouverte sur le *kandjar* à manche d'ivoire glissé dans un fourreau d'argent recourbé. Il est coiffé du turban des Omanais. Son visage est noir et sa barbe blanche. Il s'entretient avec un Allemand, le docteur Heinrich Brode. Il lui raconte sa vie, écrit ses souvenirs. Tippu Tip écrit le swahili avec l'alphabet arabe. Brode retranscrit le texte en alphabet latin puis le traduit en allemand. Il le dépose, en version bilingue, à l'Institut des langues orientales de Berlin.

Hamed Mohammed Juma Al-Murjebi naît à Zanzibar sous le règne de Seyyid Saïd Al-Bousaïd, sultan d'Oman, lequel a transporté en 1832 sa capitale de Mascate à Zanzibar. Ici sont l'or et les épices, l'ivoire et les esclaves, les harems de femmes noires, l'opulence de la vie orientale à l'ombre des banians au bord de l'océan vert jade. Son grand-père a quitté l'Arabie en embarquant sur un boutre ses coffres sculptés et ses tapis d'Ispahan. Deux générations plus tard, son petit-fils Hamed est aussi noir que les esclaves africains qui le servent, mais seule compte l'ascendance patrilinéaire, il est un Arabe de Zanzibar. L'enfant est atteint déjà de cet irrépressible clignement des yeux qui lui vaudra son surnom de Tippu Tip.

À la mort du sultan, en 56, des querelles dynastiques provoquent la scission d'avec la péninsule Arabique. Le sultanat de Zanzibar s'émancipe du sultanat d'Oman. Les navigateurs omanais séjournent sur l'île depuis des siècles. Ils y sont entourés de commerçants indiens et perses. Depuis le port de Bagamoyo sur le continent, en face, des caravanes s'enfoncent de plus en plus loin vers l'ouest, à mesure que se raréfient sur la côte les esclaves potentiels et les éléphants. Au cœur de l'actuelle Tanzanie, Tabora est un entrepôt et un caravansérail à mi-chemin du lac Tanganyika. Sur la rive de celui-ci est établi le port d'Ujiji.

À la différence des Européens, si prompts à hisser des drapeaux et à planter des croix, les Arabes qui traversent depuis mille ans ces contrées négligent à la fois la conquête territoriale et le prosélytisme religieux. La colonisation est étrangère par étymologie à la pensée nomade. Tout comme l'idée de sauver les âmes des Africains, au risque de devoir partager avec eux les jardins d'Allah.

Tippu Tip entreprend son premier voyage commercial à dix-huit ans au milieu d'une caravane de vingt marchands. Il ignore qu'il est parti pour un périple de douze ans. À Ujiji, il traverse le lac pour le village de Mwagu Tambu dans l'actuel Congo, commence à spéculer sur les petites défenses. Les dents d'éléphant sont alors réparties en trois catégories et pesées en frasilas. Les grandes et les moyennes sont vendues en Europe pour le billard et le piano, les dents d'éléphanteaux en Arabie pour l'armurerie et la bijouterie, les meubles damasquinés et les statuettes chryséléphantines.

Tout au long de ces années, il participe à des guerres nombreuses entre tous les petits sultans. Il désigne sultans les chefs africains dont les Européens feront des rois nègres. On réduit toujours le troublant inconnu en le rapportant à sa propre langue. Il lance des razzias. Des villages sont incendiés, des peuplades asservies. Il gagne son surnom africain de Kingugwa, le Léopard, pour la vitesse de ses déplacements et sa férocité. Dans le récit qu'il fait de sa vie, il justifie ces pratiques par les coutumes plus inamicales encore de ses adversaires, prétend avoir eu le corps percé de flèches. On envoie contre lui des troupes de combattants au nez et aux oreilles coupés, avec la prétention déloyale de terroriser les hommes de son avant-garde. Leurs visages hideux sont peints de couleurs violentes, leurs boucliers et leurs sagaies ornés de plumes et de crânes. Il se plaint encore de cette manie de boulotter les prisonniers de guerre, quand lui se contente de les revendre à la côte où ils seront nourris par leur nouveau maître. Les guerriers essorillés sont invendables.

Sur le chemin du retour, il rencontre en juillet 1867 David Livingstone au sud du lac Tanganyika.

Il éprouve une étrange admiration pour cet homme seul et sans défense, qui semble voyager sans but et ne cherche pas à s'enrichir, néglige son vêtement, vit au milieu de ses amis africains comme un pauvre fou ou un mystique soufi, professe de curieuses idées anti-esclavagistes. Pourquoi pas non plus sauver les éléphants.

Tippu Tip sera toujours du côté des Européens, souvent contre ses coreligionnaires. Il dit avoir été fasciné, enfant, par les grands navires anglais qu'il voyait relâcher à Zanzibar, par la qualité de leur armement. Et le voilà devant un homme qui, refusant la puissance et le confort que pourrait lui procurer toute cette technique des infidèles, supporte le dénuement des villages qu'il traverse, soigne les malades, se renseigne sur la direction des cours d'eau et la hauteur des montagnes, dit chercher les sources du Nil et griffonne des relevés orographiques. Les Anglais croient découvrir tout cela, et qu'ils sont les premiers à explorer le cœur de l'Afrique. Depuis des siècles, des cartes arabes ont été tracées qu'il suffirait de consulter.

Après douze ans d'absence, Tippu Tip rapporte sur son île des tonnes d'ivoire et des centaines d'esclaves, quelques lettres de Livingstone qu'il dépose au consulat britannique. Ce seront les dernières avant que Stanley ne parte à sa recherche trois ans plus tard.

Tippu Tip a trente ans, c'est un homme riche et puissant, ami du sultan Majid et des usuriers indiens, seuls capables de financer une nouvelle expédition. Il fait un beau mariage. « Je n'avais à l'époque ni plantation ni maison à Zanzibar ni où que ce fût au monde, mais j'avais une femme, Bint Satum bin Abdallah el Barwani, qui avait beaucoup de propriétés à Zanzibar et à Mascate. » Il lève des fonds, achète la poudre et les fusils, la verroterie et le fil de laiton, les cauris, recrute les hommes, il repart, traverse à nouveau le lac Tanganyika, assure arracher jusqu'à vingt dents d'éléphant par jour.

Il s'enfonce toujours plus à l'ouest, atteint une région inconnue des Arabes où les habitants n'ont jamais vu d'armes à feu. « Ils pensaient que nos fusils étaient des bâtons de tonnerre. » Les villageois croient pouvoir s'en prévenir en utilisant une drogue magique qu'ils appellent *dawa*. Il en abat quelques-uns. La foi se moque bien des vérifications empiriques. C'est cette même *dawa* que retrouvera Che Guevara un siècle plus tard. Comme Livingstone, il est en 1965 le seul Blanc au milieu de sa troupe de Cubains noirs et des combattants congolais. Le Che s'évertue à expliquer à ces derniers que la *dawa* ne peut rien contre les armes des mercenaires belges. On lui répond que celui qui meurt au combat malgré la protection de la *dawa* est celui qui, en son for intérieur, ne croyait pas au pouvoir de la *dawa*. La preuve.

Tippu Tip veut économiser la poudre et utilise la fiction qui est une énergie renouvelable. À Utetera, où règne le roi de Kassongo, il s'invente un nouveau passé, raconte aux villageois que le roi est son grand-oncle, et qu'il est revenu pour lui succéder. Il brode autour des récits légendaires qu'on lui sert d'un certain Kabare Kumande, qui autrefois faisait la guerre dans ces régions. « Je leur dis qu'à Utetera il captura deux femmes, et les emmena à Urua. Là, mon grand-père, Habib bin Bushir el Wardi acheta l'une d'elles et en fit sa femme, la mère de ma mère, laquelle me racontait souvent, lorsque j'étais enfant : dans mon pays je suis une grande princesse, et mon aïeul était Kassongo Rushie Mwana Mapunga. J'ai décidé de rentrer chez moi. »

Le roi de Kassongo est alors un doux vieillard excentrique. Il considère que seuls le Soleil et l'Éléphant sont ses *alter ego*. En conséquence, il ne regarde ni le lever ni le coucher de celui-ci, par respect pour l'intimité à laquelle a droit tout collègue, ni ne mange la chair de l'autre. Il lui semble tout aussi naturel d'abdiquer en faveur de son petit-neveu prodigue. Voilà Tippu Tip sultan d'Utetera au plein cœur de l'Afrique.

La vie aventureuse du grand potentat noir pourrait s'arrêter là. Ses nombreux enfants sont africains et les traces du passé arabe s'effacent peu à peu. Il administre la contrée et razzie les environs, amasse l'or et l'ivoire. Il est coupé du monde depuis plusieurs années, lorsqu'il apprend que des Arabes ont fondé une ville plus haut sur les rives d'un grand fleuve. Il se déplace jusqu'à Nyangwe au milieu de sa garde. Il y mange avec bonheur le riz qu'on cultive au bord de l'eau. Il y apprend les nouvelles du monde. De Zanzibar. Le sultan Majid est mort en 70, lui a succédé son frère Bargash. Un grand cyclone a détruit les arbres et ravagé les plantations de girofliers en 72. Un autre Blanc est arrivé à Tabora et se dirige par ici.

Deux ans après que Stanley a retrouvé Livingstone, on est à nouveau sans nouvelles de l'Écossais. La London Geographical Society envoie Cameron à son secours. Il débarque à Bagamoyo en mars 73, choisit pour guide Sidi Mubarak Bombay, lequel avait été le guide de Speke et de Burton, puis celui de Stanley, croise sur son chemin pour le Tanganyika le cadavre éviscéré et desséché de Livingstone, mort le 1er mai, que ses amis Chuma et Susi transportent vers le rivage. Sa mission est accomplie.

Cameron poursuit sa route vers l'ouest, contourne le lac et parvient à Nyangwe au mois d'août. Il voudrait descendre le grand fleuve. Tippu Tib l'en dissuade, lui dit que c'est impossible. Cameron et Sidi Mubarak Bombay font demi-tour, gagnent au sud l'actuelle Zambie. Ils y trouvent des Portugais qu'ils suivent vers l'ouest et l'Angola, atteignent le port de Benguela sur l'Atlantique en novembre 75, deux ans et demi après avoir quitté l'océan Indien. C'est en ce même mois de novembre 75 que Brazza, plus au nord, quitte le cap Lopez pour sa première expédition sur l'Ogooué.

Ni le cours de l'Ogooué ni celui du Congo n'ont été relevés. L'Afrique n'est pas envahie. Les Arabes sourient encore de cette poignée de chrétiens téméraires. Tippu Tip aurait pu les tuer, ces deux premiers infidèles qu'il vient de croiser, Livingstone et Cameron. Des hommes égarés qu'il avait à sa merci. Il aurait ainsi repoussé de quelques années l'arrivée des Blancs au cœur de l'Afrique. Il en rencontre un troisième l'année suivante. Celui-là, sa réputation marche loin devant lui. Stanley est de retour à Ujiji en août 76, cinq ans après y avoir bu le champagne chaud à l'ombre du manguier, et prononcé, ou pas, la phrase la plus célèbre de son premier récit.

Un an plus tôt, il a débarqué à Bagamoyo. Lui aussi cherche le passage de l'ouest par la voie fluviale. Il est entouré d'une troupe considérable de Zanzibaris en armes, parvient dans les environs de Nyangwe en octobre et dresse son camp. Tippu Tip le reçoit. Leur estime est réciproque. Ils savent être déjà des légendes. Tippu Tip admire les fusils à répétition, le *Lady Alice* en fer convoyé par tronçons. Stanley est intrigué par cet homme qui n'a pas regagné la côte depuis six ou sept ans. *After regarding him for a few minutes I came to the conclusion that this Arab was a remarkable man, the most remarkable that I had met amongs Arabs, Wa-Swahili, and half-castes in Africa. He was neat in his person : his clothes were a spotless white, his fez-cap brand-new, his waist was encircled by a rich dagger-belt, his dagger was splendid with silver filigree, and his tout ensemble was that of an Arab gentleman in very confortable circumstances.* Ils partagent le soir leurs souvenirs de Livingstone.

Stanley comme Livingstone et Cameron veut descendre le grand fleuve qu'on ne sait pas encore être le Congo. Tippu Tip lui répond que si ça l'amuse de mettre sa vie en danger pour découvrir des montagnes, des lacs et des rivières, lui non. Stanley dispose cependant d'un argument dont Cameron comme Livingstone étaient dépourvus. On parle d'argent, de milliers de dollars. On calcule une conversion en frasilas d'ivoire. On signe un contrat. Voilà ces deux-là en affaires, et en querelles d'argent pour le restant de leurs jours. Le 24 octobre 76, c'est une troupe de plus de sept cents hommes qui se met en route vers le nord. Ils progresseront ensemble jusqu'au 27 décembre, après quoi les hommes de Stanley franchiront les Stanley Falls, mettront à flot le *Lady Alice*. Les survivants verront l'embouchure du Congo, puis Luanda en août 77.

Tippu Tip ne s'était encore jamais aventuré si loin vers le nord. Sur le chemin du retour, il met la région en coupe réglée. Elle regorge d'ivoire. Si les paysans taillent dans les petites défenses quelques ustensiles, les grandes, plantées en terre, servent de clôture pour protéger leurs jardins. On les échange contre des perles ou du fil de laiton. Il sourit, et calcule que son bénéfice est alors de dix mille thalers pour trois thalers d'investissement. Il regagne son sultanat d'Utetera.

Au milieu de 79, il y reçoit des messagers venus de Zanzibar. Ses créanciers indiens s'impatientent. On connaît sa réussite, mais enfin le capital était investi pour deux ans, et cela en fait dix qu'il n'a pas reparu. Dans la pile du courrier qu'on lui remet se trouve une lettre de Stanley, avec sa photographie dédicacée. Elle date de deux ans, de novembre 77, après que Boula-Matari, qui a quitté Luanda et croisé Le Cap, a raccompagné ses survivants à Zanzibar. Tippu Tip est furieux et cligne des yeux. Ça n'est pas une photographie mais des milliers de dollars qu'il lui doit. L'époque est aux colères froides et ruminées. Il lui faut encore un an pour mettre ses affaires en ordre et se préparer au voyage. Depuis Utetera, la caravane trop chargée de trésors marchera six mois pour atteindre la rive du Tanganyika. Un jour à la voile pour Ujiji.

À Tabora, il rencontre le quatrième Blanc, Wissmann. Celui-là vient de la côte atlantique. Les trois premiers étaient anglais. Lorsqu'ils arriveront ensemble à Bagamoyo, l'un chargé d'ivoire et l'autre de prestige, Wissmann sera le premier Allemand à avoir traversé l'Afrique. Tippu Tip embarque sur un dhow et retrouve Zanzibar le 9 de Mohurram 1300, soit le 22 novembre de 1882. Encore une fois il aura été absent pendant douze ans. Le sultan Bargash le couvre d'honneurs et de cadeaux. Pourtant les nouvelles sont mauvaises. Les Allemands sont partout et installent leur protectorat sur la côte. Le sultan est confiné dans son île.

Tippu Tip effectue un nouveau voyage jusqu'aux Stanley Falls en 85, pendant que Brazza est à São Tomé. Il constate que la présence des Belges s'étendra bientôt jusqu'à la rive occidentale du Tanganyika. Sur la rive orientale s'installent les Allemands. Le commerce des caravanes est entravé. Depuis le congrès de Berlin, c'est le découpage du continent. La lutte contre l'esclavage et les traites négrières et l'installation des colonies. Au grand monopoly africain, les Anglais échangent aux Allemands l'île de Zanzibar contre l'île d'Heligoland dans la Baltique. Tippu Tip rapporte les propos que lui tient le sultan Bargash à son retour :

– Hamed, ne sois pas fâché contre moi. Mais je ne veux plus rien entendre du continent. Les Anglais veulent me prendre Zanzibar. Comment défendrais-je le continent ? Heureux ceux qui sont morts avant de voir à quoi nous sommes réduits. Tu viens d'arriver, tu es encore un étranger ici. Mais bientôt tu verras comment vont les choses.

Tippu Tip ajoute : Quand j'ai entendu ces paroles, j'ai su que c'en était fini de nous.

Au début de 87, Stanley est de retour à Zanzibar et demande à rencontrer Tippu Tip. Il y a tout juste dix ans qu'ils se sont séparés sur les bords du Congo, aux Stanley Falls, et que Boula-Matari est parti à l'inconnu pour atteindre l'Angola. Cette fois, il vient organiser l'*Emin Pasha Relief Expedition*. On parle à nouveau d'argent. En accord avec le roi Léopold, Stanley vient proposer à Tippu Tip le poste officiel de gouverneur des Stanley Falls, un titre honorifique et un salaire mensuel. En contrepartie, Tippu Tip s'engagera à rétablir la paix entre les Belges et les Arabes, qui deux ans plus tôt ont massacré les fonctionnaires du poste. Il s'engagera encore à recruter à ses frais une troupe de porteurs qui viendra seconder l'expédition. Cette troupe et celle de Stanley embarqueront ensemble à Zanzibar sur un navire anglais, pour faire le tour de l'Afrique par le cap de Bonne-Espérance, et remonter le grand fleuve qu'il a offert au roi.

Ce n'est plus l'appât du gain qui le fait accepter. La grille indiciaire des fonctionnaires belges peine à s'aligner sur les revenus qu'un sultan tire de l'ivoire et des esclaves. Plutôt le goût d'un voyage en haute mer à bord d'un grand navire anglais, le goût de l'aventure peut-être aussi, qui lui est venu de la fréquentation de cet invincible Boula-Matari, le goût du jour enfin. Il sait que c'en sera bientôt fini des caravanes, que les bonnes affaires devront maintenant se traiter avec les Blancs qui sont déjà si nombreux, et dont l'armement est si puissant que les fusils à poudre et les flèches empoisonnées n'en viendront plus à bout. Le 25 février, le *Madura* appareille. Tippu Tip profite de l'escale du Cap pour visiter une ville européenne. Stanley lui offre un chien, et promet de l'inviter un jour à Londres qui est le plus grand port du monde. Ils sont déjà des hommes aux cheveux grisonnants.

Le navire remonte l'Atlantique, croise au large de Luanda et atteint l'embouchure du Congo. Matadi, la route le long du fleuve, le Chaudron d'Enfer, les Dents du Diable, on commence à connaître tout ça. Le Stanley Pool. La remontée lente du grand fleuve au milieu des jacinthes d'eau. Tippu Tip installe sa troupe aux Stanley Falls. Celle de Stanley s'enfonce dans la forêt de l'Ituri vers le nord. Puis c'est la grande affaire de la disparition de l'arrière-garde.

Tippu Tip prétend qu'il lui était impossible de fournir autant de porteurs, que ceux qu'il a envoyés n'ont pas été utilisés et sont revenus mourants. Ces Blancs du camp de Banalya sont des incapables. Pas à la cheville de Boula-Matari dont on est sans nouvelles. Encore une fois, Jameson descend aux Stanley Falls pour le supplier de les accompagner. Tippu Tip prétend que ce sont les Belges qui refusent de laisser leur gouverneur partir au secours des Anglais. Il est parvenu à pacifier la région qui s'embraserait à son départ. Il ne quittera la station que sur l'ordre des Belges. Jameson mourra sur le fleuve en allant quémander cet ordre à Léopoldville.

Voilà le sultan d'Utetera gouverneur d'un avant-poste du Progrès, celui-là même où trois ans plus tard on enverra Conrad sur son vapeur charger l'ivoire et le caoutchouc récoltés. Voilà le grand marchand d'esclaves chargé de réprimer la traite au nom du roi Léopold. Ce Klein dont Conrad fera son Kurtz arrive aux Stanley Falls à la fin de 88. C'est la découverte des hommes de Tippu Tip, les razzias meurtrières, les pluies de flèches, le sang, les fièvres qui enflammeront l'esprit creux dans la tête blanche et lisse comme une boule de billard, « L'Horreur ! L'Horreur ! Exterminez toutes ces brutes ! » Ces crânes alignés sur les piquets. Ce géant noir qui passe auprès des tribus pour un dieu vivant et amasse l'ivoire c'est Tippu Tip.

Il apprend plus tard qu'à son retour en 89, Stanley, en son nom propre, et aux noms du roi des Belges et d'Emin Pacha, a intenté contre lui un procès devant la cour de justice anglaise à Zanzibar. On l'accuse de désertion. On lui réclame le remboursement du passage de sa troupe sur le *Madura* puis sur les vapeurs le long du fleuve. Sa fortune est placée sous séquestre. Il a six mois pour venir se défendre. Tippu Tip est furieux et cligne des yeux. C'est une question d'honneur et c'est une question d'argent. Ce sont ces incapables de gentlemen de l'arrière-garde qui ont creusé leur tombe et fait mourir par la même occasion tous les Zanzibaris placés sous leurs ordres. Il reprend la route en mars 90, après avoir nommé un suppléant à Utetera et laissé son fils Sef aux commandes des Stanley Falls.

Tout le long du chemin, on le met en garde. Il pourrait finir sa vie dans son sultanat, au milieu de ses richesses. Tippu Tip se considère toujours au service du roi des Belges, et traverse le Tanganyika en faisant hisser au mât le drapeau à l'étoile d'or de l'État libre du Congo, lui, le roi sans couronne de l'Afrique centrale, le potentat noir qui aurait pu depuis vingt ans entraver le parcours des Blancs et les rejeter à la mer. À Tabora, il lit le courrier par lequel Emin Pacha se désolidarise de la plainte de Stanley, prétend qu'on a usurpé sa signature, et qu'il n'a rien à reprocher à Tippu Tip en particulier ni aux Arabes en général.

Celui-là, Emin Pacha, nous l'avions laissé il y a longtemps au camp de Kawili dans l'actuel Ouganda. Après des mois de préparatifs, les survivants de Stanley se placent en tête de la colonne étirée sur des kilomètres. La population égyptienne et soudanaise d'Équatoria emporte ses meubles et ses tapis, ses bestiaux, ses esclaves, ses enfants et ses perroquets. On gagne la région des Grands Lacs pour traverser le nord de l'actuelle Tanzanie et descendre vers le port de Bagamoyo. Là, Stanley découvre que la côte, pendant ses deux ans d'absence, est devenue allemande.

Emin Pacha le découvre lui aussi, et s'en réjouit. Les autorités militaires donnent une fête en leur honneur. Le banquet se tient sur la terrasse à arcades au premier étage d'une grande maison arabe. Aux discours succèdent les toasts, le champagne et les *Gewürtz*. Les jeunes Allemands écoutent les récits du légendaire Boula-Matari aux cheveux blancs, qui vient encore une fois de traverser l'Afrique par une route inconnue. Au milieu du repas, l'un des hommes de Stanley lui parle à l'oreille. Emin Pacha a eu un accident. Ivre, il a culbuté par-dessus la balustrade et s'est écrasé dans la cour.

On le transporte à l'hôpital. Sa convalescence sera longue. Stanley en a plus qu'assez d'attendre cet homme.

Emin Pacha lui sourit. Qu'il ne l'attende plus. Il est ici chez lui. Il est Schnitzler et reprend sa nationalité allemande. Il ne rentrera pas au Caire. Pas plus qu'il ne souhaite se rendre chez les Anglais à Zanzibar, merci pour tout.

Tippu Tip et Schnitzler, c'est beaucoup pour les nerfs fragiles de Stanley.

Trois ans d'efforts, tous ces morts et tout cet argent de la reine et du khédive pour aller livrer aux Allemands leur compatriote, qui aussitôt se retourne contre la Couronne. Emin Pacha abandonne aux bons soins de Stanley son peuple d'Équatoria, que celui-ci embarque aussitôt pour Zanzibar avant de le ramener en Égypte.

Le 26 avril 90, Schnitzler rétabli quitte Bagamoyo à la tête de plusieurs centaines d'hommes. Il a accepté la mission de soumettre au gouvernement impérial l'ensemble du pays jusqu'au lac Tanganyika. Au cœur du territoire que les Allemands baptisent Ost-Afrika, il fait hisser le drapeau de l'Empire à Tabora.

Le tout nouveau gouverneur de la ville, le commandant Freiherr von Bülow, reçoit Tippu Tip et propose de l'accompagner jusqu'à la côte. Comme s'il avait besoin des Allemands pour traverser ces contrées qu'il parcourt depuis si longtemps, dont les Arabes depuis des siècles ont tracé les routes, où ils ont élevé Tabora et Ujiji. Il est devenu un vieil homme. À l'humiliation historique vient s'ajouter son délabrement physique. Une violente crise de dysenterie l'oblige à s'arrêter de longues semaines à Tabora. C'est à dos d'âne qu'il gagnera la côte et c'est une autre humiliation. Il note que jamais, pendant ses trente ans de voyage, et ses milliers de kilomètres parcourus, il n'était allé autrement que sur ses jambes que Dieu lui avait données robustes. Devant tous les autres grands marcheurs de l'Afrique centrale, Stanley ou Brazza, et Savimbi ou Sidi Mubarak Bombay réunis, Tippu Tip aura été le champion incontestable de la longue marche.

À son arrivée à Zanzibar, un *gentleman agreement* est signé avec Stanley, lequel ne daigne pas se déplacer, mais se fait représenter par son agence, Smith, Mackenzie and Co. Chacun retire sa plainte. Stanley pour l'expédition de 87 et Tippu Tip pour celle de 77. Nous sommes en 90. Tippu Tip récupère sa fortune et ses propriétés. Il y soigne sa dysenterie. C'en est fini pour lui des expéditions.

De chaque côté du lac, c'est maintenant la guerre ouverte des Arabes contre les Européens. Il sait qu'elle est inutile, perdue d'avance. À Ujiji, le wali Mohammed bin Khalfan Rumalisa a brûlé le drapeau allemand. C'est l'échec de Schnitzler et de sa diplomatie ottomane. À l'ouest, c'est la guerre contre les Belges. La mort de son fils Sef qui le représentait aux Stanley Falls. La disparition de son sultanat d'Utetera. La mort aussi de Schnitzler, assassiné par les Arabes. La mort du sultan Bargash. Le nouveau sultan de Zanzibar est un enfant élevé par les Anglais. Tippu Tip est membre d'un vague conseil consultatif. Un monde vieux de mille ans s'est écroulé sous ses pas. Tippu Tip administre ses plantations. Il ne remettra plus jamais les pieds sur le continent. Il prépare son pèlerinage à La Mecque. Depuis l'Arabie, il veut se rendre à Londres. Visiter le plus grand port du monde. Avoir une dernière explication d'homme à homme avec Boula-Matari au sujet de cette vieille histoire de l'arrière-garde.

Il meurt d'un accès de malaria le 13 juin 1905.

C'est trois mois après la mort de Jules Verne, lequel avait fait décoller son ballon imaginaire de la plage de Zanzibar. Et trois mois avant la mort de Brazza à Dakar, près de l'endroit où le ballon imaginaire avait atterri cinq semaines plus tard.

Stanley, invalide, qui lui avait promis de le recevoir un jour à Londres, est mort l'an passé sans jamais lui avoir écrit.

Pendant quelques dizaines d'années encore, ces grandes dynasties des Arabes de Zanzibar vivront dans le souvenir sépia de leurs splendeurs omanaises. Les Anglais qui leur ont interdit le trafic négrier, avant de les déposséder du pouvoir, assuraient au moins leur intégrité physique et leur confort moral, leur concédaient de nombreux domestiques et l'usage privé de quelques esclaves, la jouissance de leurs palais de bois festonné ouverts aux alizés. Les Anglais s'en vont. Zanzibar devient un État indépendant le 10 décembre 1963. Le parti des Arabes, le ZNP, Zanzibar National Party, est aussitôt renversé par la révolution menée par l'Afro-Shirazi Party qui se prétend celui des descendants d'esclaves. Leur leader, John Okello, harangue la foule. Dans la nuit du 11 au 12 janvier 64, dix mille Arabes et leurs affidés commerçants indiens sont massacrés. Le peuple ivre de joie s'empare de la liberté, des tapis d'Ispahan et des statuettes chryséléphantines. C'est la Guerre froide. L'île de Zanzibar, comme celle de São Tomé de l'autre côté de l'Afrique, rejoint le bloc marxiste-léniniste.

à Tabora

This is the sort of grave I should prefer.
To lie in the still, still forest, and no
hand ever disturb my bones.

David Livingstone

Sur l'aérodrome de Kigoma vrombissent des rotors
et patiente un C-130 blanc siglé UN, duquel on décharge
des palettes que les hélicos, et des véhicules tout-
terrain, acheminent en un rien de temps vers les
camps. C'est en mois que se calculait le retour du
Tanganyika vers la côte, à l'époque de Tippu Tip et
de Stanley, et souvent après des périples de plusieurs
années.

Nous survolons pendant quelques dizaines de minutes
des plateaux désertiques, une savane rouge et orange
piquetée d'épineux, un sol parfois pelé et parfois coupé
de plantations. Le petit bimoteur kenyan descend vers
les cratères des puits à ciel ouvert où dort une eau
gris-bleu. Le champ d'aviation est une piste de latérite
devant une maison blanche et fleurie. À la sortie, un
assez grand nombre de bâtisses sont alignées le long
des rues vides de Tabora.

Après des semaines de marche, la troupe arrive ici le 18 février 1872. Tous se recueillent sur la tombe de Shaw, que Stanley avait abandonné malade derrière lui. Farquhar était déjà mort ailleurs. Livingstone et ses deux compagnons, David Susi et James Chuma, restent ici jusqu'au 14 mars. Après ces cinq mois, pendant lesquels ils se sont vus chaque jour, ils accompagnent un peu Stanley et Sidi Mubarak Bombay sur le chemin pour Bagamoyo. On leur a remis le journal et les lettres qui doivent prouver leur rencontre. Celles-ci ne suffiront pas à éviter les polémiques, les accusations de supercherie qui suivront la parution de *How I Found Livingstone*. Puis le vieil homme et ses compagnons font demi-tour, regagnent Ujiji. Il poursuivra sa quête des sources du Nil sans résultat, mourra un an plus tard dans le village de Chitambo, à soixante ans.

Chuma et Susi transportent sur leurs épaules, attachée à une perche et enroulée dans une toile, la dépouille desséchée. Ils font à nouveau halte à Tabora, gagnent Bagamoyo, croisent en chemin Cameron, embarquent pour Zanzibar. Le corps revient en Angleterre à bord du *Malwa* en avril 74. On le dépose dans la nef de l'abbaye de Westminster, qui est le plus prestigieux des mausolées, et aussi une manière de *still forest* minérale, la forêt si calme dans laquelle il souhaitait que ses os jamais ne fussent dérangés. Stanley porte les cordons du poêle. On grave sur la dalle :

BROUGHT BY FAITHFUL HANDS OVER LAND AND SEA,
HERE RESTS DAVID LIVINGSTONE,
MISSIONARY, TRAVELLER, PHILANTHROPIST.

Trente ans plus tard, Lord Stanley meurt le 10 mai 1904. Il a souhaité reposer auprès de son héros. Ses funérailles auront lieu à Westminster. Mais le révérend Robinson refuse la sépulture de l'explorateur trop sulfureux et ami de Tippu Tip. On l'enterre à Pirbright.

Quant à l'homme qui a rendu possible la rencontre de l'Écossais et du Gallois, James Gordon Bennett Jr., le directeur du *New York Herald*, il repose dans le cimetière de Passy.

Celui-là avait compris que la pose du câble transocéanique ouvrait l'ère des grands reportages à la première personne et allait faire sa fortune. Il aura très élégamment promené sa vie entre New York et Paris, corrigeant dans la suite d'un paquebot les épreuves de ses meilleures signatures, Mark Twain au Nicaragua et Stanley en Afrique. Pendant la Première Guerre mondiale, vieillissant, il s'enferme dans son appartement des Champs-Élysées, où il meurt en mai 18. Son *New York Herald*, après s'être allié au *New York Tribune*, donnera naissance à l'*International Herald Tribune*, que Jean Seberg partira vendre sous ses fenêtres.

à Bagamoyo

Les eaux vert jade de l'océan Indien se voient enfin de l'autre côté du cimetière allemand. À l'ombre maigre et noire des cocotiers, ses murs sont montés en pavés réguliers de coraux noirs, découpés à la scie dans la barrière en face où écument les vagues. Un vieil homme tend sa main ouverte. Dans sa paume reposent quelques piécettes ost-africaines en cuivre, qu'il aimerait que je transforme en shillings tanzaniens trébuchants.

Le numismate m'explique en souriant qu'à l'époque des Allemands les esclaves quittaient le *boma* près du cimetière pour gagner la plage, où ils étaient embarqués sur des boutres à destination de Zanzibar. Je lui indique la plaque fixée au mur, GERMAN BOMA, BUILT 1897. La traite était abolie depuis longtemps. On ne peut tout de même pas accuser les Allemands de tous les crimes du monde. Il en convient et sourit. Ou n'en convient pas, mais sourit néanmoins. Le terme même de *boma*, British Overseas Management Administration, est une appellation anachronique, peut-être ironique, pour ce vieux fort teuton délabré, symbole des échecs de Bismarck.

Sur les tombes alignées ne figurent que des noms d'hommes, parmi lesquels ceux du lieutenant Otto

Albrecht, du sous-lieutenant Max Schelle ou du soldat
Heinrich Hoell. Ce sont tous des marins, et à chacun
est attribué son bâtiment, le *Schwalbe* ou le *Leipzig*.
Contre l'avis de leur amiral, Wissmann les a envoyés
combattre au sol les troupes de Bushiri bin Salim
Al-Harthi. Ils ont été tenus en échec.

Trois ans après le Congrès de Berlin, qu'il a lui-même
organisé pour découper l'Afrique, Bismarck furieux
apprend que son armée est défaite et jetée à la mer,
d'où elle pilonne sans résultat les ports de Bagamoyo
et de Dar Es-Salaam. L'amiral Deinhard lui conseille
d'abandonner la partie. Mais il en va de l'honneur de
l'Empire. Aucune armée coloniale et mécanisée n'a été
défaite par une troupe irrégulière. On envoie Wissmann
à la tête des marins traquer les rebelles dans la brousse
et attaquer leur camp retranché. Ils n'arracheront la
victoire qu'à la fin de l'année 89, lorsque Stanley
et Emin Pacha touchent enfin au rivage de l'océan,
accompagnés du peuple d'Équatoria.

On lance plus tard des projets aussi faramineux
que la construction de ce *boma* de Bagamoyo, mille
cinq cents kilomètres de voie ferrée jusqu'à Kigoma,
un navire de guerre sur le lac. C'est peine perdue.
Bientôt l'Allemagne embourbée à Verdun devra quitter
l'Afrique.

Bagamoyo est un village hors du temps, moitié fantôme et ensablé, surchargé d'Histoire vertigineuse pour
qui ne rétablirait pas ces chronologies enchevêtrées.
En face du *boma* se dresse une stèle en l'honneur de
Speke et de Burton. Bien qu'il s'agisse d'une prouesse
bien antérieure à l'arrivée des Allemands, cette stèle ne

fut très certainement édifiée par les Anglais – comme celle d'Ujiji – qu'après la Première Guerre mondiale :

ON 27TH JUNE 1857 BURTON AND SPEKE SET OFF FROM KAOLE NEAR THIS SITE ON THEIR EXPEDITION TO LAKE TANGANYIKA.

Quelques années après ce haut fait, et loin d'ici, un enfant né en cette même année 57 en lit le compte rendu. Il ouvre l'atlas de la bibliothèque familiale, lequel, imprimé en 52, laisse un blanc immense au centre de l'Afrique. « L'exercice auquel je me livrai, un crayon à la main et en tirant la langue, consista donc à dessiner les contours du lac Tanganyika. »

Devenu plus tard capitaine au long cours, cet enfant sera amené à retoucher des cartes marines, à les enrichir de détails glanés lors de ses propres navigations. À la fin de sa vie, en 1924, Conrad écrira dans ses souvenirs : « J'ai toujours rempli cette tâche avec conscience et responsabilité. Je n'y ai pourtant jamais retrouvé le sentiment d'exaltation qui m'avait saisi lorsque j'ai dessiné le Tanganyika dans le blanc de mon vieil atlas. » On croit parfois voyager sur la planète. On tourne encore, comme un hamster, dans la cage des longitudes et des latitudes forgée par l'atlas de son enfance.

Comme à Ujiji, les vêtements arabes et africains se croisent au hasard des allées de sable blanc, paisibles et rôties de soleil, bordées de maisons en torchis ou en moellons dont l'inachèvement confine souvent à la ruine, les dalles des premiers étages hérissées de bouquets de fers à béton jaillissant vers le ciel en attente de la suite. Alternance d'églises et de mosquées, de boutiques Duka La Dawa, où l'on vend des remèdes magiques contre les balles et le vieillissement. Près du port de pêche se tient une galerie de tableaux assez moches, dans laquelle il est possible d'acquérir un portrait polychrome d'Oussama Ben Laden, qui pour beaucoup est le nouveau héros de l'Afrique. Non loin, la terrasse d'où Emin Pacha ivre de joie se casse la gueule en 89, et qui fut un bistrot ou un Biergarten, ainsi que l'atteste une photographie en noir et blanc au Makumbusho Ya Kanisa Katoliki, le musée catholique.

J'avance au milieu des vitrines et des archives, des collections de journaux allemands, entouré d'une théorie d'élèves consciencieux, chacun équipé d'un cahier et d'un stylo. Un maître égrène les consignes en swahili. Souhaitons-leur de démêler, en 2006, ces histoires complexes. Ils ont du pain sur la planche. Le plus difficile, dans un lieu à tel point saturé de traces historiques, est d'attribuer chacun de ces monuments à l'idéologie qui l'édifia. Ainsi cette inscription, tout près d'ici, gravée sur un obélisque, à l'endroit où furent pendus les hommes de Bushiri :

HERE IS THE PLACE WHERE THE GERMAN COLONIALIST
USED TO HANG TO DEATH REVOLUTIONARY AFRICANS
WHO WHERE OPPOSING THEIR OPPRESSIVE RULE

On peut comprendre, à cette lecture, la confusion du numismate. Ce texte, qui ne doit manifestement rien aux Anglais, fut de toute évidence rédigé par le régime marxiste après l'indépendance du Tanganyika, peut-être même après la création de la Tanzanie. S'il n'est pas douteux que la règle allemande devait être oppressive, Bushiri, le chef de l'armée rebelle de 1888, appartenait au clan des Al-Harthi, Persans originaires de Shiraz, et établis sur ces côtes depuis l'an mil de l'ère chrétienne.

Ces Shirazis combattaient à la fois les Allemands et le sultan de Zanzibar, dans le but de conserver les revenus qu'ils tiraient de la traite négrière. Même s'il est possible de leur concéder, après dix siècles de présence, le nom d'Africains, même s'il est possible aussi de concevoir leur colère à l'arrivée des Omanais puis des Allemands, il faut une analyse historique particulièrement tordue pour faire de ces esclavagistes des révolutionnaires anticolonialistes. Et les parer du titre de *freedom fighters*.

L'un de ces enfants peut-être consacrera sa vie à éclairer ces mystères, un enfant bouleversé ce matin par ces vieilles cartes accrochées aux murs. Un autre, espérons-le, augmentera les connaissances mathématiques de l'humanité. La majorité sans doute trouvera une place dans l'hôtellerie et la restauration. Le pays est en paix et politiquement stable. On peut imaginer pour Bagamoyo, à une heure ou deux de Dar Es-Salaam, un avenir de Ressorts Hotels devant les plages de sable blanc. Zanzibar est en face, à une journée de navigation à la voile.

En bas du quartier chrétien et du couvent, à l'ombre d'une grande croix, une paillote sert des poissons grillés. Je suis assis les pieds nus sur le sable, en compagnie du taxiste avec lequel je viens de faire affaire, Leonard. Notre arrangement inclut le déjeuner dans le prix de la course vers Dar.

Autour de nous, le cortège d'un mariage est suivi par une fanfare de cuivres et de tambours. Les hommes portent des costumes clairs et les femmes des robes roses. On chante des airs religieux en frappant dans les mains. Je vais marcher dans l'eau au milieu du repas. Des pirogues à balanciers et voile triangulaire dansent sur l'océan vert céladon parcouru de traînées émeraude. Des mômes plongent dans les vagues et s'éclaboussent en riant.

à Dar Es-Salaam

La route ne surplombe qu'une fois l'océan, et la brise marine fait faseyer les hautes herbes des collines. Puis c'est l'habituelle entrée dans une ville de trois ou quatre millions d'habitants à la tombée du jour, une entrée qui n'en finit pas, engluée dans la zone suburbaine, les chèvres, les *dala-dala* et les camions semi-remorques. Il y a de quoi s'assoupir. Et se réveiller en sursaut aux coups de klaxon, découvrir d'un coup la disparition du volant devant soi, comme de la pédale de frein sous son pied. Dieu et Toyota, en leur grande sagesse, et peut-être leur *joint venture*, ont disposé tout cela sur le côté droit du véhicule, où veille Leonard.

Nous cherchons le long d'Ocean Road un endroit où prendre un verre avant de nous séparer. Dans un bistrot en contrebas de Sea View Road, des demi-soldes désœuvrés observent les dizaines de cargos sur rade, qui donnent au couchant mauve un horizon de D-Day. « Tanzania is bullshit », grommelle l'un d'eux. Ce sont des candidats au départ sans retour, ou alors au retour les poches pleines, qui se morfondent dans l'attente d'un embarquement. Il n'est pas étonnant, à contempler cette baie sur l'océan Indien, et ses promesses de rivages lointains, que les matelots tanzaniens soient avec les philippins les plus nombreux à sillonner les mers de la planète. Ils sont aussi les moins payés.

Tout au bout de la vieille ville, près du port, se dressent quelques lourdes bâtisses qu'on pourrait imaginer bavaroises. Ces rues calmes et bordées d'arbres n'offrent pas grand-chose à se mettre sous la dent, si ce n'est la statue de l'Askari, le Combattant, debout sur un rond-point. C'est un fantassin en marche, armé d'un fusil à baïonnette. Les statues équestres sont absentes de l'Afrique équatoriale. Seul Stanley le cow-boy s'entête à débarquer à Bagamoyo deux chevaux qui meurent aussitôt. Les ânes survivent plus longtemps. Mais l'âne, on le sait, se prête peu à la statuaire. Pas non plus de monument à Julius Nyerere, le père de la Tanzanie, homme sage, et étranger au culte de la personnalité.

Il fait nuit lorsque j'entre au Palm Beach Hotel, en haut d'Ali Hassan Mwinyi Road, près du Selander Bridge. Ce petit hôtel familial fut inauguré par ses propriétaires anglais peu après l'indépendance. Une grande photographie dans le hall montre des automobiles de l'époque rangées sur le parking du bâtiment flambant neuf. C'était l'hôtel le plus proche de la maison achetée en 64 par Pablo Rivalta pour y installer l'ambassade de Cuba.

Certains combattants clandestins logèrent peut-être ici en attendant de monter au front.

Tatu & LDK

Marx, Engels, Lénine, Bolivar, Marti
n'ont-ils pas dû attendre eux-mêmes et
parfois des décennies ?

Fidel Castro

Et il arrivait parfois ce qui arrive à présent : Ramón est en train de rouler dans les faubourgs de Dar Es-Salaam. Le jour se lève. Ramón est un homme de moins de quarante ans. Sa voiture est une Mercedes blanche. La raison pour laquelle Ramón file ainsi sur la route pour Kigoma, il faut la chercher surtout dans la place qu'occupe Ramón au sein des rouages de la Révolution prolétarienne.

Les cinq véhicules progressent en convoi sur de mauvaises pistes, suivent la route des anciennes caravanes. Une Land Rover, trois Mercedes, deux blanches et une noire, un camion bâché qui transporte une vedette équipée d'un moteur hors-bord. Ramón Benítez est le seul Blanc du groupe. C'est un homme glabre au cheveu court. Il porte des lunettes d'écaille, un costume gris. L'ensemble évoque un commerçant, ou le représentant d'une firme moyenne. Les hommes qui l'entourent sont des combattants

312

clandestins. Les véhicules sont emplis de fusils Fal et de mitraillettes Uzi.

Ils stationnent dans le jardin d'une maison discrète de Kigoma. Ramón enlève ses lunettes, puis ses fausses dents et les prothèses qui lui déformaient les joues. Il ouvre un dictionnaire de swahili et attribue à chaque homme un chiffre qui maintenant sera son nom. Lui choisit le Trois, Tatu. On prépare le bateau pour traverser le Tanganyika. Tatu est impatient de gagner le Congo, et de quitter au plus vite Kigoma. « Cette localité était un refuge où les plus chanceux pouvaient venir s'installer, en marge des vicissitudes de la guerre. L'influence néfaste de Kigoma, ses bordels, ses bars, et surtout son caractère de sanctuaire sûr, n'était pas suffisamment prise en compte par le commandement révolutionnaire. »

L'emploi du temps de Ramón, à présent Tatu, pendant les quatre derniers mois, rappelle celui de Stanley dans les derniers mois de 70 de l'autre siècle, la même frénésie de déplacements incessants. Il n'aime pas attendre. Il a peur de vieillir. Il brûle d'allumer cent Vietnam tout autour de la planète.

Le 17 décembre 64, à la fin de l'Assemblée générale de l'ONU, il a quitté New York pour Alger. Il est au Mali le 26 décembre. Le 2 janvier, il arrive à Brazzaville où il rencontre Agostinho Neto et Massemba-Débat. Le 8 janvier, il est en Guinée-Conakry, le 14 au Ghana, une semaine plus tard au Dahomey. Le 30 janvier, il est de retour en Algérie et rencontre Ahmed Ben Bella.

De là il s'envole pour la Chine où il rencontre Zhou Enlai. Le 6 février, il est à Paris et visite le Louvre. Le 11 il arrive à Dar Es-Salaam. On a organisé pour lui une entrevue avec les *freedom fighters* convoqués d'un peu partout sur le continent, parmi lesquels Jonas Savimbi, lequel est alors le ministre des Affaires étrangères du FNLA angolais, ainsi que Laurent-Désiré Kabila, lequel est alors le second vice-président du Conseil suprême de la Révolution congolaise, chef du Front oriental. Ce premier contact avec LDK est chaleureux, même si déjà le doute s'installe. « Il prétendait venir de l'intérieur du pays. Mais il semble qu'il arrivait seulement de Kigoma, localité tanzanienne au bord du lac Tanganyika, l'un des sites principaux de cette histoire, qui servait de point de passage pour le Congo, et qui constituait aussi un abri commode pour les révolutionnaires. »

Le Che s'envole pour Le Caire le 19 février, rencontre Nasser. Il est à Alger le 24, pour la troisième fois depuis le début de l'année, prononce son dernier discours officiel, antisoviétique, puis retourne au Caire le 3 mars et rentre à La Havane le 14. Cet électron libre, cet homme qui, au milieu de la Guerre froide, se rapproche des Chinois, dont les services de renseignement américains et soviétiques suivaient, étourdis, les parcours affolés tout autour du monde, disparaît alors d'un coup des écrans radars de l'impérialisme et du communisme. Pendant près de trois ans courront des rumeurs de disgrâce, d'assassinat ou d'internement psychiatrique.

Après avoir laissé à son ami Fidel une lettre dans laquelle il renonce à sa nationalité cubaine, à son rang de ministre et à son grade de commandant, il part mettre ailleurs ses *modestos esfuerzos* au service de la révolution mondiale. Il entame dès le 2 avril 65, sous le déguisement de Ramón Benítez, un voyage clandestin qui, en deux semaines, via Prague, Milan, Le Caire et Nairobi, le ramène à Dar Es-Salaam. Dès le 23, depuis Kigoma, il traverse le lac avec une poignée d'hommes en direction de la rive congolaise. Il leur explique que leur lutte au Congo devrait durer entre trois et cinq ans. Au terme desquels ils entreront dans Kinshasa, au milieu de la même liesse populaire qu'ils sont entrés, six ans plus tôt, dans La Havane.

Par habitude, hommage à la Sierra Maestra, on construit une base dans les montagnes couvertes de forêts pluvieuses. Tatu ressort le treillis, le béret noir, la pipe. Les cheveux et la barbe repoussent. Il fait prévenir LDK, en voyage au Caire, que Che Guevara est installé au Congo.

Les Cubains commencent par inspecter les fronts, environ sept cents hommes disséminés et mal équipés, des Congolais et des Rwandais. La désorganisation est complète, les troupes rongées d'alcool et de maladies vénériennes vivent aux crochets des paysans qu'ils sont supposés libérer du joug. Les blessés qu'on soigne sont les victimes des querelles qui suivent les beuveries. Les hommes refusent de creuser des tranchées, ou de transporter le matériel en haut des montagnes. *Mimi apana motocari. Je ne suis pas un camion.* Les renforts cubains arrivent peu à peu. Ce seront environ cent vingt combattants qui, au lieu de constituer une colonne modèle, vont s'éparpiller sur les fronts pour prêcher l'efficacité. Le Che reconnaît vite que le risque est inverse, et que les Cubains pourraient bien se congoliser. En face, l'armée du colonel Mobutu recrute des mercenaires belges.

La longue marche reprend. On mène des missions de

reconnaissance avec les Rwandais jusqu'à Uvira, puis vers le sud avec les Congolais en direction d'Albertville. Quelques embuscades réussissent. On récupère des pétoires. On attend LDK. « Tous les jours nous avions droit au même cantique matinal : Kabila n'est pas arrivé aujourd'hui, mais demain sans faute, ou aprèsdemain. Enfin, en juillet, après qu'on l'a attendu trois mois, le chef fait une apparition. Kabila est venu, il est resté cinq jours et il est reparti, ce qui a accentué les rumeurs sur sa personne. Ma présence ici ne lui plaît pas, mais il semble l'avoir acceptée pour le moment. »

Les avions de Mobutu larguent des tracts et appellent à la désertion. Une offensive est lancée. Malgré toute sa bibliothèque, la relecture de *L'Iliade* et de *L'Odyssée*, le Che perd son calme. Des Cubains meurent. Des paysans passent à l'ennemi. LDK ne reparaît pas. C'est la déroute militaire, la retraite vers le lac, la fuite, fin novembre, après sept mois sur le sol congolais. Des combattants égarés vers Uvira manquent à l'appel. On laisse quatre hommes à Kigoma pour mener les recherches. Le Che s'enferme au premier étage de l'ambassade de Cuba à Dar Es-Salaam. Il s'assoit devant une machine à écrire et compose la première phrase : « Ceci est l'histoire d'un échec. »

Il intitulera le manuscrit *Passages de la guerre révolutionnaire (le Congo)*, ménageant une place dans le futur à beaucoup d'autres Passages de la guerre révolutionnaire – autant qu'il y a de pays peut-être sur la planète. Déjà il cherche à rejoindre une guérilla en Amérique latine, ou à y créer un nouveau foyer. Il rêve d'une révolution en Argentine. Ce sera la Bolivie.

Il lui reste moins de deux ans à vivre.

Après qu'il se sera enfin emparé de Kinshasa, en 97, trente ans après la mort de Tatu en Bolivie, LDK, soucieux d'astiquer son blason tiers-mondiste, invitera Aleida Guevara March, la veuve du Che, à venir fêter au Congo le premier anniversaire de son accession au pouvoir, en mai 98, comme s'il était un collègue de son défunt mari. Un an plus tard, en 99, le texte écrit au premier étage de l'ambassade à Dar Es-Salaam sortira enfin des archives cubaines pour être publié. Les dernières phrases du manuscrit concernent LDK. « Il est nécessaire d'avoir un sérieux révolutionnaire, une idéologie qui guide l'action, un esprit de sacrifice qui accompagne ses actes. Jusqu'à maintenant Kabila a démontré ne rien posséder de cela. Il est jeune et il est possible qu'il change, mais j'ose laisser par écrit, alors que ces pages seront rendues publiques dans très longtemps, mes plus grands doutes quant à sa capacité à surmonter ses défauts dans le milieu où il évolue. »

chez le Che

À tout hasard, j'ai cherché l'adresse. Puis un matin, je me suis posté devant le portail grillagé, sur Lugalo Street, après avoir observé les photographies en noir et blanc du Che. Celles-ci sont exposées dans une vitrine en bois peinte en blanc, fixée au mur extérieur du jardin, à seule fin d'éclairer le peuple. Comme souvent, dans les malédictions historiques, le peuple passe rarement par Lugalo Street.

Le gardien de l'ambassade, assis sur un tabouret, après que je l'ai hélé, est allé chercher une secrétaire, à laquelle j'ai à nouveau posé la question. Elle a retraversé le jardin, est revenue en compagnie d'un Cubain. Il fait ouvrir le portail et me propose de l'accompagner. Tout cela est d'une telle simplicité, un accueil à la bonne franquette, que le plaisir est encore plus grand de se mettre à parler cette langue. Les mots à eux seuls, en un simple papotage de circonstance, marchant quelques mètres côte à côte vers l'entrée de la maison, vous transportent sur le Malecón, dans la chaleur sponta-née et amicale de La Havane qui est certainement, avec Alger, Montevideo et Mexico, l'une des quelques villes au monde où l'exil serait le plus doux. Mais Dar Es-Salaam ou Brazzaville feraient peut-être l'affaire.

Nous entrons dans le hall et prenons place dans des fauteuils. Deux photographies en noir et blanc de Fidel et de Nyerere sont accrochées aux murs. Je n'ai encore justifié d'aucune identité, sorti aucun papier. On pense aux guérites fortifiées, aux doubles portails électriques blindés des ambassades de France ou des États-Unis. Il est vrai que cette dernière, non loin d'ici, a été la cible d'attentats islamistes à la voiture piégée en 98, menaces dont celle de Cuba est préservée. On a néanmoins l'impression que Ramón Mercader s'introduisit avec la même facilité dans la maison de Trotsky à Coyoacán.

L'homme est un métis à la peau très sombre et au sourire facile, vêtu d'une *guayabera* marron. Dionisio Molina Hernández porte des lunettes dorées et une moustache grisonnante. Il me confirme que cette maison est bien celle qu'avait achetée Pablo Rivalta. L'appartement au premier est bien celui dans lequel le Che s'est caché pendant trois mois. Il est impossible de le visiter aujourd'hui. Mais il me propose de revenir lundi prochain, disons à dix heures. Il me tend sa carte et note mon nom dans un calepin.

Il me semblait qu'une semaine n'était pas de trop pour vérifier les multiples pattes blanches et sauf-conduits dont je m'étais prévalu au cours de notre conversation, l'amitié de maints écrivains cubains et jusqu'au ministre Abel Prieto. Si je n'ai jamais fait preuve d'un anti-castrisme de *gusano*, j'ai tout de même tenté de décrire les folies havanaises, Chronos à la barbe grise dévorant ses enfants, les exécutions d'Arnaldo Ochoa et de Tony de la Guardia. Et j'avais imaginé, pendant cette semaine, que peut-être on attendait mon retour à l'ambassade pour m'y séquestrer, m'expédier ficelé à La Cabaña où j'allais être fusillé (je prévoyais de refuser le bandeau, et de bomber le torse devant la salve), ou bien que, pour le moins, les prochains vœux à la nation du président de la République française seraient en grande partie consacrés à rappeler depuis combien de jours je croupissais, par amour de l'art et de la vérité historique, au fond des geôles cubaines. Lorsque nous nous retrouvons au jour et à l'heure dits, Dionisio me serre la main en souriant, et m'apprend que l'appartement du premier est maintenant son logement de fonction, et qu'il souhaitait ranger un peu son bazar de célibataire avant de m'y recevoir.

Cette fois nous traversons le rez-de-chaussée, gagnons un salon, nous installons dans d'autres fauteuils devant une table basse, sur laquelle Dionisio dépose une pile de livres et de documents. Sur les consoles sont disposées quelques pouilleries folkloriques africaines. Nous allumons une cigarette. Je comprends que, comme à Alger dans la maison de Brazza, il va bien falloir parler un peu de politique avant de pouvoir visiter les lieux.

Nous évoquons La Havane. Je lui réponds y avoir séjourné assez longuement en 93 et 94, y être retourné parfois depuis. On imagine qu'il sait tout cela. Je l'interroge à mon tour sur sa carrière, lui dis avoir connu un peu ce métier, au Moyen-Orient puis en Afrique. Il est ici depuis deux ans. Il a occupé auparavant divers postes en Sierra Leone et au Liberia, puis passé quatre ans à Haïti. Nous parlons de LDK et de Mobutu. S'intéresser au Che c'est très bien, dit-il, mais il serait plus utile aujourd'hui d'écrire sur le cas de *los cincos heroes*, les cinq héros, dont il est question dans ces livres qu'il m'offre.

Il me décrit en détail l'inique procès de ces cinq hommes jugés pour espionnage en Floride, quand les autorités cubaines affirment qu'ils se livraient à des activités de contre-espionnage dans les rangs des terroristes *gusanos*, avec l'aval des services fédéraux, qui les auraient lâchés. Ils ont été condamnés en octobre 2001 à des peines comme il n'en existe qu'aux États-Unis, prison à vie plus dix-huit ans, prison à vie plus quinze ans. On sait qu'il est peu recommandé, en règle générale, de se prétendre castriste devant un tribunal de Miami. Que ce devait être tout particulièrement le cas pendant la légitime paranoïa de l'automne 2001. Je lui dis que le mieux serait de voir ça avec García Márquez.

Nous grimpons enfin l'escalier, que barre sur le palier une grille susceptible d'isoler le premier du service consulaire en cas de coup dur. Un petit salon, une cuisine, quelques bouteilles. La chambre elle aussi est petite, blanche. Vue sur la cour. Le lieu est aussi monacal que la chambre de Loti à Rochefort. Un lit, une table. Pendant trois mois, un homme est enfermé ici, rideaux tirés. Il écrit sur cette table, lit allongé, pratique comme partout, et sans cesse, l'autoportrait photographique. On le voit assis de l'autre côté de cette table encombrée de piles de livres et d'une caisse de cigares, en débardeur blanc, rasé de frais, cheveux très courts, une gueule d'ange, d'adolescent fatigué. Il a peur de vieillir. Pendant ces sept mois dans la jungle, il a souffert de la dysenterie. Il a appris la mort de sa mère à Buenos Aires.

On fait venir secrètement de La Havane sa femme Aleida et le maquilleur en chef de chez Piñeiro. C'est à nouveau Ramón Benítez qui s'envole pour Prague en février 66. En quelques mois, on pourrait suivre la trace de cet homme anodin en costume gris bon marché, à Vienne et à Genève, à Zurich, à Francfort puis à São Paulo. Pense-t-il un instant qu'il pourrait conserver cette identité, changer de vie, jouir à nouveau de l'anonymat ? Ouvrir un petit commerce dans l'une de ces villes ? Cultiver son jardin ? Chercher un poste d'employé de banque, lui qui a dirigé une banque nationale, lui dont les billets en pesos cubains portent la signature ? Ne plus suivre l'histoire du monde que de loin, à la lecture des journaux ? C'est avec un passeport uruguayen, au nom d'Adolfo Mena, qu'il entre en Bolivie.

Dès le premier soir, il réalise à nouveau un auto-portrait photographique, dans l'armoire à glace de sa chambre de l'hôtel Copacabana à La Paz. Lunettes de myope et couronne de cheveux gris. Le grand-père de l'adolescent de Dar Es-Salaam. Mais c'en est fini des déguisements et des voyages clandestins. La longue marche reprend. Le petit jeune homme argentin ne sortira plus de la forêt.

au bar du Kilimanjaro

Chaque soir est un port.
Jorge Luis Borges

Plutôt se noyer dans l'alcool que dans le port de Dar
Es-Salaam. Sur le toit de l'hôtel Kempinski, au dix-
huitième étage, ce bar serait le meilleur endroit pour
se jeter dans le vide. C'est un ancien hôtel communiste
sans doute, un grand bloc de béton, une manière de
Habana Libre à La Havane avec vue plongeante sur
le golfe du Mexique. Ici sur la baie de la Bienvenue.
Par-delà un tapis de galets rougeâtres mimant une
grève, s'ouvre un paysage inversé de la baie de
Luanda sur l'Atlantique, effet de miroir accentué par
le coucher du soleil à l'envers, par les automobiles
qui circulent sur le côté gauche de Kivukoni Front
pour se rendre au terminal de Kigamboni. Un bac
bleu et orange les transporte au sud de la ville. Plus
loin le terminal conteneurs. Les hangars de café et
de coton et les portiques. Un grand cargo rouge
empli de produits inflammables est à quai devant
les citernes. L'essence, comme le chardonnay, est
importée d'Afrique du Sud.

323

Par-dessus Sokoine Drive et la cathédrale Saint-Joseph, on aperçoit l'embarcadère des ferries pour Zanzibar, et l'on songe à la fête que pourrait être, jour après jour, la simple contemplation du monde lorsqu'il est maritime. Admirer chaque soir de sa vie les dhows dans la rade, dont l'un renouvelle quotidiennement la prouesse de s'approcher sous voile de tous les navires au mouillage, qu'il aborde un par un, pour leur proposer on ne sait quel produit ou précieux service. Et peut-être le talent de ce barreur anonyme, qui parvient soir après soir à se jouer de la brise changeante avec un rafiot si peu manœuvrant, est-il plus admirable que le courage absurde des héros. On ne sait trop si on admire ces hommes, Brazza ou Savimbi, Stanley ou Guevara. On les envie un peu, oui. D'avoir cru qu'il était possible de contraindre l'Histoire en marchant droit devant soi au milieu de la forêt. On éprouve moins de respect spontané à l'égard des sédentaires. On a tort sans doute. La sagesse doit être de cultiver son jardin. De classer sa bibliothèque. On aimerait pouvoir les détester, ces fauteurs de troubles brûlés d'inquiétude. On n'y parvient pas vraiment.

Ces hommes auront rêvé d'être plus grands qu'eux-mêmes, ils auront semé le désordre et la désolation autour d'eux, couvert leurs entreprises aventureuses du nom des idéologies du temps, s'emparant de celle qui est à leur portée comme d'un flambeau, l'exploration, la colonisation, la décolonisation, la libération des peuples, le communisme, l'aide humanitaire... Peut-être vaut-il mieux ne faire que passer, ne se mêler de rien, aimer la curieuse vie des hommes et leur foutre la paix, observer les bouées et les balises de la navigation savamment disposées.

Au sud-est, la pointe d'une forêt vert sombre est our-
lée de sable blanc. Des chalutiers industriels patientent
à couple. Au-dessus, un chapelet de nuages céruléens
empourprés. Plein sud, le méandre qui subtilise la
baie, et lui donne le panache d'une embouchure ama-
zonienne. Le port de Dar Es-Salaam est l'un des plus
beaux paysages pour qui aime les navires au travail,
et particulièrement à la fin du jour. Au sud-ouest, le
fouillis industrialo-portuaire rejoint la gare ferroviaire.
Des silos, des rails et des grues. Des vols de grands
oiseaux noir et blanc qui sont des ibis sacrés du Nil,
et survolèrent peut-être Khartoum.

Après avoir consacré la journée, dans ma chambre
du Palm Beach, à la lecture de Jules Verne, je viens
ici chaque fin d'après-midi tourner les pages du *Tanzania Times* et du *Tanzania Today*. On y lit un curieux
mélange de faits divers tragiques et de préoccupations
écologiques. S'il n'est pas rare que des voleurs soient
lynchés, subissent le supplice du pneu passé autour des
épaules et enflammé, l'opinion publique – du moins
celle qui lit les journaux, et montre par cette pratique
qu'elle dispose d'un haut niveau économique et culturel – semble se soucier beaucoup du sort des animaux.

Le marché clandestin de l'or blanc étant aujourd'hui
en passe d'être jugulé, les troupeaux dénombrés, l'éléphant en voie de devenir lui-même plus ou moins un
animal d'élevage, dont la prolifération est encombrante,
le trafic se reporte sur des bestioles plus maniables et
en voie de disparition, comme les tortues vertes, dont
la presse tanzanienne dénonce les exportations illégales
vers des pays aussi lointains que la Malaisie.

En avance sur beaucoup de pays, la Tanzanie – ou

plutôt, là encore, ses élites socio-économiques – pousse l'amour de la tortue jusqu'à prohiber la fabrication, l'importation et l'usage de ces sacs en plastique que les tortues myopes confondent aisément avec d'appétissantes méduses. Toutefois les sacs en papier font défaut, ou bien sont trop fragiles, et les petits vendeurs exténués, poussant leurs branlantes charrettes à bras au long des rues, joliment constellées de sacs en plastique de couleurs diverses, se voient infliger des amendes qui n'atterrissent peut-être pas toutes dans le porte-monnaie des tortues, et s'en plaignent amèrement. Au risque de passer pour d'infâmes pollueurs attardés.

Le jour s'éteint.

Le grand porte-conteneurs dont la coque vermillon, chaque soir au soleil rasant, depuis plus d'une semaine, enflammait de si bonne grâce les eaux lisses, comme un élément définitif et indispensable du paysage, appareille et déborde du quai vers six heures. Il est rejoint dans la passe par le bateau-pilote. Puis s'allument les feux de position des bâtiments sur rade, les lampadaires au sodium des docks et leur cône de lumière jaune orangé, tout cela empli d'une beauté si poignante, et si triste à la fois, qu'il est difficile de ne pas solliciter à nouveau le soutien neurorégulateur du chardonnay sud-africain. Et ce merveilleux spectacle est gratuit même si le vin est hors de prix. Un instituteur ici, me dit-on, gagne soixante mille shillings par mois. Le blanc est à dix-huit mille le verre. Ce qui montre bien que les élites socio-économiques ne réservent pas toute leur compassion à la tortue verte, mais se soucient encore de préserver de l'alcoolisme le corps enseignant.

à Zanzibar

à Stone-Town

Zanzibar est le Bagdad, l'Ispahan, le
Stamboul de l'Afrique orientale.
Henry Morton Stanley

En certains endroits, le communisme est un excellent produit conservateur. Stone-Town, que le libéralisme immobilier n'aurait pas manqué de défigurer s'il avait été autorisé, est assez conforme aux descriptions enthousiastes qu'on peut en lire chez les voyageurs des deux siècles passés. De hautes maisons serrées autour de ruelles obscures, balcons en encorbellement et moucharabiehs, grandes portes sculptées cloutées de cuivre. La vieille ville rappelle Mascate ou Mutrah dans le sultanat d'Oman, avec cette différence que depuis toujours elle fut cosmopolite et œcuménique, hérissée de clochers, de minarets, et des anneaux multicolores des temples hindous.

Des rickshaws-taxis y font pétarader leur moteur de scooter, dont les chauffeurs sont vêtus du *kanzu* qui est une robe blanche, et coiffés du *kofia* qui est un bonnet brodé. Devant Mizingani Road, des petits cargos tirent sur leurs chaînes d'ancre et les ferries pour Dar se faufilent entre eux. Le premier arbre qu'on voit, à la sortie du débarcadère, est un banian planté par le sultan dans les années quarante, ainsi que l'indique un écriteau, et que son essor majestueux a rendu sacré pour les vitalistes.

Plus à l'est, après la ruine du palace communiste Bwawani qui n'est plus sacré pour personne, la mangrove est littéralement recouverte de sacs en plastique bleu dénotant un coupable désintérêt pour le sort des tortues vertes. Des charpentiers de marine, les pieds dans la vase, assujettissent les membrures des dhows. Sur Malawi Road, on emprunte Creek Road pour atteindre la gare routière. Le *dala-dala* pendant une heure ou deux bringuebale en direction du nord de l'île, traverse une savane à baobabs, puis des cocoteraies et des palmeraies trouées de champs de manioc. À la différence des îles verticales de São Tomé et de Príncipe, qui sont leurs homologues atlantiques, les deux îles de Zanzibar et de Pemba sont plates et toujours à deux doigts de se faire avaler par l'océan Indien.

On se laisse parfois abuser par les atlas, qui peinent à représenter les reliefs autrement que par la symbolique des couleurs, les tonalités du brun s'obscurcissant avec l'altitude jusqu'au blanc des neiges éternelles. La convention ne vaut pas pour l'eau. Et il faut ici un effort pour concevoir que la surface du lac Tanganyika est à huit cents mètres au-dessus du niveau de la mer, et conséquemment de Zanzibar.

À la hauteur du village de Bububu, des Omanais millionnaires et nostalgiques ont acheté la bande côtière, et les paysans du coin, qui sont aussi pêcheurs par habitude et nécessité, disposent de couloirs d'accès à la côte. Qui connaît le désert du Rub Al-Khali, la merveille de la moindre ondée tous les trois ou quatre ans ornant de fleurs les berges d'un wadi puis séchant aussitôt, les défilés rocheux vitrifiés de chaleur, peut éprouver la fascination des marins arabes que la mousson chaque année poussait vers ces rivages de végétation déraisonnable, et que les alizés ramenaient vers le sable et le soleil tueurs. Et combien le nom de Zinj el-Barr, le pays des Noirs, pouvait sonner comme celui du paradis dans les oreilles des chameliers fourbus, atteignant le port de Sour après des semaines de vent dans les dunes de l'Hadramaout. Lorsque accroupis sur leurs talons, tisonnant les braises et sirotant leurs minuscules bols de café, ils écoutaient le soir les esclaves leur dire la fraîcheur de l'herbe verte et la peau des femmes noires, l'eau des sources jamais taries, et les arbres fruitiers qu'aucun *falaj* ne devait irriguer.

On voit encore des caves à esclaves creusées dans la roche corallienne après l'interdiction de la traite en 1873, vers Mangapwani, et après que le marché aux esclaves de Zanzibar était devenu Christ Church. On accostait ici de nuit tous feux éteints dans une crique dérobée. Les captifs entravés grimpaient un sentier et s'entassaient dans ces fosses rectangulaires, d'une quinzaine de mètres de long et trois ou quatre de large. Quelques nuits plus tard, un boutre les chargeait pour l'Asie ou l'Arabie. Sur l'île, jusqu'en 1911, le sultanat versait une indemnité aux propriétaires pour les inciter à affranchir leurs serfs. Ceux-ci devenaient alors ouvriers agricoles ou squattaient quelque lopin, ou bien allaient s'entasser dans les baraquements de Ngambo derrière Stone-Town.

L'administration coloniale britannique s'est par la suite chargée de leur établir une identité, et l'on voit certains de ces certificats dans la bicoque des Zanzibar National Archives du quartier de Kilimani. Ces histoires ne sont ni antiques ni lointaines pour qui dispose d'un instrument précis de mesure de l'Histoire. J'ai vu les yeux de ma grand-mère qui a vu les yeux de son grand-père. Celui-ci vivait au Caire. Il a vu souvent les yeux de Lesseps qui ont vu les yeux de Brazza. Tout cela se joue en un rien de temps. La traite n'est pas une histoire ancienne. Des hommes dont je vois les yeux ont vu les yeux de leur grand-père qui fut un homme enchaîné.

Pierre & Jules

*Je vole avec la rapidité de l'ouragan,
tantôt au plus haut des airs, tantôt
à cent pieds du sol, et la carte africaine se déroule sous mes yeux dans
le grand atlas du monde.*

Jules Verne

Entre ces deux-là, le rendez-vous fut manqué par trois fois.

C'est en 1862 que Verne fait décoller le fichu ballon qui d'un coup lui apporte gloire et fortune, depuis l'une de ces îles à fleur d'eau qu'on voit au large de Stone-Town, Grave Island ou Prison Island. Le pilote Fergusson survole l'océan jusqu'à Bagamoyo, poursuit son chemin plein ouest vers le Tanganyika. Verne a lu le compte rendu de l'expédition de Speke et de Burton cinq ans plus tôt. Mais à partir du lac c'est l'inconnu. L'atlas est vierge. Le grand blanc de l'Afrique centrale. Il faudra pour combler celui-ci, quinze ans plus tard, attendre le voyage de Stanley sur le Congo et celui de Brazza sur l'Ogooué.

Un vent littéraire opportun déroute peu à peu le

ballon vers le nord, où la carte à nouveau se couvre d'indications. Après cinq semaines de péripéties, les trois aérostiers, qui auraient pu toucher terre à São Tomé, se poseront à Saint-Louis près de Dakar.

À la parution du livre, Brazza est un enfant de dix ans. Dans la bibliothèque de la demeure familiale de Castel Gandolfo, son précepteur dom Paolo lui enseigne la lecture de l'atlas et des romans d'aventures.

Dix ans plus tard, le Tour du Monde est effectué en quatre-vingts jours, soixante-dix-neuf très exactement. Verne écrit son roman quelques mois après que Stanley a retrouvé Livingstone, et publié le récit de son aventure.

Dès le début du livre, le personnage de Phileas Fogg, présenté dans sa demeure londonienne de Saville-Row, n'est pas sans évoquer le journaliste globe-trotter. « Avait-il voyagé ? C'était probable, car personne ne possédait mieux que lui la carte du monde. Il n'était endroit si reculé dont il ne parût avoir une connaissance spéciale. Quelquefois, mais en peu de mots, il redressait les mille propos qui circulaient dans le club au sujet des voyageurs perdus ou égarés. »

Les dîners du gentleman, au Reform Club, sont toujours solitaires, servis « dans une porcelaine spéciale et sur un admirable linge en toile de Saxe, c'étaient les cristaux à moule perdu du club qui contenaient son sherry ». Ils rappellent le premier repas à Ujiji dans *How I Found Livingstone*, la vaisselle anglaise et la malle en osier, les couverts et les timbales en argent, tout cela trimbalé depuis des mois à travers la brousse, le champagne dont Stanley n'oubliera pas, quinze ans plus tard, d'emporter à nouveau quelques bouteilles pour saluer Emin Pacha.

En cette fin d'année 72, pendant que Phileas Fogg parcourt la planète, Brazza a vingt ans. Jeune aspirant, il navigue à bord de la *Vénus* dans l'Atlantique sud. Il attend d'accoster pour la première fois en Afrique.

Cinq ans plus tard, Verne écrit son roman anti-esclavagiste, *Un capitaine de quinze ans*. Par un artifice qu'on retrouve chez Conrad, dans *Au bout du rouleau*, une masse métallique déposée par malveillance près du compas égare un navire. L'équipage, lequel compte des Noirs américains, croit échouer sur les côtes chiliennes. Ils sont en Angola et découvrent la traite. Après un long périple dans l'intérieur, ils finiront par longer le Congo jusqu'à son embouchure. Comme à son habitude, Verne interrompt de loin en loin la narration par de longues descriptions scientifiques, cette fois entomologiques, et par le récit des vies de Livingstone, de Cameron, et de Stanley qui vient d'atteindre Luanda la même année.

On sent bien qu'au milieu de tous ces héros anglais, il ne déplairait pas au Nantais que figure un compatriote. Il l'invente. C'est le personnage de Samuel Vernon. « Un voyageur français partit, sous l'inspiration de la Société de Géographie de Paris, avec l'intention d'opérer la traversée de l'Afrique de l'Ouest à l'Est. »

En cette année 77, cet homme existe, mais personne ne le sait. Brazza est au cœur de la forêt. Il a quitté depuis deux ans la côte gabonaise, remonté l'Ogooué puis la Mpassa. Il traverse les plateaux Batékés.

Jules Verne l'ignore.

On parcourait alors l'Afrique de part en part pour une médaille d'or. Celle de Londres était la plus prisée. Après son atterrissage près de Dakar (Verne, dans

335

son roman, propose « atterrissement », qui ne sera pas retenu), « le docteur Fergusson fit en séance publique à la Société Royale de Géographie le récit de son expédition aéronautique, et il obtint pour lui et ses deux compagnons la médaille d'or destinée à récompenser la plus remarquable exploration de l'année 1862 ». Pouvoir ajouter à ses titres, sur sa carte, les initiales F.R.G.S – *Fellow, Royal Geographical Society*, conférait aussi l'honneur de dîner à sa guise au Geographical Club de Whitehall Place, au milieu des cartes du monde et des bibliothèques où dormaient les manuscrits des explorateurs.

Trois Africains se virent attribuer ce privilège, dont on peut imaginer qu'ils abusèrent peu. David Susi et James Chuma, les compagnons de Livingstone, ainsi que Sidi Mubarak Bombay. Celui-ci, né esclave à Zanzibar, fut le guide de Speke et de Burton, puis de Stanley, enfin de Cameron. Il a descendu le cours du Nil du lac Victoria jusqu'au Caire, traversé le continent de Bagamoyo à l'Angola avant de rentrer mourir à Zanzibar en 85, la même année que le vaillant Malamine Kamara à Dakar, pendant cet été que Brazza passe à São Tomé.

Cet homme de trente-trois ans pour l'éternité, Brazza à São Tomé en cet été 85, qui s'est vu remettre toutes les décorations imaginables pour avoir pris Stanley de vitesse, aurait peut-être préféré devenir un héros de Jules Verne.

Les Voyages extraordinaires sont un plus grand mausolée.

au Bloc 7

Qui tiendra l'Afrique tiendra le monde.
Lénine

Radio nationale de Zanzibar, sept heures du matin,
12 janvier 1964 :

JE SUIS LE FIELD-MARSHALL OKELLO ! RÉVEILLEZ-
VOUS, IMPÉRIALISTES, IL N'Y A PLUS DE GOUVERNEMENT
IMPÉRIALISTE SUR CETTE ÎLE ! C'EST MAINTENANT LE
GOUVERNEMENT DES FREEDOM FIGHTERS. RÉVEILLEZ-
VOUS, HOMMES NOIRS ! QUE CHACUN S'EMPARE D'UNE
ARME ET DE MUNITIONS ET COMMENCE À COMBATTRE
LES RELIQUATS DE L'IMPÉRIALISME PARTOUT DANS L'ÎLE !

Le marshall John Okello a trente ans. C'est un aventurier ougandais. Il lance par téléphone un ultimatum
au sultan : il lui donne vingt minutes pour tuer ses
enfants et ses femmes et se suicider. Puis il attrape sa
kalachnikov, quitte la radio et part attaquer un autre
poste de police. Le sultan et sa famille profiteront de
la confusion pour embarquer sur un boutre et faire
voile vers le continent, puis s'envoleront pour leur exil
londonien. Le marshall Okello dédaigne le pouvoir,

337

et nomme Abeid Karume Premier ministre. Celui-ci se prétend zanzibari. On le soupçonne originaire du Malawi. Il fut marin, docker puis syndicaliste, avant de prendre la tête de l'ASP, l'Afro-Shirazi Party, et de se faire appeler Sheikh Karume.

Trois jours après le soulèvement, Okello publie un premier bilan. Celui-ci est autrement plus sanglant que les habituels coups d'État santoméens des Buffalos. C'est même l'un des événements les plus meurtriers de la Guerre froide dans la région, si on en rapporte les conséquences à une population totale aussi faible, de trois cent cinquante mille habitants. Douze mille combattants contre-révolutionnaires ou supposés tels, en vérité propriétaires arabes et commerçants indiens, ont été assassinés. Plus de mille cinq cents personnes ont disparu. Près de vingt-deux mille ont été arrêtées. Neuf *freedom fighters* ont perdu la vie dans ces combats héroïques.

Okello quitte aussitôt Zanzibar pour aller rencontrer les présidents du Kenya, du Tanganyika et de l'Ouganda, pays qui viennent eux aussi d'accéder à l'indépendance. Son discours internationaliste effraie tout le monde. Souvent les héros sont incompris. À son retour, Karume le fait brièvement interner puis l'expulse. Okello s'en va prêcher la bonne parole de la subversion trotskiste un peu partout sur le continent. Il connaîtra diverses geôles africaines avant de disparaître de la circulation.

Aussitôt Karume instaure sa Révolution radicale et stalinienne. La pratique du cricket et l'usage des rickshaws sont interdits, ces derniers rassemblés et brûlés en place publique. L'ASP devient parti unique et le système électoral est aboli. Les terres sont nationalisées.

On impose l'emploi de *Ndugu*, équivalent swahili de *Tovarich*. Les Anglais beaux joueurs plient leur tenue de cricket et s'en vont. On fait appel aux Russes et aux Chinois. Des médecins cubains et bulgares s'installent à l'hôpital V.I. Lenin de Pemba. La Stasi forme les Gardiens verts de la Révolution, jeunes Zanzibaris qu'on surnomme en secret les rats, *panyas*, toujours à fureter dans le peu qui reste de la vie privée. Une puissante sirène ponctue la journée de travail, de sept heures et demie à deux heures et demie. Elle mugit encore à six heures du soir et chacun, où qu'il soit, doit alors s'immobiliser et garder le silence, dans le cas où une communication de la première importance serait portée à la connaissance du peuple.

Celle-ci par exemple : le chef du Conseil de la Révolution entend limiter les importations et interdit le pain. Restent manioc, noix de coco, bananes, mangues et papayes nationales. Comme à Cuba sur le sucre, et à São Tomé sur le cacao, la révolution mise tout sur le clou de girofle, dont l'île est le premier producteur mondial. On pourrait s'étonner de l'engouement que suscite une denrée spécialement destinée à empester les cabinets dentaires et terroriser les enfants. Les Indonésiens en parfument leurs clopes. Zanzibar fait fortune. Karume se vante d'un trésor de guerre de vingt-cinq millions de livres sterling déposé dans une banque de Londres. Dès le 25 avril, le Tanganyika et Zanzibar décident de convoler. On crée, par la contraction des deux noms, le néologisme *Tanzania* qui devient un nouvel État.

Karume est maintenant le vice-président de la Tanzanie, mais conserve le pouvoir absolu sur Zanzibar, où tout observateur est interdit. Il dirige la Justice, l'Économie et sa télévision d'État en couleurs, fierté du régime. L'île lointaine est une dictature coupée du monde, un laboratoire où créer enfin l'homme nouveau. À partir de 70, Karume planifie des mariages forcés. Des gamines des minorités perses et asiatiques sont enlevées à leur famille et offertes aux membres flageolants du Conseil de la Révolution. L'Iran du Shah monte une opération pour en exfiltrer certaines, amenées par mer à Monbasa, puis à Nairobi d'où elles s'envolent pour Karachi puis Téhéran. Les entretiens qu'elles accordent à leur arrivée sont repris dans la presse internationale. Le monde découvre la vie à Zanzibar. En 72, Abeid Karume est assassiné au siège de l'ASP, au cours d'une partie de cartes. Il passe la main.

L'actuel président Karume est son petit-fils. L'île s'est démocratisée. Elle a conservé de cette époque sa propre télévision nationale en couleurs. Omar Chande, son directeur, m'invite à visiter les studios. En dehors de lui, le personnel que je rencontre est féminin et voilé. Je vois des doigts nus courir sur des claviers. J'apprends que pendant le mois de Ramadan, on programme quatre-vingt-dix pour cent d'émissions religieuses, qu'on organise de grands concours de récitation du Coran avec des artistes accourus du monde entier. Le parti islamiste serait déjà au pouvoir sans quelques astuces électorales, me glisse une technicienne, lesquelles provoquent en ville, à chaque proclamation des résultats, des émeutes suivies d'un couvre-feu.

De retour dans le bureau d'Omar, il me demande si je peux l'aider à obtenir des films français, puis m'invite à venir dîner chez lui quelques jours plus tard, au Bloc 7.

Abeid Karume déclarait dès sa prise de pouvoir : « Une case en terre, même bien construite, ne peut se comparer à un appartement moderne. Je possédais personnellement douze cases, et je les ai fait démolir. Le projet est d'attribuer à chaque famille un appartement. Une personne qui vit dans une case délabrée au lieu d'un appartement moderne ne peut pas être dite libre. »

En chaque dictateur sommeille un architecte. Après qu'il avait entrepris de dessiner lui-même les plans du Bwawani Hotel, palace et vitrine du régime, grande ruine blanche à l'abandon, dont les fondations glissent dans la vase, Karume choisit de confier aux ingénieurs de l'Est la conception des barres de logements dans l'ancien quartier de Ngambo, rebaptisé Michenzani.

On grimpe dans les étages du Bloc 7 par un escalier extérieur. Les murs sont décrépis et couverts de moisissures. Le dîner de poisson et de légumes est excellent, préparé par la femme d'Omar, qui vient nous saluer furtivement. Ces barres de béton lépreux, dans lesquelles on imagine que personne ne vivrait de son plein gré, abritèrent la nomenklatura des hommes nouveaux, qui voulut s'éloigner de l'océan vert jade et des jardins ombragés.

Omar est un hôte agréable et cultivé, passionné de cinéma, qui court les festivals dès qu'il le peut. Afin de satisfaire ma curiosité architecturale, nous partons visiter les quartiers construits par les Allemands de l'Est, puis ceux où restaient confinés les Chinois, finissons la soirée dans une gargote sans alcool au fond de la cité, où n'a jamais vécu que l'homme ancien. Nous y rencontrons des commerçants de Harare qui veulent savoir si je suis anglais. À l'annonce de la bonne nouvelle – *a*

Frenchman ! –, on envoie des gamins chercher dans quelque distillerie plus ou moins clandestine des petits sacs en plastique transparent comme pour vendre des poissons rouges, lesquels ne survivraient pas longtemps dans ce genre de raide de fabrication locale, et qu'une très lointaine étymologie charentaise désigne par le vocable de *koniagui*.

Omar est rentré chez lui. La discussion s'enflamme au sujet de Robert Mugabe, dont mes commensaux louent le génie et le courage politiques. On crache autour de moi sur le fourbe Anglais. Ces commerçants sont des laitiers, qui affirment faire fortune en exportant le précieux liquide nourricier un peu partout en Afrique. Selon eux, la situation économique à Harare est au moins aussi stable qu'à Londres, et il convient de ne porter aucun crédit à la presse néo-impérialiste. Le mieux serait que je vérifie moi-même : on m'invite et me ressert de l'autre liquide non moins précieux. Puis on se gausse du zébu de Zanzibar, ou de la femelle du zébu de Zanzibar, pauvresse qui ne produit que *40 gallons of milk a year*, quand leurs grosses vaches zimbabwéennes, émoustillées peut-être par l'extraordinaire expansion économique due au génie de Mugabe, en donnent 600 et certaines jusqu'à 700.

Étant entendu que personne ne saurait ce soir émettre quelque réserve sur Mugabe, nous en restons au lait et au *koniagui*. À ma grande honte, j'ignore combien de gallons annuels peut bien fournir une charolaise ou une normande. Toute ignorance est coupable.

la dernière demeure

Dès qu'il s'agit de l'Afrique, les gens ou bien ne veulent pas savoir, ou bien jugent au nom de leurs principes. Tout le monde se moque éperdument de ceux qui sont sur place.

V.S. Naipaul

Pour des raisons d'éclairage, j'ai finalement quitté le petit hôtel Beit El-Aman le bien nommé, où l'on est en paix en effet, mais dans la pénombre, et installé mon campement dans l'Africa House. Celle-ci se tient à quelques dizaines de mètres de ce qui fut la demeure de Tippu Tip, dans une ruelle qui se détache de Kenyatta Road, et prend, pour des raisons que j'ignore, le nom de Suicide Alley. L'Africa House est l'ancien English Club de Zanzibar. Jusqu'en 1960, sa bibliothèque et son bar furent réservés aux gentlemen de la Couronne amateurs de cricket. Elle est ensuite devenue un hôtel bas de gamme avant d'être restaurée dans le goût des Indes coloniales, ou dans l'image que les voyageurs du XXIe siècle se font des Indes de Kipling. Sa terrasse surplombe l'océan, sur lequel des boutres fantomatiques et silencieux glissent la nuit sous voile et sans signalisation. Je patienterai ici quelques semaines, jusqu'aux vœux du président de la République française pour l'année 2007 – lesquels sont susceptibles d'annoncer le retrait judicieux de quelque nouvel amendement idiot.

Sont disposés devant moi, sur le bureau, à angles droits, les piles des livres et des carnets, les plans et les cartes, les journaux accumulés. En cette année 2006, ils auront été pleins du Darfour comme ils furent autrefois pleins du Biafra, de l'Érythrée, de la guerre d'Angola. Dans une chemise sont glissées les coupures de presse se rapportant au mausolée de Brazza, cette curieuse entreprise qui sera venue remuer, une dernière fois, toutes les vieilles histoires des explorateurs.

Je me souviens de nos discussions avec Fulgence dans les bistrots de Brazzaville, et des polémiques que nous commentions. « Un transfert pour faire oublier les disparus du Beach… Un mausolée en marbre avec des bidonvilles autour… Pas de matelas à l'hôpital de Makélékélé et les nantis se font soigner en Europe… » Toi tu vas partir, concluait-il parfois en secouant la tête. Comme si le fait de ne pas m'installer au Congo dévaluait inévitablement mon propos. Je lui répondais que cette planète est celle de l'humanité et que l'Histoire – comme la terre, camarade – appartient à ceux qui la travaillent. Sur nombre de points, Fulgence avait raison, et il est assez évident qu'en cas de nouveau conflit, on s'en prendra à ce monument, à ce symbole du népotisme de Denis Sassou Nguesso, à ces milliards du peuple jetés par la fenêtre pour loger le cadavre d'un aristocrate italien :

Un accord secret aurait-il été passé entre la Fondation Savorgnan de Brazza, qui a été au cœur du rapatriement, d'Alger à Brazzaville, des restes mortels de Pierre Savorgnan de Brazza, et les héritiers de De Brazza ? On susurre que l'engagement des autorités politiques actuelles pour ce rapatriement, et la construction, sur les berges du fleuve Congo, du mémorial dans lequel reposent ses restes n'ayant pas fait l'unanimité des Congolais, les héritiers de De Brazza craindraient que, dans les années à venir, les futures autorités du pays ne reviennent sur l'usage de ce mausolée. Dans l'éventualité de cette hypothèse, les héritiers de De Brazza auraient, donc, obtenu que les restes mortels de De Brazza, son épouse et ses quatre enfants soient transférés dans un autre lieu. Et l'on suppute que le choix a été porté sur la basilique Sainte-Anne-du-Congo, à Brazzaville. Qui vivra verra, est-on tenté de dire.

Article non signé
La Semaine africaine,
rubrique « Coup d'œil en biais »

Dans le cas où nulle rage guerrière ne viendrait le détruire, les propositions de reconversion du mausolée sont déjà sources de débats. Le projet le plus fréquemment évoqué consiste à le transformer en un panthéon aux héros du peuple congolais :

Hier, les révolutionnaires ont promis de transformer les églises en salles de cinéma, pour la promotion de la culture populaire, après 1963. Aujourd'hui, 43 ans après, une grande partie de mes camarades qui ont condamné, avec exaltation et hardiesse, le colonialisme, et surtout le néo-colonialisme, construisent un mausolée à l'honneur de la colonisation, sans que cela soit une conditionalité pour accéder à un seuil maximum pour son développement. Que devient le musée du commandant Ngouabi ?

Transférer les restes de l'homme du 31 Juillet à ce mausolée et trouver une autre appellation va réconcilier toutes les sensibilités nationales, intellectuelles et politiques.
Peut-être – et nous osons l'espérer – ce mausolée sera un musée d'Histoire culturelle, avec cette dimension de panthéon, et il sera utile.

> Grégoire Lefouaba
> Professeur de Philosophie
> de l'Université Marien Ngouabi,
> ancien Ministre
> *La Semaine africaine*

Le problème bien sûr, avec cette proposition du camarade Grégoire Lefouaba, c'est que, dans l'éventualité d'une reconversion de la basilique Sainte-Anne-du-Congo en complexe cinématographique multisalles, il va encore falloir lui chercher une nouvelle dernière demeure, à Brazza.

remerciements

Outre les protagonistes qui, sous un prénom qui parfois n'est pas le leur, se reconnaîtront dans ce livre, je remercie tous ceux qui d'une manière ou d'une autre m'ont aidé à l'écrire, et tout particulièrement Marcos Asensio pour m'en avoir donné l'idée un soir chez lui à Miami.

dernières nouvelles

Au moment de quitter ce livre, en cet été 2008, il apparaît qu'une arrière-petite-nièce de Brazza, Idanna Pucci, porte plainte auprès du tribunal de grande instance de Paris contre la République du Congo. Estimant que celle-ci n'a pas rempli ses obligations envers les héritiers, parmi lesquelles la création d'un dispensaire, l'entretien des lieux de mémoire portant le nom de l'explorateur, etc., elle demande le rapatriement des dépouilles vers l'Italie.

au Gabon

à São Tomé e Príncipe

en Angola

au royaume téké

en Algérie

au Congo

au Tanganyika

à Zanzibar

RÉALISATION : NORD COMPO À VILLENEUVE D'ASQC
IMPRESSION : CPI BRODARD ET TAUPIN À LA FLÈCHE
DÉPÔT LÉGAL : MAI 2013. N° 111577 (72609)
IMPRIMÉ EN FRANCE

Éditions Points

le cercle

Le catalogue complet de nos collections est sur
Le Cercle Points, ainsi que des interviews de vos
auteurs préférés, des jeux-concours, des conseils
de lecture, des extraits en avant-première…

www.lecerclepoints.com